W9-BAG-966

María Amparo Escandón, narradora bilingüe, publicó esta novela, *Santitos*, en 1999. A partir de ahí se convirtió en el bestseller número uno en la lista de *Los Angeles Times Bestsellers*, y fue traducida a 16 idiomas. Actualmente, es leída en más de 80 países. La autora fue nombrada "Writer to Watch" por la Revista *Newsweek* en 1999 y "Writer to Watch" por *Los Angeles Times* en el 2000.

Escribió el guión de la película inspirada en esta novela, producida por John Sayles y dirigida por Alejandro Springall en México. *Santitos* fue una de las películas mexicanas más taquilleras, en 1999, y fue estrenada exitosamente en Latinoamérica en enero de 2000; hasta la fecha, ha sido premiada en 14 festivales cinematográficos alrededor del mundo, incluyendo el Latin American Jury Award en el Sundance Film Festival (EE.UU.), el Premio del Gran Jurado en el Festival Internacional de Cine de Cartagena (Colombia), Mejor Opera Prima en los Premios Heraldo (México), el Premio Especial del Jurado en el Rencontres Cinémas de Toulouse (Francia), y el Mejor Opera Prima de Critique Française/Découverte de la Critique Française (Francia). Su más reciente novela es *Transportes González e Hija, S. A.*

En la actualidad, María Amparo Escandón vive en Los Ángeles, California. Es consultora de los laboratorios de Guionismo del Sundance Film Institute, de la Fundación Contenidos de Creación en Barcelona y del Latino Screenwriters Lab en Estados Unidos, además de impartir clases de narrativa en la UCLA. Su página Web es www.mariaescandon.com.

MARÍA AMPARO ESCANDÓN

Santitos

⊞ DeBOLSILLO

SANTITOS

Primera edición en Plaza y Janés, 1998
Primera edición en Debolsillo, 2005
Primera edición para EE.UU., 2006

© 1997, María Amparo Escandón

D. R. 2006, Random House Mondadori, S. A. de C. V.
   Av. Homero No. 544, Col. Chapultepec Morales,
   Del. Miguel Hidalgo, C. P. 11570, México, D. F.

www.randomhousemondadori.com.mx

Comentarios sobre la edición y contenido de este libro a:
literaria@randomhousemondadori.com.mx

Queda rigurosamente prohibida, sin autorización escrita de los titu-
lares del «Copyright», bajo las sanciones establecidas por las leyes, la
reproducción total o parcial de esta obra por cualquier medio o procedimiento, comprendidos la reprografía, el tratamiento informático,
así como la distribución de ejemplares de la misma mediante alquiler
o préstamo públicos.

ISBN: 0-307-37650-8

Impreso en México/ *Printed in Mexico*

Distributed by Random House, Inc.

A san Judas Tadeo
por el milagro concedido

Y también a Benito, Marinés, e Iñaki
porque son el milagro

¿Cuál puede ser el dolor de efecto tan desigual que, siendo en sí el mayor mal, remedia otro mal mayor?

SOR JUANA INÉS DE LA CRUZ
Enigma 3

★ ★ ★

Soy yo otra vez, padre Salvador, Esperanza Díaz, la mamá de la niña muerta. Sólo que no está muerta. Debí decírselo la vez pasada que vine a confesión, pero no me atreví. Las palabras me dieron la espalda, como amigas desleales.

He venido todos los días. Me quedo junto al altar a esperarlo hasta que termine de decir la misa pero luego me voy a mi casa sin atreverme a hablarle. Me he pasado la semana pensando. Creo que si alguien debe oír lo que ha pasado, es usted. Por eso regresé. No es que tenga un pecado que confesar. Bueno, sólo uno chico que le voy a guardar para más tarde. A lo que vine realmente es a contarle algo que la Iglesia debe saber. No se lo puedo decir a nadie más. Nadie me creería. Presencié una aparición.

La noche del entierro le recé a san Judas Tadeo, mi santito para casos desesperados. Usted sabe lo milagroso que es. ¿Por qué es tan bueno conmigo? A lo mejor por eso él es santo y yo no. Se necesita ser una persona muy especial para llegar a convertirse en santo. Ya le digo, es uno de mis consentidos desde que tenía yo como cinco años, incluso antes de que se hiciera tan famoso y le dedicaran el templo de San Hipólito.

También en nuestra iglesia tiene su lugar especial. De niña iba sin permiso sólo para hablar con él y mirar el medallón que brilla en su pecho. Es tan grande, padre, y él tan chaparrito, digo el santito que está en el altar lateral, mirando a la Virgen de la Candelaria, nuestra santa patrona de Tlacotalpan. ¿Se imagina el sacrificio que debe estar haciendo san Judas Tadeo al cargar ese medallón tan pesado? Un día me subí al pedestal para ver si estaba hueco. Y nada. Oro macizo es lo que ha traído colgado de su cuello todos estos años. Su primo Jesús debe tenerle mucha confianza para darle a guardar tanta riqueza. Pero lo que más admiro de san Juditas es su habilidad sobrenatural para cuidar al mismo tiempo a infinidad de gente en situación desesperada. Bueno, ¿qué se puede esperar de él? Es santo, ¿no? Tiene todos los poderes celestiales que existen, más de los que nos podemos imaginar. Él está bien arriba en el escalafón de Nuestro Señor. No cualquiera se deja matar a pedradas por llevar la Palabra de Dios.

Por qué me sucedió justo a mí, no lo sé. El caso es que su imagen se me apareció en la ventanilla del horno. Estaba haciendo un pollo al chipotle para los invitados al funeral. Nunca me sale bien esa salsa. Y no le quiero ni contar cómo quedó la cocina cuando terminé. Le puse demasiada crema a la licuadora y salpiqué toda la mesa. Se me olvidó agregarle cebolla al caldo del pollo, y sabía como el agua donde remojo los calcetines. Quedó salada. No desvené los chiles. Engrasé el Pyrex y no lo pedía la receta. Me hubiera dado vergüenza si mi mamá me hubiera visto, pero desde que se murió, que en paz descanse, dejé de sentir vergüenza. Se la habrá llevado con ella. No sé.

La gente estaba citada a las siete para ir a mi casa a dar el pésame. Y claro, también para inspeccionar la cocina. No pueden evitar fijarse qué tan ordenada y limpia soy. Y claro que desean que no lo sea, así tienen de qué hablar a mis espaldas. Esta vez no los defraudé. Estaba demasiado triste para ponerme a arreglar la casa. Una no entierra a su única hija todos los días.

Así es que ya le digo, padre. Se me apareció mi santito. Sólo Dios sabe por qué hacía meses que no limpiaba ese horno. Y ahora me doy cuenta de que no era desidia. Estaba sucio por una razón celestial. San Judas Tadeo necesitaba la mugre, padre. Tuve que mirar el vidrio un poco de lado. No quería que su imagen y el reflejo de mi cara se confundieran. Las manchas de grasa formaron la imagen de mi santito, con su túnica de terciopelo verde y su medallón de oro. La imagen iba y venía hasta que se apaciguó en el vidrio cochino, como la luna cuando se refleja insegura en el río Papaloapan.

De pronto, todos los ruidos de la calle se callaron. No los oía entrar por la ventana abierta. Los gritos de los niños que juegan a las matatenas en la banqueta, el silbato del tuerto que afila los cuchillos, las campanas de la iglesia que anuncian la hora de dormir, el aullido de los perros que buscan pareja. Nada. El tictac del reloj de mi sala también se detuvo, pero después de la aparición vi que las manecillas estaban en la hora correcta. El olor a chile que impregnaba la cocina se volvió dulce, no como de algodón de azúcar, sino como de gardenias recién cortadas.

Me senté en el piso. No me importó el frío de las baldosas. Yo sólo miré fijamente hacia la ventanita del horno, y ahí fue que lo vi. No era plano como un dibujo. Tenía profundidad. Peso. Flotaba hacia mí y se balanceaba como una piñata que cuelga de una cuerda. Las gotas de grasa escurridas en el vidrio brillaban tanto que parecían ámbar. Me miró a los ojos. Era tan guapo. Tenía el pelo rubio y rizado, y una barba como la de Jesús. Me dijo: «Tu hija no está muerta.» Yo le contesté: «San Judas, san Judas.» Pensé que iba a seguir hablándome y traté de tocarlo, pero la imagen desapareció y me quemé el dedo. Con gusto le enseñaba la ampolla, pero antes de venir la tapé con una curita.

¿Por qué las apariciones son siempre tan breves? ¿Por qué los santitos vienen al mundo de los vivos, nos dan un par de indicaciones de lo que debemos hacer y se van tan rápido como llegan? ¿Por qué no se quedan un rato más? ¿Será porque el Cielo es un lugar tan espectacular que no sienten ganas de salir ni siquiera por unos segundos? ¿O tal vez la Tierra sólo les trae recuerdos tristes? ¿Les dará miedo perder su lugar al lado de Nuestro Señor si se levantan para venir a visitarnos? Como ve, me quedé con más preguntas que respuestas. Quise preguntarle a san Judas por qué Dios me quitó a Blanca a tan temprana edad. Y si no está muerta, ¿dónde está? Por eso llegué a la conclusión de que el médico que la atendió en el hospital me mintió cuando dijo que la niña murió de una enfermedad muy contagiosa que todavía no tiene nombre.

Después de la aparición me he preguntado: «¿Limpio el horno o lo dejo así?» Yo creo que por ahora no lo voy a tocar. Si ahí se apareció san Judas, y así es como le gusta, yo respeto sus preferencias. Tal vez se me aparezca de nuevo y me explique lo que dijo. Además, nadie me obliga a limpiar la estufa. Es curioso cómo hay quehaceres que dejo para después porque siempre hay algo menos tedioso. Así es que el horno se queda mugroso como está, padre. Una cosa menos que hacer. Es un fastidio despegar toda esa grasa quemada. Bueno, usted qué sabe, ahora que lo pienso. Tiene a doña Carmelita que lo cuida. Yo sé que viene a diario a cocinarle y a hacerle el quehacer. Y antes de ella, tendría a alguien en el seminario, me imagino. Y antes, tenía usted a su mamá y un ejército de hermanas. Sea como sea, estoy segura de que tiene al menos una idea de lo que es la mugre, y no me refiero a la mugre en nuestras almas, que de eso es experto. Hablo de la mugre que se acumula en un horno común y corriente.

Mi comadre Soledad me encontró llorando frente a la estufa y me llevó al sillón de la sala. Esperaba verla diferente después del milagro que acababa de presenciar. No sé, un halo de luz alrededor de su cabeza, alguna señal de que nos habíamos vuelto virtuosas después de la visita de san Judas Tadeo, pero la verdad, padre, era la misma Soledad de siempre. La misma que se sentaba en el pupitre de al lado cuando cursábamos la primaria. Sus mismos ojos severos, negros y pequeñitos, perdidos debajo de treinta y cinco capas de tristeza. Una por cada año vivido. Sus mejillas rellenas, tal vez robadas a un querubín distraído en algún momento de su infancia. Sus brazos, anchos y firmes como troncos de magnolia, terminan en unos dedos flacos y quebradizos, ramitas desproporcionadas al resto de su figura monumental. Yo sé que se ha guardado sus lágrimas para cuando no estoy con ella. Sólo me abraza y se hace la fuerte, la dueña del hombro sobre el que he de llorar los próximos cincuenta años.

Dos horas más tarde tuve que besar y abrazar a gente que seguiría su vida normal una vez que saliera de mi casa. Alguien hablaba de una junta de padres de familia que habría al día siguiente en la escuela. Yo estaba encargada de la difusión de la kermés. Hice personalmente los cartelones y los pegué en la puerta de la nevería, en la recepción del hospital y en el periódico mural de la iglesia. En la siguiente junta me iban a asignar otra tarea, sólo que como ya no tengo hija en la escuela, no voy a tener que ir a ninguna reunión más de la Asociación de Padres de Familia. Mi niña no terminó la secundaria.

Pero ni le he contado los detalles, padre. Con la prisa de enterrarla y los arreglos del funeral y la misa, ni me he sentado con usted a hablar de todo esto. Blanca se murió el día en que la iban a dar de alta en el hospital. La operaron de las anginas. Yo también pasé por eso cuando tenía doce años. Podíamos haber empezado una costumbre familiar. Cuando Blanca estaba en el quirófano y yo esperaba afuera, me imaginaba que, muchos años después, también a su hija la iban a operar de las anginas a la misma edad. Pudo haber sido una de esas cosas que pasan en las familias generación tras generación sin que nadie se pregunte por qué. Cada miembro de la familia Díaz ha de ser operado de las anginas a los doce años. Se pudo haber perpetuado para siempre, pero mi familia se detuvo en Blanca, y todo lo que queda de esa costumbre son sus anginas flotando en un frasco con formol sobre la mesita de la sala. Y mi propia operación, claro. Seguido pienso en ella. Tal vez es la razón por la que en los momentos difíciles las palabras se me atoran en la garganta. Debo tener una cicatriz dura y callosa.

No quiero entretenerlo más, padre. Hay cuatro personas detrás de mí que vienen a confesarse. Sólo le tengo un pecadito: hablé mal de mi comadre Soledad. Dos semanas antes de que Blanca desapareciera, iba yo en el autobús a Alvarado y me senté al lado de una mujer de Veracruz. Hablamos como si fuéramos íntimas amigas. Tal vez porque no lo éramos me salieron más fácilmente mis rencores contra Soledad. Yo sabía que no volvería a ver a la mujer del autobús. Pueblos diferentes. Vidas diferentes. Es secretaria de un gerente de sucursal en un banco. Yo ni siquiera tengo chequera. Sentí que podía decirle todo lo que siento por Soledad, total, ella nunca se enteraría. Y aunque no se entere, ahora me arrepiento. Pero es que no es justo, padre. Yo llego a la casa todas las noches cansada después de trabajar todo el día en la ferretería, y ya se imaginará lo difícil que es mantener los libros de contabilidad al día. Además, por si fuera poco, soy la que tiene que planchar toda nuestra ropa. Ella se pasa el día confeccionando trajes típicos de jarocha para bodas, desfiles y peregrinaciones. Usted sabe que es la mejor modista de ajuares regionales, pero eso no es excusa. Y por si fuera poco, se la pasa viendo las telenovelas, como si no hubiera ya suficiente tragedia en nuestras vidas. Si vive en mi casa, lo mínimo que debería de hacer es recoger su propio cuarto. Ni siquiera tiende su cama. Yo sé que me hace compañía y se lo agradezco, pero ya me estoy cansando de su descaro. Y no es lo único que me pone de mal humor. Todo el día se queja de su salud. Se las ingenia para desarrollar un oportuno dolor de espalda justo cuando hay que cargar un costal de naranjas. Le vienen cólicos menstruales a destiempo. A veces, le duele el pelo. Se le acalambra la sangre. Le dan punzadas en las uñas. Pero no va al doctor. ¿Ve? Ya estoy hablando mal de ella otra vez. Llevamos doce años así, padre, y ni siquiera he tratado de hablar con ella. ¿Cómo se puede cambiar la personalidad de una mujer de treinta y cinco años? Yo sé que hay algo más aparte de hablar mal de ella. Mi pecado es más grande de lo que parece, porque la aprecio. Nos conocemos desde niñas, pero hay veces que quisiera que no existiera. Hasta me he sorprendido deseando que hubiera sido ella la que desapareciera y no Blanca. El problema es que, lo quiera o no, no me veo viviendo sin mi comadre. Estamos destinadas a pasar juntas toda la vida. Cuando nuestros maridos, que en paz descansen, murieron en el autobús que se desbarrancó en las Cumbres de Acultzingo hace doce años, Dios decidió que Soledad y yo criáramos a mi hija Blanca juntas.

¿Se acuerda de ese accidente, padre? A lo mejor todavía no lo habían transferido a la iglesia de Tlacotalpan. Fue famoso en su momento. Todos murieron. Cinco pasajeros eran de nuestro pueblo. Cuando por fin los paramédicos encontraron el autobús al fondo del precipicio, horas después de que cayera entre nubes atrapadas en la sierra y paredes interminables cubiertas de helechos, los primeros en ser rescatados fueron nuestros maridos. Sus cuerpos estaban inertes en la tierra, completamente salpicados con ocho colores brillantes marca Arcoíris. Por eso pude identificar a

Luis en la morgue. Azul Colonial en su hombro izquierdo. Amarillo Canario atravesando su cara. Magenta Orquídea escurriéndosele por los pantalones. Verde Aguacate embarrado en su pelo. Rosa Geranio en la espalda. Morado Nomeolvides manchándole un zapato. Naranja Atardecer tiñéndole la camisa. Rojo Nochebuena revuelto con sangre en una herida en el cuello. Ay, Dios santo. Todas las latas de pintura que llevaban de muestra al distribuidor de Orizaba estaban abiertas y tiradas cerca de sus cuerpos. Me imagino a Luis y a Alfredo, mi compadre, platicando despreocupadamente justo cuando el autobús trató de esquivar al burro parado en medio de la carretera. Mientras daban vuelcos, seguramente trataron de detenerse en sus asientos, dejando el destino de la pintura a la fuerza de la gravedad.

Mientras nuestros maridos iban de pueblo en pueblo vendiendo pintura, Soledad se quedaba en mi casa y nos hacíamos compañía la una a la otra. Los cuatro éramos muy amigos. Viajábamos poco. Una vez fuimos a las ruinas del Tajín en el coche del cuñado de Alfredo. Se lo prestó porque sabía que era muy buen conductor. Presumía de su habilidad haciéndolo derrapar para luego controlarlo con un solo dedo al volante. Luis siempre le gritaba. Soledad se agitaba. Nunca se sentaba en el asiento del acompañante. Iba atrás, conmigo. Siempre me he imaginado cuánto coraje le habrá dado a Alfredo, mientras caía por el precipicio el día que se mató, al pensar que tan buen conductor muriera por haber estado en manos de un mal chófer de autobús. El destino tiene maneras muy torcidas de recordarnos que no somos dueños de nuestro futuro.

Casi nunca acompañábamos a nuestros maridos en sus viajes de negocios. En esa ocasión, Soledad había estado ayudándome a cuidar a mi recién nacida, mi Blanquita. Soledad es su madrina. Cuando enviudamos, dejó la casa que rentaba y se mudó a la mía. ¿Ve cómo Dios altera los eventos para que nuestros caminos se enreden más y más y terminemos con gente que aparentemente no tiene nada que ver con nosotros? Desde entonces he tratado de vivir con Soledad.

Ése es el pecadito, padre Salvador. Pero todavía lo puedo cargar más tiempo si es necesario. Lo que necesito es encontrar a

Blanca, ahora que san Judas Tadeo me ha dicho que no está muerta. Así es que ya me voy. Por favor, déme una buena penitencia y le prometo que voy a regresar pronto. Y voy a seguir atenta a la ventanita de mi horno. En el nombre del Padre, del Hijo y del Espíritu Santo. Amén.

★ ★ ★

Dios Santísimo. ¿Escuchaste la confesión de esa mujer? ¿Oíste todo lo de la aparición? Por favor, ayúdame. Nunca, en mis veintidós años de sacerdote, he oído de alguien que haya presenciado una, excepto la vez que san Juan Nepomuceno se apareció en el muro del puente, hace de eso cinco años. Todo el pueblo vio su imagen formada en el musgo. Las peregrinaciones al lugar duraron hasta el verano, cuando el río creció con las lluvias y tapó el puente. El agua se llevó hasta el mar todos los altares y ofrendas: flores de plástico, coronas, exvotos, fotos de niños mostrando sus dientes nuevos, una trenza gruesa atada con un moño rosa. Hay quien asegura que por la noche todavía se ven veladoras encendidas flotando sobre las olas como minúsculos barquitos, para arriba y para abajo, para arriba y para abajo, a miles de kilómetros de la playa.

Ése sí que fue un milagro colectivo. Pero esto es diferente. ¿Por qué se le está apareciendo san Judas Tadeo a la señora Díaz de manera tan privada? ¿Estará diciendo la verdad? ¿Qué significan las palabras del santo? Le pedí a la señora que no le dijera a nadie lo de la aparición. No supe qué más recomendarle. Quería consultar contigo antes de darle otro consejo. Necesito tiempo para pensar. No es fácil de creer. La gente puede pensar que está muy afectada por la muerte de su hija. Tal vez sea ésa la razón. Como ves, éste es un asunto muy delicado. Debo guiarla para que encuentre a la niña, o para que acepte su muerte. Así es que, por favor, Dios mío, ayúdame. Y ya me voy. Son casi las ocho y no quiero perderme mi novela. Hoy, Elizabeth Constanza se entera de que tiene una hermana gemela ciega. Amén.

★ ★ ★

* * *

—Qué bueno que no vinieron las señoras con nosotros.

—Pues casi nos convencen, Luis. Esperanza siempre consigue lo que se propone.

—Ya me la imagino en el autobús con la nena y su cargamento de pañales y sonajitas. Éste es viaje de negocios. Está mejor en la casa. ¿O qué, no?

—Ni te preocupes. Soledad le ayuda. Siempre ha cuidado a los bebés de mis hermanas.

—Pero Blanquita es especial. Llora mucho si no la cargo yo.

—Van a sobrevivir sin nosotros. Nomás nos vamos una semana. ¿Empacaste todas las muestras de pintura?

—Ocho. Le llevamos ocho colores al distribuidor, ¿no?

—Pero ¿estás seguro de que no traes dos latas del mismo color? Vamos a abrirlas para estar seguros.

—¿Cuándo me vas a dejar en paz?

* * *

★ ★ ★

Esperanza recorrió el pueblo hasta llegar a su casa, la casa que había presenciado en silencio la vida de su familia, generación tras generación, por más de doscientos años. Varias capas de pintura la cubrían. Ahora, las paredes reflejaban un amarillo yema de huevo. Cenefas color buganvilla rodeaban las puertas y ventanas que abrazaban el viejo zaguán y teñían la mitad inferior de la fachada. La herrería forjada pintada de azul añil protegía las ventanas en previsión de un improbable asalto.

Luis había escogido esos colores poco antes de morir. Esperanza pintó la casa justo como él quería y la mantuvo así por más de doce años. Lo extrañaba cada día más. Leía sus cartas una y otra vez y las guardaba en una caja de hojalata debajo de su cama junto con los recortes de periódico que hablaban del accidente, el anillo de boda de Luis, sus muelas del juicio, un mechón de pelo tieso y unido por un salpicón de pintura Verde Aguacate y un llavero con una foto de él abrazándola en la explanada de la basílica de Guadalupe, en la ciudad de México.

Tras haber dejado pasar un tiempo prudencial y razonable después de la muerte de Luis, seis hombres confesaron a la vez su amor por Esperanza. Deseaban acariciar su pelo largo y negro y tenerla entre sus brazos por lo menos durante un siglo.

El primero le propuso casarse con ella y darle tres hijos para que la cuidaran en la vejez. El mayor llegaría a ser médico, el de

21

en medio abogado, y el pequeño sería ingeniero, si eso era lo que se requería para que Esperanza lo amara.

El segundo hombre se ofreció a construirle una casa moderna con aire acondicionado, pintarla con los colores que a ella más le gustaran y hacer el amor en cada uno de los cuartos, cada día de la semana, a diferentes horas del día para que la luz del sol rebotara en las paredes y los colores se reflejaran en su piel, volviéndola azul, verde, naranja.

El tercer hombre pertenecía a la familia más rica del pueblo. Tenía un cañaveral y un ingenio. Se prometió a sí mismo que haría la vida de Esperanza tan dulce como parecían serlo sus labios. Los admiraba de lejos, a veces apenas abiertos en un intento de sonrisa, mostrando sus dientes blancos y parejos.

El cuarto hombre, originario de la ciudad de México, amenazó con suicidarse si Esperanza no le correspondía su amor. La siguió a misa todos los domingos durante ocho meses, atraído por la manera en que movía las caderas, como barco en alta mar.

El quinto hombre deseaba sentir los senos grandes y firmes de Esperanza apretados contra su pecho, y se supo que dormía abrazado a una almohada como si fuera ella misma. Cometió el error de decírselo a su peluquero, quien a su vez se lo contó al resto de su clientela, mandando el chisme hasta el pueblo vecino de Alvarado. Con frecuencia le preguntaban al quinto hombre en reuniones sociales: «¿Y cómo está la señora Almohada?»

El sexto hombre, un marinero, estaba decidido a llevarla a dar la vuelta al mundo en su barco. Su plan era anclar en cada isla y hacerle el amor en la playa, donde las gaviotas curiosas pudieran observarlos y morir de envidia al darse cuenta de lo que se perdían por no ser humanas.

Pero al final de cuentas, con la excepción del cuarto hombre, que terminó sus días encerrado en un manicomio, todos los demás tuvieron que casarse con otras mujeres, aburridos de esperar a que Esperanza se dignara siquiera a saludarlos en la calle.

—No pude amar a ninguno de ellos —le dijo un día a Soledad al regresar del mercado—. Dios ya me dio mi oportunidad de amar. Lástima que duró tan poco. Me toca ser viuda y se acabó.

Luis se enamoró de Esperanza el primer día de clases de primero de preparatoria, a las ocho quince de la mañana, cuando sonó la campana y la vio entrar en el salón. Boquiabierto, admiró su pelo largo y ondulado como la superficie del río en una tarde airosa, y con sólo mirarlo colgar suelto sobre sus hombros y desparramarse por su espalda sintió un mareo. La vio buscar un pupitre vacío, saludar a la maestra y sentarse en la tercera fila. Al lado de Luis también había un pupitre desocupado. ¿Acaso no lo había visto ella? ¿Por qué se había sentado tan lejos de él? ¿Lo habría sorprendido mirándola? ¿Se habría dado cuenta de que empezó a sudar frío nada más verla? ¿Se habría fijado en la espinilla que le crecía en la nariz? Tal vez no había querido sentarse junto a él porque era el alumno nuevo.

Luis había sido despreocupadamente feliz desde que tenía conciencia, pero ese día tuvo que admitir que había perdido dieciséis años de su vida, o sea, toda. ¿Por qué lo habría enviado Dios al mundo con tanta anticipación si no iba a conocer a esa mujer hasta entonces? Pensó en los millones de minutos desperdiciados con sus amigos en el muelle de Alvarado hablando de las mujeres con las que se querían acostar, acompañando muchachas a su casa después de la escuela e imaginándoselas cargando desnudas sus mochilas, pegando detrás de la puerta de su armario recortes de mujeres en bikini y masturbándose en noches infestadas de mosquitos. De pronto, todas las mujeres que conocía se hicieron pequeñitas, insignificantes, enanas, en comparación con la niña que estaba sentada en la tercera fila.

Esperanza no se fijó en Luis hasta el recreo, a las diez y media. Él se sentó en el extremo más alejado del patio, a la sombra de un generoso mango. El calor era opresivo. El sol, cruel. Bebía un refresco de tamarindo directamente de la botella y le ofreció un trago a Esperanza con un gesto mudo que ella captó desde el extremo opuesto del patio. Y como tenía que mirar la sonrisa del alumno nuevo más de cerca, Esperanza se sentó a su lado, y así estuvo hasta que sonó la campana, quince minutos más tarde. Cada uno le dijo al otro cómo se llamaba. Se rieron sin razón aparente. Compartieron el refresco de tamarindo. Para el final del día, ya se habían escrito y enviado cartitas que pasaron de mano en mano por toda el aula.

Él escribió: «La vida no ha tenido sentido hasta hoy. Tenemos que recuperar el tiempo que hemos estado separados.»

Ella contestó: «Ven a cenar a las ocho.»

A partir de ese día, y hasta que Luis murió en el accidente, Esperanza sintió que nunca le alcanzaba el tiempo para estar con él y disfrutar su amplia sonrisa. Cada hora que pasaban juntos valía por tres. Se amaban con pasión apresurada. Sus besos no sabían a eternidad. Sus labios se tocaban como si fuera la última vez. Fue por esa época que la piel de Esperanza comenzó a tomar un sabor a tamarindo. Amargo, dulce, agrio y salado, todo al mismo tiempo. La superficie de su piel era como un planeta donde todas las razas cohabitaban en armonía. Una explosión de placer para las papilas gustativas de Luis. Un templo sagrado para los mosquitos. Una amenaza potencial para aquellos de estómago débil. Todas las noches, Luis se pasaba una hora lamiéndola. Empezaba detrás de sus orejas y terminaba en los dedos de sus pies.

Después de su muerte, las fotos de Luis enmarcadas en madera, plata, pewter, plástico y bambú, colgaban de las paredes de la casa de Esperanza, invadían los estantes, la mesa de la cocina, su mesa de noche y la puerta que daba al patio. Todos los días, Esperanza besaba cada una de ellas y se preguntaba cómo podría seguir viviendo sin su marido. Se mantenía ocupada llevando los libros de contabilidad de la ferretería, ayudando a Soledad a planchar los vestidos de jarocha que confeccionaba y visitando a sus padres y a Luis en el cementerio.

Además, se hacía cargo de Blanquita. La niña había nacido muy pequeña, dos meses antes de lo esperado, tal vez porque sabía, desde el vientre de su madre, que si no se daba prisa a nacer nunca sería mecida por los brazos de su padre. Así es que durante las primeras cuatro semanas la bebé sólo aceptaba que la cargara Luis. Si alguien más la sacaba de la cuna, lloraba lágrimas de adulto. Esperanza llegó a pensar que su hija no la quería, pero Blanca sólo trataba de recibir las atenciones de un papá al que no tardaría en perder. Tan pronto como Luis murió, Blanca dejó de llorar y Esperanza comenzó.

La puerta de la casa de Esperanza era necia, y cuando le daba la gana se rehusaba a abrir, pero Esperanza había encontrado la manera de mover la llave en la cerradura hasta que la puerta se rendía. Se divertía al pensar que le hacía cosquillas con la llave y el rechinido que causaba al abrirse era su risa.

—¿Dónde estabas? —Soledad apareció tras la columna del patio. Su voz reflejaba preocupación. Una costumbre muy suya—. Vinieron los Espinoza a darte el pésame, Esperanza.

—Fui a ver al padre Salvador. Le conté todo lo de Blanca.

Esperanza lloriqueó en el hombro de Soledad, cansada ya de haberlo hecho tanto esos días. Soledad dejó escurrir un par de lagrimitas. Eran tan pequeñas que hasta parecían inadecuadas para la situación, pero para Esperanza esas lágrimas significaban que su amiga, su comadre, por fin se estaba permitiendo ser vulnerable.

—No debería llorar delante de ti —le dijo Soledad.

—No siempre tienes que ser tú la fuerte.

Intercambiaron pañuelos y se secaron las lágrimas la una a la otra.

—Eres dura como tronco de cedro, Soledad. ¿Qué, no puedes dejarte ir, soltar el cuerpo aunque sea por una vez en tu vida?

—Ya me dejé ir. —Soledad se limpió una lágrima solitaria de la mejilla y untó con ella la palma de la mano de Esperanza—. ¿Ves?

Esperanza sabía que Soledad lloraba sin control al ver ciertas escenas de amor o de odio en las telenovelas; sin embargo, cuando se trataba de sus propias tragedias, se comportaba como si pudiera aguantarlo todo. Había sido la única que no había llorado en el entierro de Alfredo, su marido, al menos en público. Por esa razón, mucha gente comentaba que Soledad en realidad nunca lo había amado y que se había casado con él sólo porque tenía un parecido irresistible a Pedro Infante. Este chisme se mantuvo en boca de parientes y conocidos durante algunos años, hasta que un día, mientras mandaba a hacer un pastel de cumpleaños para Blanca, Esperanza escuchó a dos vecinas hablar del asunto en la panadería. Compró de inmediato dos merengues con crema, y en cuanto recibió el cambio se los estrelló en la cara. A partir de entonces, los chismosos se concentraron en comentar ese incidente e insistieron en el tema hasta que finalmente, desesperada, Esperanza le puso una moneda sobre los labios a san Ramón Nonato –a quien siempre se le reza como protección contra los que hablan mal de los demás– ajustándola con una cinta roja y haciéndole tres nudos a la altura de la nuca.

Soledad y Esperanza cruzaron el patio de puntillas, rodearon la magnolia y esquivaron las hortensias del abuelo, que dormían en macetas de terracota y latas recicladas de aceite automotriz. Había cientos de recipientes –de hojalata, de plástico, de cerámica, de madera, de hormigón– cuidadosamente distribuidos por el suelo de ladrillo. Ambas sabían por dónde pasar en la oscuridad para no llevarse ninguna maceta por delante. Finalmente, entraron en la sala que había al final del patio. En la televisión se desarrollaba un drama cuyos protagonistas eran dos hombres enfadados y atractivos pero no le prestaron atención.

–¿Qué vamos a hacer con tanto dolor? –La voz de Soledad se quebraba como vidrio–. Sigue creciendo y ya no nos cabe en el cuerpo.

–Lo peor es que lloramos sin motivo –contestó Esperanza con tono terminante–. Blanca no está muerta.

Ésta fue la primera de muchas ocasiones en que Soledad cuestionó la salud mental de Esperanza. Para ella, la muerte de la niña había sido un hecho tan claro y tangible como el mismo funeral. Había firmado el acta de defunción sobre el renglón del testigo, había visto la tierra del cementerio cubrir el ataúd, y había rezado por el alma de Blanca junto con otros sesenta familiares y amigos que habían ido a despedirla. Eso, para ella, era prueba suficiente de que la niña había pasado a mejor vida. Lo natural era llorarla, aceptar su muerte con resignación, y seguir adelante.

–San Judas Tadeo me lo dijo. –Esperanza se mordió el labio inferior–. En persona. –Se lo volvió a morder, ahora el de arriba.

¿Cómo podía decir eso? Le había prometido al padre Salvador guardar el secreto del milagro.

–Por Dios Santo, Esperanza. No te me vayas a volver loca.

Su conversación se enredó con la que provenía de la telenovela de la televisión, formando una trenza de palabras que trataban de cobrar significado.

–Nunca pensé que mi propio socio me traicionara de esta manera. Los cheques estaban firmados en blanco y tú lo sabías. ¡Eres un ladrón de fortunas, Carlos Alberto! ¡Un ladrón de corazones! –dijo en la pantalla un hombre mayor impecablemente peinado.

–No me crees. –Esperanza entendió entonces por qué el padre Salvador le había pedido discreción.

–Ella estableció las cantidades de cada cheque. ¡Olvídate de tu hija, José Fernando, es mía en cuerpo, alma y cuenta bancaria! –gritó el otro hombre, más guapo y joven, cuyo bigote disparejo se movía en un primer plano excesivo para la pantalla.

Esperanza no oyó la contestación del viejo traicionado. Apagó la televisión y se apartó de Soledad.

–Yo sólo quiero que todo sea como antes de que perdiéramos a Blanquita –dijo antes de cerrar la puerta y dejar a Soledad sola en la sala.

Una sala demasiado grande, le pareció de pronto a Soledad. Toda la casa había crecido hasta convertirse en un espacio vacío, enorme. La cocina, las habitaciones, el comedor, todos llenos de calor y de nada. La luz del sol se negaba a entrar por las ventanas. El pasillo necesitaba escuchar la risa de Blanca. Cada pared, desde el techo hasta el suelo. Las sillas, las vitrinas y las mesas intentaban aferrarse a la vida, pero la perdían sumidas en su impotencia. Soledad sintió que ya no había un sitio para ella en la casa de Esperanza. Ya no tenía una razón para vivir ahí. Al morir su ahijada, todo lo que significaba ser madrina había sido enterrado en alguna parte de otro mundo que no conocía. Blanca ya no la necesitaba. Las almas que viven con Dios no necesitan madrinitas costureras que las cuiden; pero si Esperanza estaba perdiendo la cabeza, como parecía, tendría que quedarse para hacerse cargo de ella.

Soledad arrastró la mecedora hasta el pórtico y se sentó a mirar la calle como si algo interesante fuera a suceder. También ella deseaba que todo volviera a ser como antes de perder a Blanquita. Apenas hacía unos meses había empezado a confeccionarle un vestido de jarocha. Ya había cortado y cosido docenas de esos trajes tan elaborados para las quinceañeras y mujeres más bellas de Tlacotalpan. Los lucían en fandangos, bodas, desfiles, y todo tipo de festividades. Pero el vestido de su ahijada tenía que ser único. Mucho más bordado. Satín importado. Más deshilados. El rejillado, intenso. Organdí suizo. Mantilla bordada como traje de gala. Llevaría el refajo que habían usado Esperanza, su abuela y su bisabuela. Las flores del tocado irían del lado izquierdo, como era la costumbre para las solteras. El cachirulo sería de carey con incrustaciones. Compraría los zapatos en la capital. Durante la última prueba, un par de semanas antes de que muriera la niña, Soledad la envolvió en la tela blanca del vestido, lo que hizo que pareciera un angelito rodeado de nubes voluptuosas. La recordaba con el faldón puesto, a medio coser, hilvanes aquí y allá, alfileres por todos lados, y sus senos del tamaño de un piquete de mosco cubiertos por un corpiñito minúsculo. Aun a esa edad ingrata en que ya no se es niña pero todavía no se es mujer, Blanca era bonita. Sus dientes, igual de blancos y parejos que los de Esperanza, le quedaban grandes a su carita. Su cuerpo empezaba a abultarse en las partes que más enloquecen a los hombres. El cabello, largo y negro como alas de cuervo, le caía despreocupado sobre los hombros desnudos. Era una niña que no sufriría de acné juvenil, no necesitaría aparatos de ortodoncia, no engordaría, no fumaría ni sería víctima de modas adolescentes y aun así sus amigas de la escuela la querrían y envidiarían sanamente. Y no sólo eso. Si no hubiera desaparecido, habría terminado sus estudios con las mejores calificaciones. ¿Y por qué dudarlo? Contaba con la atención y dedicación de dos mamás. Complacía a Soledad al estrenar todos los disfraces que le confeccionaba. Pacientemente se dejaba probar la ropa. Participaba en todos los desfiles si Soledad se lo pedía. Y besaba y abrazaba a Esperanza, siempre pegada a ella como lapa al pilote de un embarcadero.

Cada mañana, Esperanza y Soledad se turnaban para escribirle notitas cariñosas que metían en su lonchera, como: «Cuando te escurra el jugo de este mango por el brazo, acuérdate cuánto te quiero. Besitos. Mamá.» Blanca coleccionó todas las notas en un sobre de papel manila que guardaba en su diario. Al revisar sus pertenencias después del entierro, Esperanza lo encontró debajo del colchón. Lloró tanto que las lágrimas le empañaron la vista y no pudo leer una sola palabra hasta que pasaron dos semanas; pero una vez que empezó lo leyó íntegro de una sentada. En otras circunstancias no habría violado la intimidad de Blanca, pero ahora que no estaba revisó las páginas a conciencia y pasó la punta del dedo por encima de cada palabra. Siguió con delicadeza la redondez de las oes, la firmeza de las tes, y le fascinaba que el ganchito de las aes al final de las palabras se encorvara hacia arriba, hasta colgarse casi del renglón superior. Besó casi todas las palabras del diario, aun las que estaban escritas con faltas de ortografía, antes de devolverlo a su sitio debajo del colchón.

Los martes y los viernes después de la escuela, Blanca estudiaba guitarra con don Remigio Montaño, un mariachi retirado que fomentó en ella una verdadera pasión por la música. No tenía ni siete años cuando ya cantaba y tocaba un par de boleros sin entender el significado de sus letras desgarradoras. Su vocecita de tiple llenaba el aire de la casa, flotaba hacia afuera por la ventana y se mezclaba con los ruidos de la calle, convirtiendo en melodía el estruendo del motor de los camiones.

Pero ahora, ya no estaba. Ahora, Soledad tendría que terminar el vestido de jarocha para otra niña, una muchachita de dieciséis años, hija de una prima suya, quien lo arruinaría tres veranos más tarde al ser perseguida por su novio entre los surcos de un cañaveral, finalmente dejándose alcanzar para hacer el amor con el vestido puesto, revolcándose por el suelo fangoso.

Mientras Soledad se mecía en el pórtico, Esperanza se sentó en la cama de Blanca a sentir enojo a conciencia con su comadre por no haberle creído cuando le habló de la aparición de san Judas Tadeo.

29

Al no creerle, la vida de Soledad, después de la desaparición de Blanca, se había llenado de dolor y resignación, como si la niña en verdad hubiera muerto. Con la palma de la mano, Esperanza planchó una arruga de la colcha y recordó el esmero con el que había limpiado la habitación de Blanca antes de ir a recogerla al hospital. Puso media docena de gardenias blancas en un florero de cristal y lo colocó en su mesa de noche junto a una foto de Luis enmarcada en plata repujada. Con respeto, encendió una veladora nueva, de las que despiden aroma a rosas. Abrió las sábanas, doblándolas en triángulo, y abultó la almohada tal y como le gustaba a su hija. Soledad entró en el cuarto refrescándose la cara sudorosa con un abanico de papel para mitigar los efectos de la ola de calor que las azotaba esos días y de una menopausia precoz. Colgó el vestido de jarocha de la barra de la cortina y le arregló los volantes y listones. En cuatro meses más terminaría el deshilado de las mangas y el bordado del delantal. Pero el resto del vestido estaba casi listo. Lo había hecho de manera tal que creciera con Blanca, dejando suficiente tela en el dobladillo para alargarlo conforme fuera necesario. De este modo, Blanca podría usarlo también para su fiesta de quince años. Esperanza y Soledad lo habían estudiado juntas. Tenían que estar seguras de que cada puntada fuera dada en el lugar adecuado y se imaginaban a la niña bailando con el muchacho más guapo del pueblo, haciendo ondear la amplia falda blanca como una tormenta en mar abierto y mareándolo cada vez que entre los pliegues de ésta asomaran sus piernas.

Ahora la habitación había perdido su razón de ser. La ropa de Blanca todavía colgaba en su armario. Sus zapatos aún se alineaban debajo de la cama. Sus muñecas descansaban inertes sobre la almohada. El vestido de jarocha se aferraba a la barra de la cortina. Ya no lo estrenaría. Ya no marearía de deseo a ningún muchacho. Ya no sería besada y adorada. Ya no se casaría ni tendría hijos. A menos que Esperanza la encontrara.

★ ★ ★

4 de agosto.
Querido diario:

Hoy tenía flojera de levantarme, pero salté de la cama en cuanto me acordé que le prometí a Ramona llevar a mi ratón *Pancho* a la escuela. Mi madrina me cosió unas bolsotas debajo de la falda de mi uniforme para llevar dulces a escondidas de la señorita Norma y comérmelos en clase cuando tuviera hambre, y ahí fue donde llevé a *Pancho*. ¡Es tan chistosito! A veces lo quiero dejar libre. Me lo imagino corriendo por los cañaverales, mordisqueando raíces, sacudiendo sus bigotitos para comunicarse con sus compañeros ratones. No soporto verlo encerrado. ¿Te acuerdas de cuando abrí la jaula de los periquitos de Australia de mi madrina y salieron volando? Escribí de esto el año pasado. Casi me castigan, pero sólo por mirarlos parados en los cables de teléfono del otro lado de la calle hubiera valido la pena el sacrificio. Mi maestro de guitarra se los había regalado. Le dijo: «Soledad, ya no te quiero ver tan solita.» Yo le dije a mi madrina que don Remigio está enamorado de ella, pero ella no lo cree.

No debí dejar escapar sus periquitos, pero *Pancho* es mío y puedo dejarlo ir si quiero. Hoy casi se me va. Sin que me diera cuenta se salió de la bolsa secreta y se fue directo a olfatear los pies de la señorita Norma. Me asusté mucho. Ya la imaginaba subiendo de un salto a su escritorio, gritando enloquecida. Pero cuando sintió las manitas rosadas de *Pancho* en su tobillo, lo pescó de la cola y preguntó a la clase: «¿De quién es?» Yo me levanté esperando el regaño. *Pancho* también esperaba su destino, colgado cabeza abajo con las patitas tiesas y estiradas. La señorita Norma se me acercó y me dijo: «Yo tenía uno igualito cuando era niña.» El resto del día, *Pancho* se lo pasó con ella. Le caminó por todo el vestido y ella le dio migajas de su torta de elote. Por la tarde, cuando se lo conté a mi mamá, dijo que le iba a regalar un ratón a la señorita Norma. Dice que debería tener el suyo propio y llevarlo todos los días a la escuela. Que sea una persona adulta no quiere decir que no pueda tener un ratón. Celestino, el niño que me gusta, piensa igual que mi mamá. Dice que la señorita Norma debe tener un ratón y llevarlo al salón de clases. Quién sabe. La directora no es amiga de los animales. Adiós. Mañana te escribo.

BLANCA.

31

Perdóneme por venir tan tarde, padre Salvador, pero me tocó cerrar la ferretería. Soy Esperanza Díaz, la que ha hablado con san Judas Tadeo. Si le digo que se me volvió a aparecer, ¿no se lo cuenta a nadie? Ya sé que es parte de su trabajo guardar secretos, pero después de lo que pasó con mi comadre Soledad, me tengo que asegurar de que nadie se entere del milagro. Bien que sabía usted lo que decía cuando me pidió que me lo callara, padre. No me creyó que san Judas Tadeo me había hablado. Yo le dije que tantos años de rezar deben de tener su recompensa. Es como cuando uno compra billetes de lotería toda la vida. Un día le tiene que tocar el gordo. Dios aprieta pero no ahorca. Sea como sea, mi comadre ya se convenció de que me he vuelto loca.

Esta vez estaba haciendo pechugas rellenas. Cerré la puerta del horno y de inmediato inspeccioné la ventanita. La miré desde varios ángulos para ver mejor las manchas de grasa quemada, y de pronto, ahí estaba mi santito, hablándome, llamándome por mi nombre. Me dijo: «Esperanza, debes encontrar a tu hija. Búscala. No importa lo que tengas que hacer. No está muerta, está…» Traté de tocar la imagen y le susurré: «¿Dónde?», pero desapareció sin darme instrucciones específicas.

Si le cuento lo que ha pasado, tal vez pueda ayudarme a entender mejor las palabras de san Judas Tadeo. Al día siguiente de la cirugía de Blanca, su amiga Ramona fue a visitarla al hospital. Le llevó los cuadernos de la escuela para que se pusiera al corriente. Hablaron de sus noviecitos, pero no se preocupe, padre, porque de seguro son imaginarios. Intercambiaron unas calcomanías de corazones y flores. Se estaban riendo tanto que la enfermera tuvo que venir a callarlas. Yo sabía que Blanca se estaba recuperando. Ya casi no le dolía la garganta.

Después de que se hubo ido Ramona, fui a mi casa a preparar la habitación de Blanca, y luego al centro a comprar un prendedor que había querido regalarle desde que empezó la secundaria. Es demasiado sofisticado para una niña de su edad, pero sabía que le iba a gustar justamente por eso. Está hecho de filigrana de plata con turquesas incrustadas y tres perlas en forma de lágrimas que cuelgan de una barrita dorada. Como a las dos de la tarde, regresé al hospital a recogerla.

Siempre me pierdo en ese hospital. ¿Ha ido alguna vez, padre? Es el Hospital General número 114, en la esquina de Independencia y Revolución. Ahí vi a mi hija por última vez. Es tan grande y va tanta gente. Caminé por un pasillo, medio desorientada. Por un momento sentí que alguien me seguía. Me escondí en un cuartito de la limpieza. Oí unos pasos alejarse. Había poca luz. Estaba muy nerviosa. Entre los trapeadores y las jergas descubrí un feto, un bebé inerte del tamaño de mi mano, sin alma, sin la posibilidad de extrañar una vida que no viviría. Flotaba en una sustancia acuosa y rojiza al fondo de una charolilla de aluminio. No quise molestarlo con mi presencia. Salí de nuevo al pasillo. Los pacientes caminaban despacio. Sufriendo. Recuperándose. Muriendo.

Por fin encontré una recepcionista detrás de un mostrador de información y le pregunté: «¿Dónde se paga? Vengo a recoger a mi hija.» La mujer estaba ocupada masticando un lápiz, y me preguntó: «¿Cuál es el nombre de la paciente?» Y yo respondí: «Blanca Díaz. Soy su mamá.» Buscó el nombre en una carpeta. «La operaron de las anginas», le dije. Entonces buscó en un montón de hojas hasta que dio con algo que hizo que perdiera el color y hasta la textura de su piel. Su cara se volvió transparente y húmeda, resbalosa y brillante. Me miró como si estuviera a punto de ser acribillada por un pelotón de fusilamiento. Se le cayó el lápiz de los labios. Traté de leer la lista de nombres, pero estaba al revés. La sostenía con fuerza entre las manos. Le temblaba la voz cuando me dijo: «Señora, ¿no le notificaron?»

Entonces supe que algo estaba mal. Me mandó al segundo piso a hablar con el doctor Ortiz pero yo fui directamente a la habitación donde había dejado a Blanca. Corrí desesperada. Aparté de mi paso a varios pacientes. Abrí todas las puertas que pude, hasta que encontré a dos enfermeras con tapabocas y guantes de látex que rociaban desinfectante en la cama donde había dormido Blanca. ¿Dónde estaba mi niña?

Busqué al doctor Ortiz por todo el hospital hasta que oí su voz detrás de una puerta. Entré sin anunciarme. Examinaba a un paciente que tenía un problema de la piel. Era pinto, como una vaca. «¿Dónde está Blanca?», le pregunté al doctor. Ay, padre, ¿sabe lo que me dijo? «Señora Díaz, no sabemos qué sucedió, pero su hija ha fallecido.» Y no me acuerdo de más. Caí en los brazos del hombre vaca y no supe de mí hasta que recuperé la conciencia, tendida en la sala de emergencias.

Cuando abrí los ojos, Soledad me miraba muy de cerca. Su cara se veía borrosa, pero por sus lágrimas me di cuenta de que ya se había enterado. Me dijo: «Cuando llegué me avisaron. La tienen en la morgue.» Sus palabras me sonaron como ensayadas, como si fueran el sonido de una película vieja saliendo de la televisión de algún vecino, en una tarde de verano llena de nubes de mosquitos. Había escuchado palabras como ésas muchas veces en el cine, y ahora que se referían a mi propia hija no me parecían muy distintas. Estaba entumecida. Sentí que vivía la vida de otra persona, que mi cerebro me decía: «Esperanza, tú no te metas.» Tal vez san Judas Tadeo se estaba encargando de la situación. Tal vez no quería que sufriera porque ya sabía que Blanca no estaba muerta. Es más, y esto le va a parecer muy raro, padre, pero cuando Luis murió, mis sentimientos se convirtieron también en algo ajeno, y el dolor se tomó su tiempo en calar.

Todo quieto en la sala de emergencias excepto mi mano. Me acercaba a la nariz un algodoncito con alcohol y lo volvía a dejar sobre la mesita. Notaba una presión en el pecho que casi no me dejaba respirar. Una enfermera entró y me puso una inyección. «Se va a sentir mejor», me dijo. Parecía como si no estuviera ahí. Sentía una especie de insomnio, de los que llenan los párpados de arena. No podía llorar. Seguramente mis lagrimales estaban tapados. Soledad me apretó la mano hasta que me dolió. Fue entonces cuando me levanté y seguí a la enfermera hacia la morgue, todavía con un sabor a incredulidad en la boca.

La morgue era un cuarto verde pálido y sin ventanas. Olía a

formol, sangre y sudor, mezclados con aroma de tamal. Nunca se me va a olvidar ese olor. Alguien acababa de comer ahí, justo antes de que llegáramos.

Nos dieron un ataúd sellado, padre. Un ataúd que yo jamás hubiera comprado para mi propia hija. No era rosa. No tenía flores de seda en la tapa ni acolchonado de tafeta alrededor de las paredes de la caja. No estaba adornado con encajes ni listones en los lados. No tenía un marco para poner la foto de la niña ni un crucifijo de hueso labrado. Era una caja de pino sencilla, envuelta en plástico estéril. Recorrí con mis dedos la superficie, dibujando círculos imaginarios alrededor de los clavos, como si pudiera borrarlos.

La enfermera nos dijo que no podíamos ver a Blanca. Aunque me enseñaron el ataúd, pregunté si había sido incinerada. Yo sé que la funeraria todavía no tiene el equipo necesario, pero no se me ocurría otra razón por la que no les fuera posible mostrarme el cuerpo. La enfermera nos dio la orden de esperar al doctor, pero no lo pidió por favor. ¡Qué frialdad! Si no hubiera estado sedada por la inyección que me habían puesto en la sala de emergencias, habría golpeado a esa mujer, padre. Le habría dado un golpazo justo en el estómago.

Soledad se desplomó en la única silla, exhausta. Le pedí prestado su abanico para refrescarme un minuto. Recosté la cabeza sobre el ataúd. El silencio nos daba vueltas, aleteaba calladito como un zopilote hambriento.

Me hizo falta más aire. Quise regresar al vientre de mi mamá. Deseé apretar la mano de mi esposo, que en paz descanse. No sé por cuánto tiempo miré una mancha en la pared. Una manchita sin importancia. Después de lo que me parecieron horas, entró el doctor Ortiz y le pedí que abriera el ataúd, pero me dijo: «Me da mucha pena tener que decirle que no, señora Díaz. No sabemos de qué murió. Fue tan repentino. Creemos que se trata de una enfermedad muy contagiosa, algún virus fulminante que todavía ni nombre tiene. No podemos arriesgarnos a propagar una epidemia. La funeraria ya tiene órdenes de no abrir el ataúd por ningún motivo. Tiene que sepultarla hoy mismo.» Me soné la nariz y tiré el Kleenex al piso. ¿Puede creerlo, padre? ¿Cómo puede un doctor dar una excusa tan mala?

Traté de jalar uno de los clavos del ataúd pero estaba clavado, diría yo, hasta con saña. En la tapa había un letrero escrito con marcador negro. Se leía: «No abrir – Peligro de contagio.» Dos tipos de la funeraria llegaron por fin y me hicieron firmar un montón de papeles. Firmé junto a la equis en más de una docena de documentos. Yo siempre leo lo que firmo, como deben hacer todas las viudas, pero en esta ocasión ni me fijé. Yo sólo quería ver a Blanca por última vez, así es que arremetí contra el doctor. Perdón, padre. No debí hacerlo. Le dije: «Cada vez que los doctores no saben qué pasó, le echan la culpa a un virus. ¡Asesino!», y lo jalé de la bata. Le di dos o tres cachetadas. Soledad gritó hasta que una enfermera y ella corrieron a separarnos. El doctor Ortiz se fue de inmediato. Vi que sudaba. Yo saqué de mi bolsa el prendedor que le había llevado de regalo a Blanca y se lo di a Soledad. «Tíralo, por favor. Ya no lo necesitamos», le dije.

He tratado de entender el significado de la segunda aparición. Todavía estaba sentada en el piso frente al horno. Pensaba en lo que había pasado y repasaba las instrucciones de san Judas Tadeo, cuando llegó Soledad del mercado. No me había dado cuenta de que toda la cocina estaba llena de humo. Soledad puso las bolsas de la compra sobre la mesa e inmediatamente sacó las pechugas rellenas del horno. Estaban carbonizadas. Siempre ha sido eficiente en las emergencias. Me eché a llorar, no tanto por la comida quemada, sino por Blanca. ¿Cómo la voy a encontrar? Soledad abrió las ventanas para dejar salir el humo y tiró las pechugas a la basura. *Dominga*, mi gata, corrió a asomarse para ver si había algo rescatable, pero se decepcionó al ver que era puro carbón. Ahí fue cuando tuve que contarle otra vez a Soledad la segunda aparición de san Judas Tadeo. Le expliqué lo del horno y las manchas de grasa chorreada, y ¿sabe lo que me dijo? «Mira, yo entiendo que estemos muy tristes por lo que pasó con Blanquita, y eso haga que a veces nos imaginemos cosas.» Yo sé que no quería herir mis sentimientos, pero siguió: «¿No crees que nuestro santito está muy ocupado haciendo milagros más importantes que aparecérsele a alguien como tú?»

Con eso tuve suficiente, padre. No me cree. Ya le di dos oportunidades. Así es que voy a tener que buscar a Blanca yo sola. Y me siento mal por haber causado tantos problemas. Fíjese que organicé un escándalo bastante desagradable en el Registro Civil, pero no fue a propósito. Yo sólo estaba siguiendo las órdenes de mi santito. El funcionario que se encargaba de las actas de nacimiento y defunción, un pelón con una panza que le colgaba sobre el cinturón, estaba sentado detrás de su escritorio de metal, viejo, sucio y cubierto por un vidrio roto y mal pegado con cinta adhesiva. Debajo del vidrio había recortes de revistas de mujeres desnudas. Discúlpeme, padre, yo sólo le estoy diciendo lo que vi. Cuando le pedí al funcionario que expidiera una orden para exhumar el cuerpo de Blanca, según solicitud de san Judas Tadeo, me dijo: «Lo siento, pero no puedo autorizar la exhumación ni aunque la orden venga del mismísimo Todopoderoso. Si el Servicio Médico Forense no aprueba la exhumación, no se puede sacar ni un huesito.» Yo le grité: «Fue san Judas Tadeo. No es lo mismo. No se confunda.»

Mire, padre, no me malinterprete. No es que estuviera poniendo en duda las palabras de san Judas Tadeo, pero si Blanca no está en su tumba, ¿a quién enterré? El ataúd estaba bien pesado, pero podía haber estado lleno de piedras. Así es que insistí, pero el funcionario trató de encaminarme a la puerta. Dijo que había una persona esperándolo, pero yo no vi a nadie. Entonces perdí la paciencia y le grité: «¡Si fuera su hija, escarbaría con las uñas!», y mientras gritaba empujé un montón de expedientes de casi un metro de alto que había sobre su escritorio, desparramándolos por todo el piso polvoriento. El tipo gritaba: «¡Un año de trabajo!» mientras me jalaba hacia la puerta. Pero no me dejé y lo mordí en el brazo hasta que unas gotitas de sangre le mancharon la camisa. Ahora me arrepiento, padre. Tal vez quiera tratar la mordida como un pecado aparte, no sé, es una sugerencia. Cuando vi la sangre me di cuenta de que mi reacción había sido desproporcionada, pero para entonces ya era demasiado tarde. Un reportero que husmeaba por ahí oyó los gritos y corrió al lugar de los hechos, justo a tiempo para retratarme arrojando un enorme basurero de metal contra el escritorio del funcionario y rompiendo el vidrio más todavía. Quedó tan quebrado que ya ninguna cinta adhesiva lo podría reparar. Me tuve que reír al ver a todas esas mujeres provocativas que ignoraban mi tristeza atrapadas debajo de los pedazos de vidrio.

Luego llegó un policía. De seguro me creyó loca. Me jaló del brazo, me sacó del edificio y me amenazó con arrestarme si volvía a verme por allí. Al sacarme a empujones, perdí el equilibrio y me caí en los escalones de la entrada. Mientras estaba en el suelo, me dije: «¿Para qué necesito permisos, si tengo órdenes de más arriba?» Me levanté delante de los curiosos que empezaban a rodearme, recogí mi bolsa, mi zapato, y cojeé hasta mi casa. Mi orgullo ya está bien, pero el tobillo todavía me duele.

Ya me voy, padre. Ha de tener cosas que hacer hoy por la noche. Nada más quiero que tenga en mente, cuando me dé mi penitencia, que me da mucha pena tener que causar problemas. Ya le vendré a contar si se me aparece san Judas Tadeo otra vez. En el nombre del Padre, del Hijo, y del Espíritu Santo. Amén.

✦ ✦ ✦

Dios mío, querido Diosito. ¿Cómo voy a poder guiar a esta mujer desde mi confesionario? Ya la oíste. Viene a decirme lo que ya hizo, no lo que va a hacer. Ya sé que de eso justamente se trata la confesión, pero yo no puedo cambiar el pasado, y no tengo manera de detenerla. Tal vez no deba. He esperado a que regrese desde su última confesión. La busco en misa entre los fieles. No puedo dormir pensando en lo que estará haciendo. ¿Le estará hablando san Judas Tadeo otra vez? ¿Planchará un montón de ropa? ¿Morderá a otro funcionario público en el brazo? Quiero escuchar su próxima confesión. Necesito oír su voz a través de la ventanilla de mi confesionario. La manera en que susurra su angustia, su horror, su determinación, me provoca un sudor incontenible. Tengo que subirle la velocidad a mi ventilador, el que tengo instalado junto al foco, en mi confesionario. Hasta se me olvida toser. Sus palabras son una invitación a pensar en Consuelo.

Ya sé. Te lo prometí hace treinta y seis años, ¿o ya son treinta y siete? No me acuerdo. Pero no he olvidado que juré no volver a mencionar su nombre. Me imaginé que te habrías cansado de oírme decirte lo mucho que la amé desde que era niño. Mi mamá jamás se enteró de que mi nana Consuelo iba a mi cuarto todas las noches a cobijarme y acariciarme hasta que mi pene se ponía duro como mazorca. Me besaba, me contaba cuentos, me cantaba al oído. Yo me recostaba sobre su pecho hasta que me quedaba dormido. Entonces se iba calladita a los cuartos de servicio, en la casita que había junto al huerto, al fondo de la propiedad, y ahí hacía el amor con el jardinero, su esposo. A veces me despertaba y la seguía sin que se diera cuenta. Esperaba afuera de su ventana hasta que la oía gemir entre los rechinidos rítmicos de la cama. Entonces me regresaba a mi cuarto a dormir. Una noche, a medio verano, cuando apenas había terminado de cursar sexto de primaria, justo después de que recé con ella como siempre y me dio la bendición, deslicé mi mano debajo de su falda. No sé si en tu omnipresencia estabas mirándonos o no. Ella tenía veinticuatro años. Le desabotoné la blusa. Nunca había llevado un bebé en el vientre. Me quité la camisa. Además de mil momentos en mis sueños, ésa fue la primera vez que toqué su pezón con la punta de la lengua. Desparramó su cuerpo sobre el mío, desnuda y tibia. Era una cobija de cuna metiendo sus brazos por debajo de mis hombros. Por horas aparecimos y desaparecimos en las sombras de mi cuarto. Éramos una contradicción. Un sí y un no. Un pecado sin arrepentimiento. Antes del amanecer, me dijo: «Vas a soñar con angelitos que volarán alrededor de tu cabeza», y se fue.

Por la mañana, mi padre notó que Consuelo se había ido con su marido sin dar aviso. Pensó que tal vez le hubieran robado algo. Buscamos indicios entre las pocas pertenencias que habían dejado: una camisa, una bolsa de manta, un zapato derecho. Yo sólo deseaba encontrar una dirección donde seguirla, pero lo único de valor que quedó de ella en ese lugar fueron sus aromas. La colcha, la almohada, las cortinas, la chapa de la puerta. Todo había sido impregnado con olor a tortillas calientes, tomates verdes recién picados, cilantro. Desde entonces no he hecho el amor con nadie más, y eso sí que lo sabes. Meses después mi padre dejó de hablarme; fue cuando le informé mi deseo de ingresar en el seminario. Mis siete hermanas coincidieron en pensar que su castigo era el resultado directo de mi decisión. Si yo era célibe, el apellido de la familia se perdería. Ahora que está allá arriba contigo, seguro que ya se enteró de todo lo sucedido. Espero que lo hayas perdonado por haberme castigado con su silencio. A veces todavía sueño que anda por el mundo un niño que lleva mi nombre, un hijo de Consuelo. Tal vez eso ayude a mi padre a descansar en paz. Por lo menos sabría qué fue lo que aquel día le robó la nana de su hijo.

Creía que la había olvidado, pero ese deseo, esa necesidad tan desesperada de apretar a Esperanza contra mi cuerpo y sentir su calor me ha traído de nuevo el recuerdo de Consuelo. Perdóname por revivir el tema, pero ¿con quién más puedo hablar de esto? Si mi amor por una mujer me llevó al sacerdocio, mi amor por otra mujer puede desviarme de él. Tengo miedo. ¿Qué puede hacer un cura confundido y cincuentón? Y además, no hay manera de detener a Esperanza. Está obsesionada con su misión. Tú dime. Es Tu voluntad. Yo sólo puedo rezar por ella. Y quiero creerle.

★ ★ ★

Esperanza se apretó una venda alrededor del tobillo. Qué fácil sanaba el dolor físico. Tendría que guardar sus zapatos de tacón por unos días y tomar prestadas las sandalias de Blanca. Le gustaba usarlas los domingos cuando iban al río a pescar langostinos. Justo dos meses antes había pasado el día a la orilla del río con su hija y su comadre. Soledad no sabía nadar. Prefería tomar fotos. Desde el agua parecía una gran carpa color chicle a punto de ser arrastrada por el viento. Sus anchas caderas llenaban su amplia falda de chifón. Se le dificultaba sostener la sombrilla y tomar fotos al mismo tiempo, pero al menos una foto de cada rollo salía bien. Por lo general, una de Blanca. Tenía más de veinte álbumes llenos de fotos de la niña, desde que era bebé. Aprendiendo a bailar la jarana para el desfile del Día de la Independencia, caminando con el agua hasta las rodillas cuando el río crecía e inundaba las calles, estrenando su guitarra a la edad de tres años, reparando el brazo de la mecedora en el pórtico, besando a Esperanza por su cumpleaños. Soledad parecía saber que algún día esas fotos serían lo único que le quedaría para recordar a su ahijada.

Les habría gustado quedarse en el río todo el día, pero si no iban a misa antes de las cuatro se las comerían los mosquitos, que adoraban la brisa fresca que circulaba por debajo de las bancas blanqueadas de la iglesia. Así es que acomodaron los langostinos en las canastas amarradas a sus bicicletas y regresaron a su casa a preparar la cena antes de ir a misa. No habían avanzado mucho cuando Esperanza advirtió que las observaban dos muchachos. Comenzaron a seguirlas. Se reían. Se empujaban el uno al otro. Blanca aminoró la velocidad. Los muchachos se escondieron detrás de un coche estacionado. Con la mirada los buscó y les sonrió. Los muchachos entraron a una casa color magenta con puertas y ventanas verdes. Blanca los conocía.

–El de la camisa amarilla va en mi escuela. Se llama Celestino. Se quiere casar conmigo cuando cumpla dieciocho años –le dijo a su mamá.

Esperanza se detuvo y fingió acomodar los langostinos en la canasta. No quería descubrir la mirada del amor en los ojos de su hija. Ella misma se había casado con Luis a los dieciocho años, y la idea de que su hija se casara tan joven la aterraba.

Esperanza fue cojeando hasta su habitación y buscó las sandalias de Blanca debajo de la cama. Recostada sobre la almohada había una muñeca que lucía un vestido de jarocha hecho a la medida por la misma Soledad, con su refajo rejillado y tieso de tanto almidón, su delantal negro con rosas bordadas y un cachirulo de plástico imitación carey que sostenía su chongo de pelo sintético. Las dos camas estaban tan cerca la una de la otra que por las noches madre e hija podían tomarse de la mano cuando a alguna tormenta se le ocurría atacar Tlacotalpan. Dormían separadas por una mesita de noche con una lámpara, la foto de Luis, y una vela siempre encendida.

Las sandalias de Blanca todavía estaban debajo de la cama junto con otros pares de zapatos. Esperanza se las probó. Las sentía ajustadas, sobre todo la del pie izquierdo, alrededor de la venda. Fue entonces cuando se acordó de haber visto a Celestino en el sepelio de Blanca. Sentado sobre una tumba, el muchacho miraba tristemente al sacerdote y se mecía despacio al ritmo del día sin viento. En aquel momento Esperanza no le prestó atención. Había demasiada gente en el entierro, pero de pronto recordó dónde vivía y quiso visitarlo y decirle que Blanca estaba viva. Que la encontraría. Que la esperara para casarse con ella.

Salió de su casa cojeando, con cuidado de no lastimarse el tobillo aún más, y se acercó a la casa magenta con puertas y ventanas verdes. Al llegar al Callejón de los Delfines, se detuvo. Desde ahí veía la casa, pero se dio la media vuelta antes de llegar. No podía hablar con Celestino. No tenía ni idea de cómo ni cuándo encontraría a Blanca. Todavía no. Volvería una vez que hubiera ideado un plan. Así es que regresó a su casa por una calle lateral para no pasar por delante del Registro Civil.

El diario de Blanca estaba en el mismo lugar donde lo había dejado el día en que lo había leído íntegro. Lo sacó con cuidado para no dañarlo. Tal vez si lo leyera de nuevo encontraría más significados en las palabras de su hija. Símbolos secretos que tendría que decodificar empleando los poderes de su naturaleza maternal. Quiso leerlo de nuevo y encontrar indicios, respuestas. Tal vez hubiera omitido algún detalle importante por haber leído demasiado deprisa. Tenía que haber más que palabras en esas páginas.

★ ★ ★

Agosto 28.
Querido Diario:

Ya dejé pasar una semana y no he escrito nada. Es que he estado muy ocupada practicando la guitarra para mi recital del mes que viene, pero aunque sea me voy a hacer un tiempito para escribir esto. Me siento confusa. Hace dos días, Celestino me acompañó a la casa después de la escuela y nos sentamos en el muelle a tomar un helado. Aguacate para él. Pistache para mí. Nos sentamos en los escalones de la plataforma de carga y conforme hablamos, se me acerca más y más hasta que me abraza. Me pregunta si quiero probar su helado y me toca los labios con la lengua. Me gusta tanto (la lengua, no el helado) que lo dejo lamerme los labios, todos ellos. Luego me dice que se quiere casar conmigo dentro de unos años. ¿Qué le voy a decir? No puedo permitir que vuelva a pasar esto. Ramona dice que puedo quedar embarazada si me besan, aunque no me haya bajado la regla por primera vez todavía. Pero la verdad es que me gustó. Una cosa sí es segura: no puedo contárselo a mi mamá.

Cómo quisiera que pudieras hablar.

Blanca.

★ ★ ★

Padre Salvador, quiero darle las gracias aquí, delante de Dios, por aceptar oír mi confesión a estas horas de la madrugada. Lo bueno es que ya estaba despierto. Yo no podía dormir, y si no venía a hablar con usted antes de misa de seis no hubiera podido hacerlo hasta después del trabajo, y no sé si hubiera aguantado.

Usted debe preguntarse dónde me he escondido estos días que no he venido a misa. He estado pensando cómo encontrar a Blanca. Después de leer su diario –soy su mamá y lo hice por su propia seguridad– se me ocurrió que quizá se había fugado con Celestino, un muchacho de su escuela, pero cuando fui a su casa, ahí estaba él. Lloró al verme. No le dije que Blanca no está muerta. No se lo diré hasta que la encuentre. Le pregunté cómo estaba. Entró en su casa y regresó con una medallita de la Virgen de Guadalupe que pertenece a Blanca. Le dije que se la podía quedar de recuerdo. Luego, volví al hospital a buscar al doctor Ortiz. Sólo él podía ayudarme a conseguir un permiso del forense para exhumar el ataúd. Tenía esperanzas de que para entonces ya me hubiera perdonado por haber sido tan impertinente con él en la morgue.

La puerta de vidrio del hospital, llena de huellas digitales, se negaba a abrirse. O tal vez yo no quería entrar. Tuve que esperar a que pasaran dos enfermeras. Debieron darse cuenta de que algo extraño me pasaba. Una de ellas me preguntó si me sentía bien. Yo le dije: «Es mi tobillo. Me duele.» Echaron un vistazo a la venda, decidieron que no se trataba de una emergencia y se fueron. Mi tobillo no era lo que más me dolía, pero no me iba a poner a explicarles cuál era mi verdadero dolor.

Le pregunté a una enfermera sentada en la recepción dónde podía encontrar al doctor Ortiz. Me dijo que ya no trabajaba en el hospital. Mientras limpiaba sus bifocales, agregó que creía que se había enfermado y sus familiares se lo habían llevado a la ciudad de México. Le pregunté si sabía su dirección. Contestó que no. Yo sólo sé que era de Sonora o un estado de allá por el norte. Luego añadió: «Dicen que falleció, pero no estoy segura. ¿No la puede ayudar otro doctor?» No supe qué decir. Se veía preocupada por mí. Le pregunté cuándo había renunciado el doctor Ortiz y buscó la fecha en un calendario. ¿Lo puede creer, padre? Desapareció el mismo día que Blanca. ¿Cómo se explica eso? Toda la noche estuve dándole vueltas al asunto, atando cabitos, relacionando un suceso con otro. Ay, padre, hasta me cuesta trabajo decirlo, pero estoy segura de que eso fue lo que pasó: se la robó. No hay otra explicación. Debió secuestrarla para venderla a alguna casa de mala nota. Es fácil para un doctor fingir la muerte de una niña en un hospital para luego venderla a un prostíbulo en otro pueblo. He leído artículos sobre esto en los periódicos. Hay toda una industria clandestina. Dicen que hasta treinta mil personas desaparecen cada año. Ésa es la población entera de Tlacotalpan. ¡Imagínese!

Ahora sí ya me cuadra todo. Por eso san Judas Tadeo me ha mandado a buscarla. Sabe que está en peligro. Le he rezado a san Pafnucio, santo patrono al que se le reza para encontrar objetos extraviados y mujeres que han tomado el camino de la perdición. Puse su estatuilla debajo de una lupa al lado de la ventana que da al norte. He invocado a santa Úrsula, patrona de las niñas, y a santa Alodia, patrona de niños que sufren de abusos, para que cuiden a Blanca donde sea que esté. Necesito su ayuda. Y usted también, padre, rece por ella. Sus plegarias deben resaltar entre los millones de voces que suben al Cielo todos los días. También le quiero ofrecer una misa a mi Blanquita. Usted puede decir que es por la salvación de su alma, pero sólo usted y yo sabremos que es por su regreso, sana y salva. ¿Lo hará, padre? Le estaré eternamente agradecida.

★ ★ ★

Dios santo, Dios santísimo. ¿Qué voy a hacer con Esperanza? Prostitución infantil, por si fuera poco. Tal vez lo que ocurrió fue que el doctor se contagió del virus. Yo me ofrecí a ir al hospital a averiguar la verdad, pero ella no quiso. Estaba segura de que la niña había sido secuestrada. ¿Cómo la va a encontrar? No puede pedir ayuda a las autoridades. Jamás le creerían. La encerrarían por loca. «Cuídate», le dije. Es mi deber como sacerdote. Sólo puedo rogarle que no se meta en líos. Debe aprender a interpretar las palabras de san Judas Tadeo. El problema es que no puedo enseñarle. Yo nunca he presenciado una aparición. Seguramente Tú tienes un motivo poderoso para privarme de ese privilegio. Tú sabes lo mucho que he deseado que ocurra, pero en todos mis años de servicio a Tu fe, no he tenido ni la más diminuta señal del Cielo.

Cuando tenía cinco años pensé que me habías enviado una. La ilusión ocurrió un domingo frío. Creo que ya te lo he contado. ¿Ves cómo ya se me empiezan a olvidar las cosas? Tenía fiebre, pero mi mamá me llevó a misa de todos modos. Me acurruqué junto a ella en silencio. El murmullo del sacerdote me arrulló hasta que me quedé casi dormido, cuando, en sueños, vi materializarse frente a mí, en el piso de mármol, un ángel multicolor con las alas abiertas. Era tan bello que pensé que había muerto y me dabas la bienvenida a los Cielos. Pero a la semana siguiente, ya sin fiebre, me di cuenta de que el ángel sólo era el reflejo de un vitral. Sigo esperando. He llegado a pensar que es una prueba de fe. Tú mismo lo dijiste: «Aquellos que creen sin ver, vivirán para siem-

45

pre en mi Reino.» Pues ya debo tener mi sitio reservado porque creo sin haber visto nada.

Ahora debo aconsejar a una mujer sobre cómo interpretar las palabras de su santo, y tengo tan poca experiencia en ese campo como la tengo en el amor carnal, pero de cualquier modo me atrevo a enseñar a las parejas cómo deben amarse. ¿No te das cuenta de que en este confesionario yo soy el que aprende? Y no tengo oportunidad de practicar. Deséame suerte, Dios mío. Amén.

☆ ☆ ☆

En circunstancias normales, Esperanza no habría salido de su casa tan tarde por la noche. La calle parecía diferente, más ancha y desprovista de color. Llevaba una pala nuevecita, todavía con la etiqueta de la ferretería Los Valerosos pegada al mango. Casi no se escuchaban los ruidos nocturnos. Hasta los saltamontes reconocieron su necesidad de guardar respeto y callaron su jolgorio habitual.

Esperanza empujó la gran verja de hierro forjado del cementerio hasta que consiguió escurrirse por una pequeña abertura. Aunque trató de no llamar la atención, dos perros callejeros la oyeron y se le acercaron. Uno era color café con leche y tenía unas cuantas manchas blancas. Sus ojos amarillos parecían pedir a gritos algo de comer. El otro era de cuerpo largo, pero de piernas cortas. Le recordó a una mesa que tenía a la cual le había mandado cortar las patas para convertirla en una mesita baja para su sala. Desafortunadamente, algo falló y nunca se vio bien proporcionada.

—¡Lárguense! —les susurró.

Los perros olfatearon la falda. Esperanza los ignoró y caminó directamente hacia la tumba de Blanca, pero igualmente la siguieron.

El cementerio estaba poblado de familiares que se habían ido al más allá. Casi no quedaban lugares disponibles, pero a la gente no le gustaba enterrar a sus parientes en el cementerio nuevo, construido a partir de novedosos planos urbanísticos en las afueras del pueblo, aun cuando había sido bien planeado y tenía una hermosa vista del río. Se podía respirar la soledad, y los muertos odian sentirse solos. Además, si los enterraban ahí, estarían lejos de sus antepasados. Un acto imperdonable. Todos sabían que las familias deben permanecer juntas, aun después de la muerte. En el cementerio viejo los mausoleos estaban tan cerca los unos de los otros que la gente podía visitar a todos sus muertos al mismo tiempo. Y eso era lo que Esperanza hacía domingo tras domingo. Las tumbas de sus padres estaban a unos cuantos metros de la de Luis, y ahora, de la de Blanca. Iba con Soledad, canasta de comida en mano, y se sentaban sobre las lápidas a comer y a poner al día a sus seres queridos. Quién se iba a casar con quién, quién había tenido un bebé, quién se había enemistado con quién y por supuesto, como si los difuntos no lo supieran ya, quién había pasado a mejor vida.

A Esperanza no le resultaba fácil encontrar la tumba de Blanca por la noche. Durante el día sabía que para llegar a ella tenía que doblar a la izquierda después de la tumba de los García, pintada de color naranja amapola, después a la derecha pasando la de los Salazar, color gelatina verde marca Jell-O, y justo antes de llegar al muro del fondo, otra vez a la derecha al pasar el mausoleo de los Mendoza, ese pintado de un azul mosaico de baño. Pero esa noche, la luna estaba escondida detrás de unas nubes negras y no había suficiente luz para sacar a relucir los colores. De modo que Esperanza dio algunas vueltas equivocadas antes de llegar adonde, supuestamente, los restos de su hija no descansaban en paz.

La tumba de Blanca era sencilla. Tenía una cruz de madera provisoria donde se leía: «A la memoria de Blanca Díaz. Por si acaso está aquí.» Mientras no estuviera segura, Esperanza no mandaría construir una lápida de cemento rosa intenso con una ventanita donde poner la foto de la niña y una veladora.

Esperanza comenzó a escarbar. Los perros la miraban atentos. Por suerte, la tierra todavía estaba floja. Por desgracia, empezó a llover.

—¡Se están mojando de oquis! —les dijo a los perros en voz baja, sin dejar de quitar lodo con la pala, aunque en realidad se lo decía a ella misma. Tenía miedo de encontrar a Blanca. También tenía miedo de no encontrarla.

Las lluvias llegaban a Tlacotalpan cada verano, hinchaban el río, e inundaban las calles hasta la altura de las rodillas de la gente. Durante dos semanas, todos en el pueblo subían sus muebles a baldes puestos boca abajo, anudaban sus cortinas en alto, enrollaban sus tapetes, caminaban entre agua y esperaban con paciencia a que el río volviera a su cauce normal antes de empezar a limpiar.

A la edad de seis años, Esperanza sobrevivió a una inundación asesina que se llevó a su padre río abajo. Ella y su madre, que estaban en la iglesia al momento de suceder la catástrofe, lograron subir al campanario. Y porque le rezaron a san Adjutor, santo patrón de los ahogados, cuando volvió la calma el cuerpo del buen hombre fue uno de los pocos que encontraron, inerte, al lado del cadáver inflado de un cebú. Ahora, toda la casa de Esperanza estaba preparada para recibir medio metro de agua, año tras año, sin que le echara a perder los sillones, mesas, sillas y camas. En cuestión de cuarenta y cinco minutos podía poner a salvo todas y cada una de sus pertenencias en lo alto de las estanterías. Ya ni siquiera creía necesario hacer simulacros, como cuando era adolescente. Pero esa noche no estaba en su casa y la lluvia caía con descaro, lo que convertía al cementerio en un charco de lodo viscoso, pegajoso e imposible.

—San Isidro, por lo que más quieras, no me la pongas más difícil —rezaba al Cielo, aceptando sin ganas las gotas de agua que mojaban su cara.

Pero el santo patrón de las lluvias no escuchó su plegaria. Tal vez se lo impedía el intenso ruido del aguacero tropical. El hoyo, sin embargo, era cada vez más profundo. Esperanza se puso a cavar con mayor fuerza. Los perros la miraban desde el borde de la tumba.

—Ni crean que vamos a encontrar huesos aquí, si es lo que esperan. ¡Lárguense!

Les arrojó piedras hasta que se fueron, pero al cabo de unos minutos, regresaron.

Cavó toda la noche. Se le entumecieron los brazos. No podía distinguir entre la lluvia y las gotas de sudor que caían por sus sienes. Tan pronto como sacaba lodo a paladas de la tumba, riachuelos de agua turbia y fangosa volvían a escurrirse dentro del agujero. Finalmente, la esquina de la pala dio contra algo macizo. El ataúd. Escarbó con las manos. Si su hija estaba ahí, quería que fueran lo primero que la tocara. Trató de abrir la tapa, pero no la pudo abrir. El plástico se había desgarrado. Los clavos estaban demasiado enterrados. Sus manos eran un hervidero de ampollas. La lluvia se convirtió en una llovizna tímida. Agradeció el favor a san Isidro Labrador. Una vez más, demostró ser el santo máximo de la lluvia y el mal tiempo. Se persignó. Golpeó en la tapa del ataúd como quien llama a una puerta y acercó el oído a la madera. Esperaba una respuesta. Volvió a golpear. La caja bajo sus pies sonaba tan hueca como un tambor. Levantó la cabeza y pensó: «San Judas Tadeo tenía razón. Blanca no está enterrada aquí. Blanca está en otra parte. Este ataúd está vacío.» Se arrodilló sobre la tapa y rezó: «Por favor, san Judas Tadeo, concédeme las fuerzas necesarias para buscar a Blanca hasta encontrarla. Ya me diste pruebas suficientes de que no está aquí. Me encomiendo a ti. Te entrego mi vida, mi espíritu y mi voluntad para que me guíes. La voy a encontrar. Voy a hacer lo que sea. Tus órdenes son muy claras. Y por favor, perdóname por dudar de tu palabra y venir al cementerio, pero es que tenía que estar segura.»

Tan pronto como empezó a cubrir nuevamente el ataúd con lodo, Esperanza vio que a lo lejos dos rayas de luz tasajeaban la noche. Los perros ladraron.

–¿No te digo? Acá'stá –dijo una voz aguardentosa.

Esperanza todavía estaba dentro del agujero cuando la luz de una linterna le pegó en la cara. Dos hombres, uno joven y otro viejo, resbalaban en el borde lodoso de la tumba, tratando de atraparla.

–Usté se va derechito pa'l bote, seño'. La vamos a encerrar hasta averiguar qué hace aquí –dijo el viejo.

El perro chaparro amenazó con morder al joven en la pantorrilla, pero recibió una patada en el hocico que lo mandó al fondo del agujero con Esperanza.

–Róbele a los vivos. Ésos sí se pueden defender –dijo el joven, indignado, mientras sujetaba a Esperanza con fuerza.

–¡Este terreno es mío! ¡Yo pagué por él a perpetuidad! –les gritó Esperanza, tratando de liberarse.

Pero los guardias no la escucharon. La agarraron de los brazos, la sacaron del agujero y se la llevaron a rastras entre las tumbas. No podía permitir que la arrestaran. «Encerrada en la cárcel no puedo buscar a Blanca», pensó. Trató de zafarse hasta que logró escapar, pero la alcanzaron de nuevo, hablando tranquilamente entre ellos, y sin hacer caso de sus gritos y reclamos, siguieron arrastrándola hacia las puertas del cementerio.

–Yo que tú –dijo el viejo con la voz taciturna que da la experiencia–, iría a ver a don Chon antes de ir con el doctor. Cuando me empezó la pedorrera, me operó nomás poniéndome un algodoncito con alcohol en la panza. Ni bisturí, ni cirugía.

Esperanza les gritó, los pateó, los mordió, pero no sirvió de nada. El viejo le tapó la boca con su pañuelo para no oírla.

–¿Y qué era? ¿Qué tenías? –preguntó el joven.

–Gas. Pura pedorrera por andarle diciendo tantas mentiras a mi viejita –contestó el viejo–. Tenía todita la tripa bien inflada. –Apretó los brazos de Esperanza con todas sus fuerzas.

–¿Y no te recetó nada?

–Nomás chupar una caña de azúcar después de cada mentira. Ya te digo, si es verdad de Dios que para todo hay remedio. Nomás hay que ir con el que sabe.

Los gritos sofocados de Esperanza se oían lejanos, trataban de escapar por debajo del pañuelo. Entre jalón y jalón, se dio cuenta de que los perros la seguían y se preguntó cómo habría logrado el de las patas cortas salir de la tumba.

–¿Y hay que sacar cita? –El joven se mostraba muy interesado en el consejo del viejo.

–No. Nomás te presentas. Ya verás que don Chon te va a quitar esos granos que traes en la lengua.

–¿Tú crees?

Mientras la arrastraban sobre la tierra mojada del cementerio, Esperanza sintió que la maleza le arañaba las piernas. Minúsculos hilos de sangre le corrían por las pantorrillas. Tenía los brazos amoratados. Se le enganchó un pie entre dos lápidas. Los guardias la jalaron hasta que logró zafarse, pero perdió el zapato.

A empujones la llevaron hasta la reja de la entrada, pero justo cuando la iban a cruzar, Esperanza se soltó y corrió hacia afuera del cementerio, cerró deprisa el enorme candado alrededor de los barrotes de hierro y dejó dentro a los dos hombres que, nerviosos, buscaban la llave en sus bolsillos.

Esperanza corrió en medio de la oscuridad más profunda, la que anuncia que el amanecer es inminente, hasta que se acordó de la pala. Era prueba suficiente para que la arrestaran. Para regresar por ella tendría que esperar a que se fueran los guardias. Se escondió debajo de un camión estacionado y escuchó la conversación de los hombres detrás del muro del cementerio. Los perros la habían seguido.

–Ladrones de tumbas. Nomás hay pura chingadera en este canijo mundo, te digo –oyó que decía el joven a lo lejos, mientras ella contaba sus heridas.

–Déjala. Ni se llevó nada.

–¿Crees que le sacamos un buen sustito?

–¿No la viste correr? Ésa sólo regresa fría y empacada en una caja.

Los perros le lamían la cara. Esperanza trataba de no hacer ruido. Tendría que saltar el muro en cuanto se fueran. Más valía que lo hicieran pronto. No tardaba en empezar la misa de seis, la que le había pedido al padre Salvador que ofreciera por la salvación del alma de Blanca.

–A don Enrique le quitó los granos que le habían salido en la lengua por andar queriendo cogerse a la señora de Fermín González –dijo el viejo. Su voz se perdía en la distancia.

–¡N'hombre! ¿Y se la acabó cogiendo?

–Claro. Ésa fue la receta que le dio don Chon.

★   ★   ★

Las piernas de Esperanza no andaban con la prisa que ella quería. El tacón de su único zapato se atoró entre los adoquines de la angosta banqueta y se desprendió. Esperanza no se regresó a recogerlo, pero sí pensó que las sandalias de Blanca hubieran sido una elección mejor para llevar al cementerio. Los perros trotaron a su lado como si fueran fieles hasta llegar a la iglesia de la Candelaria. Su pelambre se secaba al calor de los primeros rayos del sol que se abrían camino entre las nubes detrás del campanario. Esperanza escuchaba un canto nasal que provenía de la iglesia: «Señor, me has mirado a los ojos y sonriendo has dicho mi nombre. En la arena he dejado mi barca. Junto a ti buscaré otro mar.» Desde niña se sabía la letra de memoria, pero por alguna razón, y aun cuando lo había intentado muchas veces, no podía cantar por la nariz como las viejitas que acostumbraban ir cada día a misa de seis. Escondió la pala detrás de una buganvilla y les ordenó a los perros que se quedaran fuera. La misa ya había empezado.

—No se me vayan a ir a ningún lado. Los puedo necesitar de testigos.

Los perros se sentaron obedientemente en los escalones de la entrada, como si supieran cuál era su lugar en el mundo.

Esperanza trató de limpiarse el lodo de la cara con la mano, pero se ensució aún más. «Espero que Dios pueda ver a través de la mugre», pensó, y entró cojeando en la antigua iglesia. Desde el techo, imágenes de querubines sostenidos de los últimos vestigios de pintura la siguieron con la mirada.

Se arrodilló al final de la nave lateral, hizo la señal de la cruz y se sentó en el borde de la última banca. Una anciana, quizá la más vieja de Tlacotalpan, estaba sentada delante de ella. Se había cubierto la cabeza con un Kleenex que reemplazaba el velo abolido por la Iglesia hacía ya mucho tiempo. Escuchaba las palabras del padre Salvador como si cumpliera con el sacrificio más doloroso de su vida. Los santitos atrapados dentro de las manoseadas cajas de cristal, los que colgaban de las paredes, los que se mantenían peligrosamente en equilibrio sobre los pedestales, todos miraban a Esperanza. Pensó que si le hablaran como lo había hecho san Judas Tadeo seguramente la regañarían por presentar-se cubierta de lodo en la casa de Dios, pero no podía perderse la misa de su hija.

—Esta misa está dedicada a la inmediata salvación del alma de nuestra hermana Blanca Díaz, que sentada esté en el Cielo al lado de Nuestro Señor —dijo el padre Salvador al mismo tiempo que recorría con la mirada la escasa congregación, en busca de Esperanza.

—Esta misa está dedicada al inmediato regreso de nuestra hermana Blanca Díaz, que sentada esté en un camión, de regreso al lado de su mamá —susurró Esperanza.

La vieja oyó su súplica y se volvió para ver quién hacía semejante súplica. Esperanza le ofreció su sonrisa más amplia rodeada de barro y la mujer a su vez aprendió que aun a su avanzada edad podía asombrarse del desparpajo de cierta gente. Se tragó un grito que estaba a punto de soltar y se cambió de banca. Esperanza ya estaba acostumbrándose a que la miraran con ojos de indignación, pero no entraba en sus planes asustar a los viejos, de modo que fue a esconderse en la oscuridad, detrás de una columna.

Desde donde estaba, tenía de frente a san Martín de Porres. Era pequeñito y estaba cubierto de polvo. El cristal que lo protegía se había roto al caer al suelo durante el último terremoto que había sacudido a Córdoba y nunca le pusieron uno nuevo. Así es que allí estaba, a la merced de la brisa, los bichos y alimañas tropicales que insistían en atacar su túnica. Esperanza siempre pensaba que tal vez por eso san Martín se veía tan descuidado. Su escoba atraía el polvo como los focos de los puestos donde vendían tacos atraían a las moscas. Se hincó en el reclinatorio frente a su santo y pensó en lo que le iba a decir. Él se quedó ahí, quieto en su pequeño pedestal, esperando pacientemente su oración. San Martín de Porres. El único santo negro que Esperanza conocía. Sin ir más lejos, el único negro que conocía.

Desde el púlpito, el padre Salvador amenazaba a los fieles, o mejor dicho, a los infieles:

—Ya sé quiénes andan por ahí deseando a la mujer de su prójimo. Ustedes saben muy bien a quiénes me refiero, y más les vale que vengan el próximo domingo a confesión. Los quiero ver a todos aquí formaditos. Y no necesito repetirlo.

Luego tosió, tanto, que Fidencio, el sacristán mudo, se preocupó y corrió a ayudarlo. Como no le podía decir: «Levante los brazos, padre. ¡Tome aire!», sólo le dio unas palmadas en la espalda hasta que el padre Salvador pudo continuar con la misa.

Esperanza recordó la vez que había oído a una mujer decir en un restaurante que, gracias a una omisión gramatical, sólo había nueve mandamientos para las mujeres. En ningún lado decía: «No desearás al hombre de tu prójima.» Después de la muerte de Luis, ella nunca había vuelto a desear a otro hombre, y menos a los de sus prójimas.

—Ya ves –le susurró a su santito–. Ahora estoy igual de negrita que tú. –Sonrió y el lodo seco de sus mejillas se cuarteó–. Mira, san Martín, tú que eres tan bueno, tan milagroso, por favor dale este recado a san Judas Tadeo: dile que tenía razón. Dile que Blanca, mi hija, no está en su tumba. Pregúntale qué debo hacer ahora. Yo misma se lo preguntaría, pero no quiero ir a su nicho, allá enfrente, en este estado. Toda la gente me miraría y se distraería de la misa.

San Martín de Porres permaneció quieto, pero Esperanza vio que sus ojos miraban en dirección a san Antonio de Padua, al otro lado de las bancas. Esperanza supo en ese momento con qué santo debía hablar y agradeció a san Martín su ayuda. De puntillas se acercó a san Antonio, patrono de la gente perdida, e invocado por mujeres que desean conseguir marido.

San Antonio de Padua vestía una túnica de terciopelo azul, descolorida y rasgada. Docenas de fotos de novios y jovencitas listas para el casamiento colgaban de ella prendidas con alfileres. Por unos novios de azúcar, de los que adornan los pasteles de bodas, subía una hilera de hormigas que llegaba hasta el pelo de chocolate de la novia. En la pared que había detrás de la figura del santo, algunos retablos y exvotos mostraban ilustraciones de niños perdidos, o de viejas solteronas que al fin se habían casado. San Antonio de Padua cargaba al Niño Jesús en el brazo derecho y sostenía una lila de cera polvorienta y desgastada en la mano izquierda. Esperanza sacó de su cartera, mojada y cubierta de lodo, una foto tamaño pasaporte de Blanca y la prendió a la túnica del santo con un segurito que encontró en el suelo.

—San Antonio —le dijo al santo en voz baja—, yo sé que tú, que eres tan milagroso, puedes encontrar un grano de sal en el desierto, así que ayúdame a encontrar a Blanca.

A continuación encendió una veladora y metió una moneda por la ranura de la caja de limosna. En ese momento, como si hubiera sido activado por la moneda como un cochecito de feria, san Antonio de Padua volvió la mirada hacia Esperanza. Su tez brillaba. La cera que cubría la flor se derritió y debajo apareció una lila natural salpicada de rocío que despedía un aroma imposible de identificar, quizá porque en Tlacotalpan no había lilas. Las voces gangosas de las viejitas que cantaban a toda nariz y los demás ruidos de la iglesia se esfumaron de pronto y dejaron a Esperanza sola con su santo hasta que el padre Salvador pronunció las últimas palabras.

—En el nombre del Padre, del Hijo y del Espíritu Santo. Amén. Podéis ir en paz, que la misa ha terminado. Pueden irse a amarse los unos a los otros.

El padre hizo la señal de la cruz en el aire con el fin de abarcar a todos los fieles de una vez y desapareció detrás de la puerta lateral. Esperanza se arrodilló en el reclinatorio y se cubrió la cara, como si estuviera muy concentrada en un rezo, para que no la vieran. No quería alarmar a nadie. Cuando dejó de oír pasos, se levantó. Estaba sola, rodeada únicamente de estatuas que representaban a santos estoicos y sufrientes.

—Gracias por darme tanta fuerza, san Antonio. Ya la siento recorrer mi cuerpo. Tenías razón. Blanca es un granito de sal en el desierto, pero tú me vas a ayudar —le dijo emocionada—. Es más —agregó dirigiéndose a los demás santos—, todos ustedes me van a acompañar. .

Los ojos de san Antonio de Padua volvieron a ser de mármol. Su lila se cubrió de cera. Esperanza le dio un beso en el dedo gordo del pie y corrió en busca del padre Salvador.

El claustro, al igual que el resto de la iglesia, había olvidado ya el significado de la palabra «mantenimiento». Sus columnas, casi estranguladas por una hiedra que crecía salvaje en torno a ellas, se desmoronaban lentamente, como churros de anteayer. Las paredes perdían la pintura blanca que las cubría, quizá a propósito, para dejar ver los colores moribundos que indicaban dónde los curas de otros siglos habían pintado frescos. Las macetas de terracota cuarteadas –muchas de ellas envueltas en alambre para que no se deshicieran en pedazos– recorrían simétricamente los muretes de los pasillos que formaban el cuadrángulo. Algunas ya eran demasiado pequeñas para contener los geranios hambrientos de tierra. Pero no todo moría. Un murmullo constante parecía darle vida al lugar. Era el arrullo de las palomas, inquilinas del techo que pasaban inadvertidas y a quienes no les importaba quién se paseaba por los pasillos del claustro. Su bombardeo aéreo de excrementos siempre había sido democrático: a veces caían en el piso desgastado, otras sobre Fidencio, el sacristán mudo, y por lo general, atinaban a darle al padre Salvador. De vez en cuando se asomaban desde sus nidos incrustados entre las vigas infestadas de termitas para ver quién pasaba. Casi siempre era el padre Salvador, quien, desde la perspectiva de las aves, era un hombre alto y robusto, con una cabeza calva y lustrosa cuidadosamente envuelta en unas hilachas largas de pelo gris. La tentación de bombardear esa cabeza era irresistible.

En esta ocasión, quien corría por el pasillo era Esperanza, que trataba de alcanzar al sacerdote. Iba directo a la cocina.

–¡Padre!

Un gato saltó de quién sabe donde, pasó por delante de ella y corrió a esconderse en unas matas.

Con sólo verla el padre Salvador supo que Esperanza había ido al cementerio.

–Padre, perdóneme por venir a la casa de Dios en este estado, pero tengo que preguntarle si es pecado profanar una tumba.

Esperanza abrazó al padre. No quería llorar, pero a veces, muy pocas, sus sentimientos la desobedecían. Él trató de decirle algo, pero la lengua se le pegó al paladar.

—Está vacía, padre —añadió ella—. Tanto funeral, tanta lloradera, tanto dolor, y no enterré nada.

El padre Salvador acarició el pelo de Esperanza. Le temblaba la mano como a un adolescente que trata de besar a una niña por primera vez. Tuvo que apretarle con fuerza un mechón para controlar sus nervios.

A ella sus caricias le recordaban las de su propio padre cuando de niña se sentaba sobre sus piernas en la mecedora del pórtico. Ése era uno de los sentimientos reconfortantes que había aprendido a olvidar desde la inundación.

Tanto Esperanza como el padre Salvador se abrazaron con tal fuerza, cada uno de ellos con una intención distinta, que no se dieron cuenta de que estaban en la mira de las palomas. A pesar del bombardeo, sólo un chorrito de excremento alcanzó a escurrirse por el hombro de Esperanza. Si se hubiera dado cuenta, no le habría dado importancia.

Una brisa matutina trajo el olor húmedo del río Papaloapan, que se coló por las grietas de las paredes hasta agolparse en la sacristía. El claustro se llenó de murmullos sin significado, voces incomprensibles, minúsculos remolinos que se repetían en los rincones más lejanos. Pero lo que Esperanza necesitaba en ese momento eran palabras. Palabras con sustancia. Finalmente, el padre Salvador le dijo:

—Porque crees, la vas a encontrar.

★ ★ ★

* * *

Fidencio, ayer por la mañana, antes del desayuno, me observaste abrazando a la señora Díaz en el claustro. Te vi de reojo escondido detrás de una columna, ¿cierto? No tienes que contestarme, ni aunque pudieras hacerlo. Lo que viste no es lo que crees. Es un alma en pena, y a mí me corresponde ayudarla a encontrar la paz. Necesitaba que la abrazara. Ha perdido a sus padres, a su marido, y ahora a su hija. Hay hijos de Dios que necesitan palabras de aliento.Otros buscan el consuelo de manera física: un apretón de manos, un abrazo, hasta un beso. Ella necesita de todo, palabras, caricias, que un hermano la estreche entre sus brazos. Éste es un caso difícil por razones que no necesitas saber, pero te pido que no me juzgues por lo que viste. Y por favor, Fidencio, ni una palabra a nadie.

* * *

★ ★ ★

El inmigrante español dueño de la ferretería donde trabajaba Esperanza era conocido en el pueblo como Chilepanzón. Su verdadero nombre era don Arlindo, y a ella le gustaba llamarlo así. Había aprendido que el respeto era un arma muy efectiva para mantener a los hombres a una distancia razonable. Con sólo decir «don» antes de «Arlindo» construyó un ancho muro entre ambos que impidió que la besara en los labios como amenazó hacerlo el día que ella empezó a trabajar para él.

Después de la misa ofrecida por Blanca, dos clientes tempraneros vieron a Esperanza entrar en la ferretería, cubierta de lodo y con una pala en mano. Uno de ellos hizo notar al otro que sólo tenía un zapato, y que éste había perdido el tacón. Sólo por ver aquello había valido la pena levantarse temprano. Ahora tendrían algo nuevo de qué hablar a la hora del café. Esperanza pasó cojeando por delante de ellos en busca de don Arlindo, ocupado como siempre detrás del mostrador. Los perros del cementerio la habían seguido hasta la ferretería pero se quedaron fuera. Seguramente imaginaron que estaría ahí largo rato, porque ambos se echaron en la banqueta y se dieron a la tarea de espantarse las moscas a coletazos.

–Perdóneme por haberme llevado la pala, don Arlindo. Me la puede descontar de mi sueldo. Es que necesitaba una anoche y no tenía en mi casa –dijo Esperanza, y le devolvió la pala cubierta de barro.

—¡Mírate! ¿Así es como te presentas a trabajar ahora? Vete a cambiar que hay mucho que hacer.

—Discúlpeme, pero ya no puedo trabajar para usted. Tengo otro compromiso. —Esperanza le ofreció una reluciente y franca sonrisa para minimizar el impacto de la noticia.

Don Arlindo se sentía agitado cada vez que Esperanza sonreía y mostraba sus dientes muy parejos y blancos a fuerza de comer tantas tortillas. Esta vez, parecían aún más blancos en contraste con el lodo que cubría su cara. Don Arlindo sacó del cajón del mostrador un periódico y se lo puso tan cerca de los ojos, que Esperanza apenas pudo identificar su fotografía. El hecho de que la deseara no le impedía a don Arlindo enfurecerse con ella, y olvidando que sus dientes se habían puesto color ocre desde hacía mucho por fumar puros, se los enseñó en una mueca de ira que lo hizo parecer un mandril rabioso. Si no podía amarla, la odiaría. Esperanza observó que don Arlindo tenía un trozo de cilantro atorado entre el colmillo y la muela.

—¿Es éste tu otro compromiso? —preguntó don Arlindo mientras señalaba una foto donde Esperanza aparecía en el momento de arrojar el basurero sobre el escritorio del funcionario del Registro Civil.

A ella le sorprendió ver su imagen impresa en la primera plana de *El Dictamen*. Todo Tlacotalpan leía ese periódico. Era el único de la región. Se imaginó a sus vecinas hablando de ella, merodeando su casa, asomándose por las ventanas.

—¿O es la tragedia que acabas de sufrir la que te ha hecho perder la cabeza? —agregó don Arlindo.

Esperanza no le contestó. Se fue sin decir adiós. Ni siquiera le agradeció el que la hubiera empleado durante nueve años. Tenía mucho trabajo por delante, pero no en la ferretería.

Cuando dobló la esquina se encontró con Soledad, que estaba buscándola desde muy temprano. Había recortado la foto del periódico en que aparecía Esperanza, y la había guardado dentro de una carpeta de plástico transparente. Para esas horas, todo aquel que conociera a Esperanza se habría enterado del escándalo.

—¡Bendito sea Dios! ¿Dónde estabas?

Por alguna razón, desde la muerte de su esposo la voz de Soledad nunca había vuelto a sonar normal. Parecía preocupada, aun cuando no lo estuviera, pero esta vez sí lo estaba, y mucho.

–Esto ya es demasiado, Esperanza –continuó Soledad, abanicándose con el recorte del periódico–. Pasaste la noche fuera de la casa. –Ahora sonaba ofendida–. Nunca habías hecho esto. Hasta saliste en el periódico. ¿Pues qué te pasa, comadre?

–Fui a ayudar al padre Salvador con la hortaliza.

–Prefiero que no me digas nada a que me digas mentiras. –Soledad miró alrededor para asegurarse de que nadie las viera. Se quitó el chal y envolvió a Esperanza en él–. Por tu dignidad, Esperanza, no puedes seguir haciéndote tanto daño. –Sacó de su bolsa una latita de Vick's VapoRub y se frotó el ungüento alrededor y dentro de las fosas nasales. Lo hacía cuando estaba tensa y preocupada, aunque atribuía su hábito a las alergias.

Esperanza no le dijo que había ido al cementerio, que la habían perseguido los guardias, ni que había renunciado a su trabajo. Por primera vez un silencio, de esos que duelen, se acurrucó entre las dos mujeres.

★ ★ ★

Padre Salvador, quiero pedirle una disculpa por no haber ido a misa la semana pasada. Perdóneme, por favor. He pensado en usted. He rezado los veinticinco rosarios que me dio de penitencia por profanar la tumba de mi hija. Hasta recé unos cuantos más por si acaso usted fue más misericordioso conmigo de lo que Dios hubiera querido. Y he pensado en pasar a saludarlo muchas veces, pero es que han sucedido tantas cosas. Ahora sí que le traigo unos pecados enormes. Grandototes. Ni siquiera me caben por la boca. Tuve que renunciar a mi trabajo. Bueno, eso fue más bien una bendición. No crea que no me gusta trabajar. Es que necesito todo mi tiempo para buscar a Blanca.

San Judas Tadeo se me ha aparecido dos veces más. La primera vez estaba haciendo papas al horno con jamón y crema. No entro en detalles porque me imagino que no ha desayunado y no quiero despertarle el apetito. La cuestión es que su figura se formó de nuevo en las manchas de grasa quemada de la ventanita de mi horno y me dijo: «¡Encuéntrala!» ¿Por dónde empiezo, padre? Es como buscar un pelo de gato en una alfombra mechuda. El doctor Ortiz la debe tener viviendo en uno de esos hoteles que huelen a pecado, donde los camioneros pasan a tomarse unas cervezas y… bueno, padre, no quiero decirle la otra cosa que hacen, pero eso es lo que están obligando a hacer a Blanca.

Usted sabe a qué me refiero, ¿verdad? Muchos hombres han venido a confesar ese pecado. No me tiene que decir sus nombres. Todo se acaba sabiendo en este pueblo. He oído que hay gente que secuestra niñas y las vende a casas de mala nota, pero dudo que usted me lo pueda confirmar. Me imagino que esa clase de gente nunca llega a su confesionario. Pero existe. Habrá leído infinidad de casos en el periódico. ¡La deben tener en un infierno! Y todo lo que tengo para encontrarla son las órdenes de san Judas Tadeo. La última vez que se me apareció, la estufa brillaba como si el sol hubiera viajado millones de kilómetros para esconderse en ese huequito donde cocino mi comida. Pensé en tomar prestada la cámara de Soledad para sacarle una foto, pero si habría ido hasta el armario por ella, me hubiera perdido la aparición. Ya ve que mi santito siempre está deprisa. Sólo me dijo: «Debes llegar a tu hija. No importa qué tengas que hacer. No está muerta, está…» Yo le contesté: «¿Dónde está? ¡Dímelo!», pero en vez de contestar, desapareció como acostumbra, llevándose otro poquito de luz de mi cocina.

No es muy comunicativo. Quisiera que me diera más pistas. Me senté frente a la estufa preguntándome cómo haría para encontrarla, hasta que se me ocurrió conseguir trabajo en La Curva. ¿Ha estado ahí, padre? Perdón, no quise preguntarlo así. De seguro lo habrá visto a lo lejos. Es ese hotelito azul con la puerta roja, el que está camino a Alvarado, a la altura de esa curva bien quebrada. Todo el mundo sabe que es una casa de citas, pero nadie lo admite. Y ahí es donde encontré trabajo. Le dije a mi comadre Soledad que soy recamarera en un hotel, pero no le dije cuál. Sé que es una mentira, pero no quiero que se preocupe. De cualquier manera ya no me cree nada. ¿Para qué decirle la verdad? Si la quiere saber, sólo tiene que buscarme en los seis hoteles de la región. No lo va a hacer. Además, no es que esté yo haciendo algo malo.

Cambio las sábanas y limpio los baños de las habitaciones del segundo piso. Tengo que esperar a que salgan las parejas para entrar a hacer la limpieza, hasta ocho veces en una sola noche. Algunas prostitutas trabajan horario corrido. Otras son nada más de medio tiempo, y a veces los clientes traen a sus propias mujeres de fuera. Las veo pasearse por el antro vestidas con sus faldas apretadas, sus zapatos de plataforma, dejando a su paso un aroma a perfume corriente, masticando chicle con la boca abierta y pintada de rojo, y diciendo palabras que sólo les he oído decir a los estibadores de los muelles. Parece que les ha crecido un callo alrededor de los sentimientos. Supervivencia. Me pregunto qué es eso que resienten tanto que hace que les falte brillo a sus ojos.

Y después, al día siguiente, los hombres se ven tan santitos andando por las calles, pero sólo usted y yo sabemos la verdad: yo les limpio las sábanas, y luego vienen a usted para que les limpie el alma. He tenido que cambiar sábanas manchadas de sangre, semen, ron, orina. Una cobija estaba tan desgarrada que la tuve que hacer trapos. Pero ni rastro de Blanca. Aunque huelo todas las almohadas no consigo identificar su olor: rebanadas de papaya salpicadas de jugo de limón. Después de bañarse, el aroma flotaba por la casa y me hacía cosquillas en la nariz hasta hacerme estornudar con tal estruendo que me sacudía todo el cuerpo. Necesito estornudar, padre. He estado durmiendo con un plato de rebanadas de papaya salpicadas de jugo de limón sobre mi mesa de noche y el olor me ha traído sueños precisos de mi Blanquita: tocando la guitarra en el pórtico, lavándose el pelo en el fregadero de la cocina, yendo a la escuela en su bicicleta, pedaleando a toda velocidad. Pero no he estornudado.

Padre, también quiero confesarme en nombre de mi hija. Sé que no puede acercarse a una iglesia. Perdónela, se lo ruego. Debe estar en una de esas casas, complaciendo a hombres que nunca volverá a ver. Carniceros con barrigas enormes y piojos en el vello de la espalda. Camioneros de alma desfigurada y volcanes de pus en los hombros. Albañiles con manos de reptil que sacan sangre cuando acarician. Burócratas con esposas inocentes que no saben dónde están sus maridos. La deben forzar a quitarse la ropa diez veces al día. Perdónela, padre. Perdone a mi hija por todos los pecados que la han de obligar a cometer. Yo haré la penitencia por ella. ¿Quiere que camine hasta la iglesia con corcholatas de Coca-Cola dentro de los zapatos, o que ande de rodillas por todas las calles empedradas del pueblo, rezando el rosario ante los ojos de mis vecinos? ¿O será mejor que me clave agujas debajo de las uñas hasta sangrar y después meta los dedos en jugo de lima? Haré lo que me pida. Yo sé que no puede absolver por terceras personas, pero ¿qué tiene que perder? Déle una absolución temporal hasta que pueda ir a la iglesia. Si lo hace, me va a dar mucha tranquilidad.

★ ★ ★

Nadie conocía la identidad del propietario de La Curva, pero todos sabían dónde estaba: justo donde la carretera daba la curva más quebrada entre Tlacotalpan y Alvarado. La gente creía que los narcotraficantes se valían de ese hotel para lavar dinero. Algunos aseguraban que el dueño era el gobernador del estado. Otros garantizaban, siempre en susurros, que La Curva era la sede de un movimiento anticatólico creado para mantener a los sacerdotes ocupados escuchando confesiones y distrayéndolos del objetivo principal del movimiento: desestabilizar la Iglesia. A pesar de todo, La Curva era uno de los sitios más concurridos del pueblo. Más que la peluquería antes del domingo de Pascua, más que el mejor restaurante el día de las madres, incluso más que la nevería de mayor popularidad en plena tarde húmeda y calurosa de agosto.

Los espejos colocados en todas las paredes del lugar reflejaban imágenes de hombres y prostitutas que bailaban al ritmo de danzones eternos. Los clientes llegaban a cualquier hora de la noche a contratar los servicios de alguna prostituta, muchas veces aquella con la que se sentían más cómodos y a quien al menos podían llamar por su nombre. Además de espejos, las paredes estaban decoradas con pinturas de mujeres desnudas, figuras de colores brillantes sobre terciopelo negro. Supuestamente La Curva era un bar, pero en el primer piso había dieciocho habitaciones que se alquilaban por hora. Los huéspedes subían por unas escaleras anónimas, ocultas detrás de un enorme biombo que también cubría la entrada a los baños. De ese modo, nadie sabía quién iba adónde.

En su primer día de trabajo, Esperanza había llegado temprano para cubrir el turno matutino. Como no quería que la vieran entrar en La Curva, se había bajado del autobús doscientos metros antes de la parada y había recorrido el resto del trayecto caminando. A esas horas, sólo quedaban tres clientes de Alvarado. Esperanza los encontró en la puerta. Seguramente regresaban a sus casas, con los ojos lagañosos y el aliento rancio y ofensivo. Se los imaginó saludando a sus esposas, y a ellas preguntándoles: «Mi amorcito, ¿cómo te fue en tu viaje de negocios? ¿Has tenido mucho trabajo? Te ves exhausto.»

Esperanza estaba segura de que encontraría una pista, algún indicio que finalmente la conduciría hasta Blanca. San Judas Tadeo no iba a llevarla de la mano hasta donde estaba la niña. Tendría que investigar por su cuenta. Afortunadamente, desde los seis años había visto muchas películas de detectives. Su madre había empezado la tradición de ir al cine para combatir la soledad, un año después de que su marido muriera ahogado en la inundación. «La distracción cura el dolor», le decía a Esperanza camino al cine, el único edificio con aire acondicionado. Se sentaban en la quinta fila, justo al centro, y Esperanza siempre adivinaba, con sorprendente certeza, quiénes eran los malos, qué iba a suceder después y cómo terminaría la película.

Abrió la ventana de una de las habitaciones del prostíbulo para dejar entrar el sol. Desde niña había aprendido que la luz del sol mata bacterias e impurezas, y de seguro que La Curva estaba sobrepoblado de ellas. Sacudió las sábanas y miles de partículas de polvo flotaron por el aire y al cruzar los rayos del sol, tomaron un color dorado.

Después de tender la cama, inspeccionó las sábanas sucias. Tenían manchas de lápiz de labios. Las arrugó entre sus brazos y las olfateó. Buscaba aunque fuera un dejo de olor a rebanadas de papaya salpicadas de jugo de limón, pero la sábana sólo olía a establo. Alguien había dejado una dentadura sobre la mesa de noche. Esperanza la recogió con el borde del delantal y se la guardó en el bolsillo. Recordó haber visto detrás de la barra una canasta para objetos perdidos. De ese modo, los clientes podían recuperar lo que habían olvidado sin tener que pedírselo a nadie. Tomó la escoba, el recogedor, los trapos y el Pine-Sol. Metió las sábanas sucias en la bolsa de la lavandería y se fue a la siguiente habitación.

Allí, el procedimiento fue el mismo: corrió las cortinas, abrió la ventana e inspeccionó las sábanas sucias. Tenían una quemadura de cigarro. Pasó el dedo índice a través del agujero. Desató unas pantimedias de la cabecera y las arrojó con asco en un pequeño cesto de basura que había al lado de la cama, en el fondo del cual vio un condón usado. Había visto anuncios de preservativos estratégicamente pegados en un rincón discreto de la farmacia y reconoció, al lado del hule remojado, la cajita negra con las letras doradas: «Titán.» Vació el contenido del cesto de basura en uno más grande con ruedas que arrastraba de habitación en habitación, pero el condón se quedó pegado en el fondo. Sacudió el cesto. Golpeó la base como si fuera una botella de catsup. Nada. Por fin, logró desprenderlo con la punta del palo de la escoba y se acercó a la ventana para estudiarlo. Nunca había visto uno fuera del paquete. Se preguntó si podría usarse otra vez. Luis nunca había usado condones. Tal vez debería ponerlo en la canasta de las cosas olvidadas.

Al tercer día de buscar pistas, de escuchar las conversaciones de los huéspedes y de hacerse pasar por una recamarera, Esperanza se sentó a tomar café con una de las prostitutas, Natasha, cuyo nombre verdadero, según supo después, era Lupita.

—¿Cómo te metiste en este negocio? —le preguntó Esperanza.

—¿Te quieres cambiar de trabajo?

—Se me estaba ocurriendo que sí. Es más dinero, ¿verdad?

–Sí, pero en lugar de tender camas, las destiendes. Un desconocido te chinga y te confía sus secretos más íntimos. Luego se despide y, si te va bien, no vuelves a verlo. ¿Te vale la pena cambiarte de trabajo por esto?

–No sé. ¿Tú por qué lo haces?

–No es por dinero. Es por venganza. Mi ex marido creyó que podía llevarse a la cama a quien quisiera, y así le demostré que yo también podía.

–¿Te abandonó?

–No, yo lo abandoné a él.

Natasha le dio un sorbo a su café. Esperanza remojó un pedazo de pan dulce en su taza. Ambas bebieron en silencio. Esperanza se preguntó si simulando que era una prostituta le resultaría más fácil dar con Blanca. Los hombres suelen contarles sus secretos a las prostitutas. Tal vez ella lograra hacerse pasar por una, sólo por un tiempo. Podría ir de burdel en burdel y de horno en horno. Era una opción.

★ ★ ★

Qué bueno que Fidencio está grabándole el episodio de la telenovela, padre Salvador. No quisiera que se lo perdiera, pero es que tuve que venir a verlo urgentemente. Más ahora que anoche por fin di con una pista de dónde podría estar Blanca.

Ocurrió cuando guardaba la escoba y los trapos en el armario de la limpieza, allá en La Curva. Algunas parejas bailaban. En la penumbra, unos cuantos borrachos caminaban entre la gente y pasaban frotando sus cuerpos contra las mujeres. El ambiente se sentía grasoso y estaba lleno de humo. Dos hombres entraron al bar. Hablaban y se reían. El más alto tenía una espinilla infectada en el cuello. Y como estoy haciendo de detective, no pude evitar escuchar su conversación. El alto dijo: «Te digo, pues, que tienen chamaquitas, bien pollitas. Trece, catorce años, no más. Pero la tienes que reservar con anticipación. Y no creas que están disponibles para cualquiera.»

Como se imaginará, padre, yo tenía que saber dónde era ese

lugar, pero no me atreví a preguntarle hasta que vi una estampita de san Martín de Porres clavada con una tachuela en la puerta del armario. Me la habrá enviado Diosito. La toqué con la punta de los dedos. No tenía bolsillo, así es que me la puse dentro del brassiere. Esperé a que los dos hombres pidieran sus cervezas, me armé de valor y le pregunté al alto, directamente y sin rodeos: «Disculpe, señor, ¿dónde es ese lugar que dice?», y él me contestó: «Ah, pues es un secreto.» Luego se rió a carcajadas. Estaba burlándose de mí, pero si quería la información no me podía enojar. El alto le dio un codazo al otro fulano y me dijo: «Si quieres te digo, pero en la orejita», y empezó a acercarse a mí. Yo me alejé paso a paso hasta que tropecé con una silla. Tenía miedo, padre. Desde Luis, ningún hombre me había hablado a tan poca distancia. Yo creo que se dio cuenta, porque me preguntó: «¿Qué pasa? ¿No es de buena educación decir secretos enfrente de otras personas? Ven, vamos arriba.» Y luego le dijo a su amigo: «Espérame. Necesito que me des un aventón a mi casa. No me tardo nada.»

En ese momento supe que ese hombre me había confundido con una ya sabe qué. Me jaló del brazo hacia la escalera. Si se daba cuenta de que estaba asustada, nunca me daría los datos del lugar aquel. No podía entrar en pánico, pero a pesar de que les ordené a las palabras que se quedaran dentro de mi boca, le dije: «Oiga, yo no soy lo que usted cree.» Y él, sin mirarme, contestó y apretó su mano alrededor de mi brazo: «¿Ah, no? Entonces qué demonios haces aquí? ¿Vienes a rezar?» Yo no le contesté. Entramos a la habitación doscientos ocho. Justo acababa de hacer la limpieza ahí.

No perdió el tiempo. Se quitó la camisa en cuanto entramos. Tenía que ocurrírseme un escape de inmediato, así que tomé una bocanada de aire y salté sobre la cama. Gracias a Dios esa mañana había visto a una pareja en un acrobático encuentro sexual que me pareció más un certamen de calistenia que sexo. La mujer brincó a la cama y gritó: «¡Cáchame!» para luego dar dos piruetas y un salto de regreso a los brazos del hombre que la esperaba a un metro de la piecera. No era mi intención ver aquello. Fue accidental. No crea que me la paso espiando a los huéspedes.

Estaba a punto de terminar de lavar el baño cuando entraron tan deprisa que no pude ni salirme. No supieron que los vi. Tal vez trabajaban en un circo, no sé. Pensé en la manera tan delicada en que Luis y yo siempre hacíamos el amor. Mi piel aprendió a leer sus huellas digitales, los dibujos de sus poros, sus vellos capilares. Me hacía cosquillas. Me rascaba. Me sobaba. Mi piel se contraía y temblaba cuando me tocaba. Un escalofrío después de otro. Pero nunca practicamos gimnasia. Nunca se nos ocurrió. Me pregunto qué cosas hará la demás gente en la intimidad que ni siquiera me pasan por la imaginación.

En fin, justo cuando el tipo aquel se terminó de quitar el cinturón, yo grité: «¡Cáchame!» y me arrojé en sus brazos. Por instinto me cachó, pero la sorpresa lo hizo perder el equilibrio y los dos caímos al piso. Desafortunadamente y contra mis esperanzas, eso no lo detuvo. Nada más se sonrió y me dijo: «Ahora sí ya te entiendo. Te gusta jugar.» En cuanto se levantó corrí a encerrarme en el baño, pero me siguió y me atrapó contra el azulejo de la regadera, rasgándome la blusa, y mientras me la jaloneaba para quitármela, se me salió del brassiere la estampita de san Martín de Porres. Cuando la levantó del piso, la besó y me la devolvió, diciéndome: «Así es que sí vienes a rezar aquí, putita.» Luego se apoyó contra mí, presionándome contra la pared y haciéndome daño en la espalda con el grifo. Padre, estoy segura de que mis santitos me ayudaron, porque el tipo no se había ni desabrochado la bragueta cuando eyaculó prematuramente y se mojó los pantalones justo a la altura del cierre. Entonces exclamó: «¡Ah, que la chingada!» Conste, padre, que sólo digo malas palabras cuando estoy repitiendo lo que alguien dijo. No me las vaya a contar como pecados.

Bendito sea Dios que el hombre ese estaba deprisa. Yo sé que san Judas Tadeo me dio las fuerzas para hacer lo que hice. Me vestí rápido y lo mejor que pude. Mi blusa estaba desgarrada. Él se secó con una toalla, miró su reloj y dijo: «Ah, chingados, ya se me hizo tarde.» Yo dije: «Pues no perdió mucho tiempo conmigo.» Y luego murmuré: «Gracias a Dios», pero esa parte no la oyó. Sólo me contestó: «Siempre me pasa esto, carajo, por más que trato de hacer rendir mi dinero», y terminó la frase con un eructo que olía a taco de carnitas.

Le pregunté dónde quedaba el burdel que había mencionado, y me respondió: «En Tijuana. Allí van los gringos a pagar buen billete del verde para chingarse muchachitas. Se le conoce como la Mansión Rosada, pero si quieres mi consejo, ni te molestes en ir. No me malinterpretes, eres una mujer muy bonita, demasiado. Me podría envolver en esa melena negra que tienes y dormir como un bebé, si tuviera tiempo. Pero ya no eres ninguna adolescente y allá sólo reciben chiquillas. Además, no te me vayas a ofender, preciosa, pero estás un poco oxidada. Eso de andar saltando de la cama, nunca lo he visto.» Luego me acarició el cachete y me dio un billete de cincuenta pesos. El héroe nacional impreso en el billete tenía dos cuernitos pintados con marcador azul. El tipo se fue sin despedirse. Yo guardé el billete y, de vuelta en mi papel de recamarera, procedí a cambiar las sábanas que tenían marcadas las huellas de mis zapatos.

¿Lo puede creer, padre? Me dio cincuenta pesos. Ni con el doble de ese dinero podría yo llegar a Tijuana. Ni en un autobús de tercera clase, con ventanas manchadas de cebo grasoso, más pasajeros que asientos y el silenciador roto.

Y eso es todo lo que le vine a decir. Le recuerdo de nuevo que tuve que usar las palabras sucias tal y como fueron dichas para que usted apreciara el calibre de los pecados cometidos. Normalmente yo no hablo así. Y ya mejor me retiro. Hay varios hombres detrás de mí que esperan la confesión. Deben ser esos que han deseado a la mujer de su prójimo. De seguro lo van a mantener ocupado toda la mañana con sus pecados. Amén.

★ ★ ★

★ ★ ★

—No sé, mano, pero semana tras semana es lo mismo. ¿Cómo se entera el canijo cura?

—Desde que me acuerdo, yo sólo he deseado a la esposa de Mateo Salcedo, pero nomás en sueños. Ahora, que la mujer que acaba de salir del confesionario se ve bastante bien como para unos cuantos sueñitos.

—¿Cómo se las averigua el cura? Debe ser Fidencio. Ése es el que ha de ir con el chisme.

—Sí, Fidencio siempre nos está mirando. Pero con eso de que es mudo, ¿cómo le hace para acusarnos?

—A señas. Quién sabe. La Iglesia tiene sus maneras.

—Me pregunto si estaremos deseando a las mujeres de nuestros prójimos todo el tiempo.

—A la que me quiero llevar a la cama algún día es a la señora Martínez. Sus niños se ven tan felices; debe tener unos pechos bien dulces y grandes. Lo que no sé es si está casada con un prójimo.

—Para que entiendas mejor, el único hombre en el mundo que no es tu prójimo eres tú mismo.

—Ah, pues estamos jodidos.

★ ★ ★

★ ★ ★

Un autobús de tercera clase, con ventanas manchadas de cebo grasoso, más pasajeros que asientos y el silenciador roto, se arrastraba avergonzado por la carretera que conducía a Tijuana. Esperanza había dejado atrás las palmeras y la densa exuberancia de Veracruz, y ahora, al cruzar el desierto de Sonora, veía que las plantas rodaderas de ramas secas y enmarañadas pasaban veloces por delante del autobús, como si sufrieran de impulsos suicidas.

Esperanza limpió con la manga de su blusa una mancha de grasa en la ventana. Al mismo tiempo y sin distraerse, rezaba en voz baja:

–… y san Rafael Arcángel nos acompañe para que lleguemos sin mal alguno de alma y cuerpo. Amén.

Con la mano derecha sostenía una estampita de san Rafael Arcángel, patrón de los conductores y viajeros. Era de muchos sabido que había choferes de autobuses que llevaban sus figuras de san Rafael Arcángel a bendecir a la iglesia, las fijaban al tablero para poder verlas mientras conducían, e invitaban a sus amigos a un paseo, después de haber bebido cerveza toda la noche, para probar que el santito efectivamente los protegería de un posible accidente. El autobús en que viajaba Esperanza no tenía altar de san Rafael Arcángel. Sólo calcomanías de equipos de fútbol pegadas al parabrisas. En la mano izquierda, Esperanza tenía la foto de Blanca. Cómo la abrazaría cuando la encontrara.

Al otro lado del pasillo, una mujer embarazada amamantaba a

un niño de unos tres años de edad que mantenía el equilibrio al lado de su madre, con los pies tan firmes que parecían clavados en el suelo. Evidentemente, era un viajero con experiencia. Esperanza trató de adivinar cuántos kilómetros recorridos habría acumulado durante su corta vida, pero fue incapaz de calcularlo. Ella casi no había viajado. El niño, aún prendido al pezón de su madre, echó una mirada a Esperanza con unos ojos grandes y negros rodeados de pestañas tan espesas que parecían de papel, como las de una piñata.

Al lado de Esperanza viajaba una niña que podría haber tenido la edad de Blanca. Chupaba un mango clavado en un palito, espolvoreado con polvo de chile picante. Llevaba el pelo como si no se hubiera peinado en semanas. Su ropa necesitaba un lavado urgente y le faltaban algunos botones. En un pie tenía un zapato tenis sin agujeta. En el otro, una sandalia con la correa rota. Hojeaba despreocupadamente una revista de lucha libre y dejaba sus huellas, pegajosas de jugo de mango, en cada página. Esperanza no podía deducir si la niña sabía leer o no. Una foto de la revista mostraba un luchador enorme vestido como un ángel. Detrás de él ondeaba una impresionante capa que semejaba dos alas blancas de plumas reales. Su rostro estaba cubierto con una máscara que brillaba a causa de la luz del flash. Estaba aplicándole una llave, al parecer muy dolorosa, a otro enmascarado en mallas que le pedía misericordia con la mirada. Esperanza sintió una necesidad repentina de tocar la foto. La imagen del ángel luchador hizo que se olvidara de respirar y, al cabo de un minuto, a punto estuvo de perder el conocimiento.

La niña se lamió una gota de jugo de mango que le corría por el brazo. Esperanza recogió su bolsa del suelo y le dio un Kleenex limpio. La niña lo tomó sin darle las gracias; estaba distraída observando al niño que se amamantaba en el pasillo.

—Ése no es un niño —le dijo a Esperanza sin apartar la vista—. Es un enano.

Esperanza escuchó la voz de la niña por primera vez y observó que, debajo de toda la mugre, era bonita. Hizo un esfuerzo por entender cómo, con esa apariencia tan inocente, podía tener pensamientos tan torcidos. Un enano.

–¿Cómo te llamas? –le preguntó.

–Paloma.

–¿Estás viajando sola?

–Ajá.

–¿Dónde vives?

–En San Luis, en Monterrey, en la ciudad de México, en Guadalajara, hasta en Acapulco. Cuando hace frío, voy donde hace calor. Cuando llueve, voy donde está seco.

Cuanto más miraba Esperanza a Paloma, más parecida la encontraba a Blanca. Su nariz redonda parecía afilada, como la de Blanca. Su pelo enredado parecía cuidado y radiante, como el de Blanca. Sus ojos, pequeños y melancólicos, parecían profundos y llenos de significados, como los de Blanca.

–¿A qué vas a Tijuana? –le preguntó Esperanza, que quería escuchar su voz de nuevo.

–Pues a hacer lo que todo mundo hace. ¿Y tú?

–También. Lo que todo mundo.

–Yo ya he ido dos veces.

–¿Y tus papás? ¿Dónde están?

–Están hasta la merita chingada. –Paloma tiró por la ventana la semilla del mango, ya sin rastros de pulpa de tanto que la había chupado, y sin preguntar, se recostó sobre las piernas de Esperanza.

Esperanza sintió el calor de la cabeza de la niña en sus piernas y la invadió una felicidad descontrolada. ¿Y por qué no? Era evidente que Paloma no tenía casa ni relación con sus padres, donde fuera que estuvieran. Tal vez quisiera ir con ella. Le acarició el pelo enmarañado y sacó de nuevo la foto de su hija. Entonces vio la revista de lucha libre sobre el asiento. Paloma estaba dormida, con la boca abierta y un brazo colgando. Esperanza buscó la página del ángel luchador, la arrancó, la dobló y la guardó en el bolsillo de su falda.

Esperanza y Paloma bajaron del autobús en la terminal de Tijuana. Paloma no tenía equipaje. Esperanza tenía una maleta cuyas rueditas, cuando la arrastraba, rechinaban por falta de lubricación. En el otro brazo llevaba una caja de cartón voluminosa y difícil de cargar. En un costado había escrito con marcador: «Frágil. Santos.» La apretaba contra su pecho igual que si se tratara de un bebé. Su contenido resonaba dentro como si fuera un ser vivo que trataba de escapar.

Esperanza había oído en el autobús que Tijuana era la ciudad más visitada del mundo, casi siempre por gente que estaba de paso. Al ver las baldosas desgastadas de la terminal, pensó que tal vez fuera cierto. Los cuadrados de cerámica polvorientos sobre los que estaba parada habían perdido su dibujo y su brillo hacía tiempo, y aparecían más gastados allí donde millones de pies habían pasado en todas direcciones, siempre de camino hacia otro lado. Según un vendedor ambulante de pantimedias que se había sentado en el autobús a dos asientos de Esperanza, Tijuana era la cantina más grande del mundo. Presumía de no recordar nada de su viaje anterior debido a una borrachera cuyos efectos le habían durado tres días. El contador que iba al lado de él añadió que Tijuana era el burdel más grande del mundo. Un hombre que no había hablado durante todo el trayecto, escuchó la conversación y saltó al pasillo, ofendido.

–Ustedes no saben ni madres. Yo he vivido en Tijuana diecisiete años y así no es. ¿Dónde más encuentran un Santa Claus bilingüe? ¿O un restaurante chino que sirve tacos agridulces? Y sí, es el burdel más grande del mundo, pero el tamaño no es lo que cuenta. Son nuestras mujeres las que nos hacen famosos.

Para Esperanza el tamaño sí contaba. Tal vez no fuera tan fácil dar con la Mansión Rosada. Se había imaginado Tijuana como un sitio sin dueño, sin ley, sin expectativas ni posibilidades, pero ahora que se encontraba allí, sólo veía una ciudad llena de gente.

Estaba pensando que tal vez no fuera tan mal sitio después de todo, cuando un hombre, cuyo rostro apenas pudo recordar más tarde, la tiró al suelo de un empujón, le arrancó de los brazos la caja de cartón y la maleta, y corrió hacia la puerta de la terminal. Paloma fue instintivamente tras él, lo alcanzó y le puso una zancadilla. El hombre cayó en medio de un grupo de ejecutivos japoneses. Aprovechando la confusión, Paloma recuperó la caja de cartón, pero el tipo se levantó y siguió corriendo, llevándose la maleta.

–Pendejié. También pude haberle chingado la maleta –dijo Paloma, que todavía jadeaba por el esfuerzo.

Esperanza no se había movido de donde había caído.

–No te preocupes, no tenía mucha ropa. Esta caja es lo importante. Gracias por salvarla.

–Bueno, pues ahí nos vemos. A lo mejor.

Esperanza vio a la niña alejarse, perderse entre la multitud, y, sin poder soportar la preocupación, la alcanzó.

–¿Estás segura de que vas a estar bien tú solita? –le preguntó mientras la tomaba del brazo.

–Eso mismo me pregunto yo de ti –respondió Paloma–. Te está saliendo sangre del codo.

Esperanza la abrazó. Paloma hundió la cabeza entre sus pechos, se quedó quieta y aceptó las caricias. Esperanza se dio cuenta de que la niña tenía piojos.

–Ven conmigo. Te invito a comer.

Esperanza y Paloma entraron en una fonda de cuatro mesas, a unas cuantas calles de la terminal de autobuses. Las paredes necesitaban una mano de pintura. La puerta no abría del todo, y en el menú la palabra «tortilla» estaba escrita con «y», pero el olor a comida casera las atrajo. El incidente con el ladrón de maletas no les había quitado el apetito.

–A mí me da medio pollo con salsa y arroz con huevo estrellado, pero que no se le pase la yema –pidió Paloma sin mirar el menú–. Y también dos quesadillas con tortillas de maíz. Ah, y una Coca.

Esperanza sólo pidió un flan, pues imaginaba que Paloma no podría comerse todo lo que había pedido. Blanca nunca se terminaba lo que se servía. No era justo desperdiciar.

–Si quieres te lamo el codo –le propuso Paloma con la boca llena de comida–. No puedes limpiarte con saliva tu propio codo. Ésa es una de las pocas partes del cuerpo que te tiene que lamer otra gente. Si no lo haces, no se te va a curar.

–No te preocupes. No se me va a infectar.

Esperanza se apretó el raspón con una servilleta. Lo que quería era peinar a la niña, darle un baño de agua caliente, comprarle ropa y zapatos nuevos, inscribirla en una escuela, besarla, abrazarla, regalarle calcomanías de corazones y flores, un prendedor de plata con turquesas incrustadas y tres perlas en forma de lágrimas que colgaran de una barrita dorada. Se preguntó qué pensaría la mamá de la niña en ese momento, sabiendo que su hija vivía en la calle. Tuvo que morderse el labio para no hacerle más preguntas a Paloma sobre sus padres. Parecía que no quería hablar de ellos, o sencillamente se hubiera olvidado de quiénes eran y dónde estaban. Tal vez su vida era más feliz durmiendo debajo de camiones estacionados, comiendo lo que encontraba en los basureros públicos, lavando parabrisas en los semáforos para ganar dinero y comprarse un mango con chile.

Aunque Esperanza había pensado que Paloma no podría comerse todo lo que había pedido, se alegró de verla roer casi hasta la médula los huesos del pollo. Se comió su flan despacio y dejó un trozo por si acaso a Paloma se le antojaba algo dulce más tarde.

El mesero, que también era el cocinero y posiblemente el dueño, puso la cuenta en el centro de la mesa.

—No hay prisa.

—Oiga, disculpe, estoy buscando la Mansión Rosada —dijo Esperanza.

—¿El burdel?

—Creo que sí.

—Me han hablado de ese lugar, pero no sé dónde queda. Es más, no conozco a nadie que haya ido. Debería ir a ver a un tipo que de seguro sabe. No sé su nombre, pero le llaman el Cacomixtle. Tiene un negocio de ésos.

El mesero apuntó una dirección en una servilleta de papel y se la dio a Esperanza, tocando la palma de su mano con la punta de los dedos y dirigiéndole una mirada lujuriosa que ella no supo interpretar. Al fin tenía lo que quería, una pista que la acercaba un poco más a Blanca. Un pedacito de esperanza en una servilleta de papel.

—¿Quieres flan?

Paloma negó con la cabeza y eructó. Esperanza abrió la bolsa para pagar y se dio cuenta de que su dinero no estaba. Lo buscó en cada compartimento de la bolsa, sacando todas sus pertenencias: su peine; un rosario de palo de rosa; sus lentes oscuros; un paquete de Kleenex; un miniálbum con fotos de Luis, Soledad, su casa, su gata *Dominga*, y varias de Blanca; una caja de chicles; un llavero con el logo de Los Valerosos; un estuche de viaje con aspirinas; un bolígrafo; ocho estampitas de santos sujetas con una liga. La habían robado.

–Perdón, señor. Perdí mi dinero.

Buscó desesperada entre las cosas esparcidas por la mesa.

El mesero se armó de paciencia.

–Yo invito –dijo Paloma sacando un rollo de billetes de su bolsillo, y como si fuera un jugador profesional de póquer puso uno sobre la mesa–. Y me retiro –añadió ya en la puerta de la fonda.

Justo antes de que el mesero tomara el billete, Esperanza lo reconoció. Era el mismo billete de cincuenta pesos que el hombre con la espinilla infectada en el cuello le había dado en La Curva. El héroe nacional impreso tenía dos cuernitos pintados con marcador azul.

Esperanza se quedó sentada en el mismo lugar durante media hora, hasta que entendió cómo había ido a parar ese billete a manos de Paloma, y decidió que jamás ninguna niña reemplazaría a Blanca. ¿Cómo había podido comparar a su hija con esa ladronzuela despreciable? Blanca había tenido piojos a los seis años. Sólo en eso se parecían. Esperanza le había tenido que cortar el pelo y le había dado una friega en el cuero cabelludo con una solución tan fuerte que el peine de plástico se había disuelto ante sus propios ojos. Tenía que reconocer también que Blanca no era muy consciente de la importancia del aseo. Como muchos otros niños, a Blanca no le gustaba bañarse, pero una vez en el agua, era imposible sacarla. Además, nunca había aprendido a ser ordenada. En ese sentido, se parecía más a Soledad. No le resultaba fácil encontrar un lugar para cada cosa. Pero no era una ladrona.

Ahora, engañada y sin dinero, Esperanza tendría que dar con la Mansión Rosada, encontrar a Blanca y llevársela a su casa a darle un baño.

★ ★ ★

Esperanza se detuvo frente a un motel en cuya fachada había un gran letrero de luz neón en el que se leía: «El Atolladero. Motel Garaje. Abierto las 24 horas.» Unas palabras eran rojas y otras azules, y se encendían y apagaban alternadamente. Estrujó la servilleta de papel y se la guardó en la bolsa.

La puerta rechinó. El lugar estaba en penumbra, olía a alfombra húmeda y tenía un pequeño bar mal provisto. Al final de la barra una prostituta vieja, con la cara semioculta por un largo mechón de pelo blanco, bebía tequila de la botella con un hombre por lo menos veinte años menor que ella. Detrás de la barra había otro hombre, sin camisa, que se entretenía apretándose un grano purulento en la mejilla. Tenía unos ojos pequeños y negros, una trenza delgada que le llegaba a la cintura, y el tatuaje de una víbora que iba de un brazo al otro pasando por los omóplatos. La cabeza estaba en su codo derecho; el cascabel, en el izquierdo. Esperanza cerró la puerta despacio y puso su caja de santos en el suelo.

—Buenas noches. Perdone, ¿es usted el Cacomixtle?

—Así me llama la gente que me quiere. Mi mamá me llama Liborio.

—Alguien me dijo que usted sabe dónde queda la Mansión Rosada.

—¿Qué, vas a buscar trabajo ahí?

El Cacomixtle miró a Esperanza con descaro y al detalle. Su pelo negro y largo. Sus piernas. Su silueta delgada, perfilada intermitentemente por la luz que entraba por la ventana, primero roja, luego azul, según se encendía y apagaba el letrero de afuera.

—Sí. Trabajo.

—¿Y traes referencias? No creas que admiten a cualquiera.

Sus ojos, pequeños y vulgares, también eran seductores y poderosos.

¿Qué clase de referencias podía dar una prostituta? Esperanza no había considerado este detalle.

—¿Referencias? Pues tengo ocho años de experiencia con hombres altos, chaparros, gordos, güeros, viejos. De todo.

El Cacomixtle se dio cuenta de inmediato de que Esperanza no tenía ni idea de lo que se trataba el negocio. De todos modos, consideró que era una presa deliciosa. Se imaginó frotándole el cuerpo con ungüentos perfumados y luego lamiéndola entera hasta dejarla limpia, metiéndole la lengua en las orejas, el ombligo, las fosas nasales, la boca, la vagina. Nunca se le había negado nada. Tenía derecho a todo, sin límites. Jamás mujer alguna le había prohibido aventurarse dentro de sus orificios. Jóvenes y maduras de diecisiete países habían sentido la punta de su lengua en distintas partes del cuerpo, habiéndoles provocado una revolución en su interior. Todavía se acordaban, donde fuera que estuvieran. No dejaría escapar a Esperanza. ¿Por qué reprimir sus deseos? ¿Por qué aguantarse el hambre ante semejante banquete?

–Mira, yo te puedo meter a la Mansión Rosada. Un cliente mío va seguido para allá. Si pasa por aquí hoy en la noche, te averiguo cómo puedes entrar.

Esperanza sonrió, levantó del suelo su caja de santos y se encaminó hacia la puerta.

–¿Tienes dónde quedarte?

–Voy a buscar un hotel –respondió ella, y de inmediato recordó que no tenía dinero y se imaginó durmiendo en una banca de la terminal de autobuses.

–¿Y qué crees que es este lugar? –preguntó el Cacomixtle.

Las paredes de la habitación estaban pintadas de color papaya. La colcha era amarillo mostaza. Nada colgaba de las paredes. Ni siquiera un paisaje o la reproducción de alguna pintura famosa, como *La Gioconda*. Sólo un gran espejo redondo colocado en el techo, justo arriba de la cama. «Mal lugar en caso de temblor», pensó. La luz intermitente del letrero del motel se filtraba a través de las persianas torcidas.

Primero, «El Atolladero» en rojo. Plinc. Luego «Motel» en azul. Plinc. «Garaje» en rojo. Plinc. Y finalmente «Abierto las 24 horas», también en rojo. Plinc. Una y otra vez, el letrero se repetía. Esperanza se desvistió y se recostó. La cama estaba fría, las sábanas amarillo mostaza, hostiles.

Trató de descansar, pero le fue imposible, de modo que abrió su caja de santos y armó un pequeño altar en la mesa de noche con la foto de Blanca, la de su difunto marido, la Virgen de Guadalupe, san Judas Tadeo y un par de veladoras. Tenía muchas más estampitas, figuras, cromos, crucifijos y veladoras envueltos en las páginas deportivas de un periódico, pero por ahora sólo necesitaba lo básico.

–Luis, tienes que entender –le dijo en voz alta a la foto–. Ésta es la única manera que tengo de recuperar a nuestra Blanquita. No tengo dinero. Yo sé que éste no es un lugar digno, pero por lo menos hoy voy a poder dormir en una cama.

La almohada olía a sudor rancio. La tiró al piso justo cuando el Cacomixtle abrió la puerta.

–¿Ya llegó el cliente? –preguntó ella, sorprendida de verlo entrar sin llamar.

Esperanza confió en que le diera la dirección de la Mansión Rosada para poder irse en ese instante.

–Todavía no, pero te traje un regalito.

Esperanza se sentó y se cubrió con las sábanas. El Cacomixtle observó su pudor ingenuo y puso un maletín sobre la cama.

–Si eres puta, yo soy su santidad el Papa.

–¿Qué te hace pensar que no soy… eso?

–¿A quién tratas de engañar? ¿Qué quieres?

El Cacomixtle vio el altarcito sobre la mesa de noche y dijo:

–Deja que lo adivino. Necesitas dinero para cruzar la frontera y crees que lo vas a conseguir si trabajas de puta unos cuantos días. Muy fácil, ¿no?

–Claro que no. Eso no es.

–Las mujeres como tú son las que le dan mala reputación al gremio. Espera a verte frente a frente con un desconocido que te muestre sus huevos peludos y morados. Vender el cuerpo es como matar. Suena fácil, pero pocos se atreven.

El Cacomixtle terminó de hablar ya en la puerta y puso punto final a su frase con un portazo.

Esperanza no estaba vendiendo su cuerpo. Buscaba a Blanca. Eso de vender y matar no era aplicable a ella. Pero el Cacomixtle no tenía por qué saber sus intenciones. Cerró con llave y se sentó en la cama a inspeccionar el contenido del maletín. Sacó un estuche con maquillaje y un vestido mini, rojo clavel, con un escote exagerado y abierto por la espalda hasta la cintura. Se lo acercó a la nariz. Olía a perfume dulce. Talco. Desodorante. Alguien se lo había puesto recientemente.

Frente al tocador había un banco; se sentó en él y encendió la luz. Algunos de los focos que rodeaban el espejo estaban fundidos. Como tenía todos los elementos, decidió prepararse para su entrevista de trabajo en la Mansión Rosada. Se imaginó cómo se vería si se hiciera pasar por una prostituta. Las cejas anchas. Se las delineó con un lápiz color café oscuro. La ceja izquierda le quedó un poco más arriba, de modo que ensanchó la derecha. Demasiado. Ahora tenía que ensanchar más la izquierda. Luego, la sombra en los párpados. Azul paspartú con diamantina dorada le pareció lo más adecuado. Tal vez un toque de rosa fucsia en la línea de las pestañas. Rímel. Mucho. Como patas de tarántula rodeándole los ojos. Y los labios, rojos. Rojo sangre. Se le hizo difícil seguir la línea de la comisura, pero de cualquier manera quería que sus labios parecieran más gruesos. El pelo, atormentado. Como si alguien hubiera estado estirándoselo. No vio laca para el pelo por ningún lado, así que se lo enredó con los dedos. Cuando terminó, estudió su imagen en el espejo. Definitivamente, parecía una prostituta. La pregunta era si parecía una prostituta antes o después del acto sexual.

Con cuidado de no arruinar su peinado, se puso el vestido. Era una talla más pequeño, por lo menos. Sus pechos apenas si cabían en él. Afortunadamente era stretch.

–Ay, Virgencita de Guadalupe –dijo, mirándose en el espejo sin reconocerse–. Yo sé que el camino al infierno está pavimentado con buenas intenciones. Por favor, ayúdame.

De pronto oyó que alguien trataba de entrar en la habitación. Apagó la luz del espejo y dejó sentir nuevamente la presencia del letrero de neón al otro lado de la ventana. Deseó que el cliente del Cacomixtle entrara y le diera la dirección de la Mansión Rosada sin esperar nada a cambio. Luego pensó que había sido una idea muy inocente.

Pero no era un cliente. Oyó una llave en la cerradura. Era el Cacomixtle.

–¿Se puede? –preguntó en tono amigable.

Con desconfianza, Esperanza ocultó rápidamente el estuche de maquillaje detrás del maletín y se cubrió la cara con un mechón de pelo. No quería que la viera vestida así.

–Parece que te gustan los disfraces, chaparrita. –El Cacomixtle se le acercó tanto que Esperanza pudo ver los poros de su nariz.

–¿Qué quieres? –le preguntó ella, tratando de disimular el miedo que sentía.

–Si yo tuviera un puesto de fruta, tendría que calar mi sandía antes de venderla, ¿no crees?

Su voz estaba impregnada de un antojo enfermizo. Las palabras resbalaron por su lengua húmeda, con la que se dio a la tarea de mojar la oreja de Esperanza, y de inmediato supo que podría volverse adicto al sabor de aquella piel.

Se restregó contra Esperanza haciéndole sentir su pene erecto bajo los pantalones. La acarició con prisa, como un maniático, pasándole las manos por las piernas, la cintura, la espalda. Le lamió el cuello justo debajo de la oreja, y de ahí, como un caracol en un jardín, trazó un caminito de saliva hasta llegar a la orilla del vestido.

–He sido adicto al dulce de tamarindo desde los cuatro años –le susurró al oído.

Esperanza se acomodó los tirantes del vestido para cubrir mejor sus pechos. Él se desabrochó el cinturón. Ella buscó con la mirada la foto de Luis sobre la mesa de noche. Él se abrió el cierre de la bragueta. Ella rezó. Él se bajó los pantalones y los calzoncillos hasta las rodillas. Iluminados por el letrero de la calle, sus cuerpos se pintaron de azul. Luego de rojo. La oscuridad nunca era total. De pronto, justo cuando el Cacomixtle le metía las manos debajo del vestido, Esperanza se arrojó de un salto sobre la cama con una habilidad acrobática que ignoraba que tuviera. El Cacomixtle la observó, divertido e intrigado.

—¡Cáchame! —gritó ella, y se lanzó con todas sus fuerzas en los brazos del Cacomixtle, haciéndolo caer y golpearse en la frente con la esquina de la mesa de noche, justo arriba del ojo derecho. Esa técnica le había funcionado antes. Ahora no podía fallarle.

—¡Chingada madre! —exclamó él.

Se retorció de dolor por el suelo con los pantalones todavía a la altura de las rodillas. Un hilo de sangre le corría por la frente y se le escurría por el ojo derecho.

Esperanza sabía que aun las heridas leves sangran profusamente si son en la cabeza. La escena no le impresionó. Se quitó un zapato y le puso la punta del tacón a un centímetro del ojo.

—¡No te atrevas a tocarme, jamás! —le advirtió.

El Cacomixtle se arrastró hasta la puerta sin comprender cómo era posible que Esperanza lo rechazara. Nunca nadie se había resistido a sucumbir ante su tacto resbaloso, su pasión enloquecedora. Sabía, antes incluso de nacer, cómo paralizar a una mujer con su saliva, entumeciendo aquello que tocaba como si se tratara de veneno de reptil, para luego atacarla como a una presa sin escapatoria. Lo único que quería era satisfacer su deseo de lamer y chupar, una costumbre que había adquirido en los tiempos en que su madre lo amamantaba. Las papilas de su lengua eran demasiado exigentes, y el sabor a dulce de tamarindo que emanaba del cuerpo de Esperanza le hizo sentir un deseo desconocido, una necesidad adictiva. Había resultado más difícil de conquistar de lo que había pensado, pero eso la hacía aún más deseable.

Esperanza cerró la habitación con llave y empujó el tocador contra la puerta. El obstáculo no evitaría que entrara de nuevo, pero aunque se tratara de una protección efímera, sería mejor que nada.

Antes del amanecer, Esperanza ya había guardado los santos y veladoras en su caja. En el maletín metió el estuche de maquillaje, el vestido con el que había llegado a Tijuana y un papel arrugado que encontró en la habitación, donde le escribió una carta a Soledad a las tres de la mañana. Bajó por las escaleras despacio,

87

disfrazada de prostituta. En una mano llevaba el maletín y la caja; en la otra, las sábanas.

El Cacomixtle dormía en un sillón con la paz de alguien que no debe nada, pero en cuanto Esperanza pasó de puntillas por enfrente, abrió un ojo.

–¿Dónde las pongo? Son para lavar –preguntó ella, y le entregó las sábanas.

Esperanza no había visto a ninguna recamarera y sabía, por su experiencia en La Curva, que las sábanas de los burdeles deben cambiarse aunque sólo se hayan usado una vez. Aquéllas olían a perfume de mujer y sudor rancio, y ni uno ni otro eran de ella. Había pasado la noche despierta, temerosa de que el Cacomixtle entrara otra vez en la habitación.

–Ven acá –le dijo él–. ¿O me tienes miedo?

Esperanza se acercó cautelosa. Él sacó un bolígrafo del bolsillo, le levantó el vestido y anotó una dirección sobre la piel de su muslo.

–La dueña se llama Trini. No le menciones mi nombre. Dile que te envió mister Scott Haynes. Es cliente suyo.

–Gracias.

–De nada.

El Cacomixtle se volteó en el sillón para continuar su siesta, mostrándose poco interesado a propósito. No importaba adónde la enviara, sabía que ella regresaría.

Esperanza recogió su caja de santos y el maletín, y antes de salir del burdel vio de reojo a la prostituta vieja de la noche anterior. Se acercaba al Cacomixtle sosteniendo una taza de plástico con una caricatura de Miss Piggy, y dentro, su cepillo de dientes.

–Ya te jodiste –le murmuró la prostituta.

El Cacomixtle la jaló de la bata manchada de tinte para el pelo, la sentó sobre sus rodillas, y acercó la cara a unos milímetros de la suya.

–No me digas que te dieron celos –le dijo con un gruñido.

–El diablo pierde cuando se enamora.

★ ★ ★

$$\star \quad \star \quad \star$$

—¡No estoy enamorado! Es una putita más. Pésima en la cama. No tiene potencial. El aspecto físico no es lo único que cuenta. Por eso se la mandé a Trini. Tú no sabes ni madres.

—Claro que sé más que madres. Sólo de verte a los ojos sé que esa mujer ya se te metió en el cuerpo y no te la vas a sacar hasta que cambies de piel, reptil narciso.

—Estás celosa. Es lo que te pasa.

—Ésa sí que es una idea enferma. Ninguna de las mujeres que has tenido en toda tu vida me ha causado celos.

—Mientras fuiste una de ellas, no, pero ahora que ya terminó todo entre nosotros, ya no puedes vivir sin celos. ¿Cuántas veces te he dicho que lo nuestro ya se acabó? Ésta no es una relación sana entre madre e hijo.

—No puedes terminar lo que la naturaleza empezó.

—¿Por qué no te buscas un hombre que no sea tu pariente y le roncas en las noches acostada en una cama de otro burdel? El Atolladero Motel Garaje es mío. ¿O me lo vas a querer quitar otra vez?

—Yo no me voy a ir de aquí. Tú tampoco. Éste es nuestro hotel. Es nuestra creación.

—Sí, pero tienes que saber cuándo retirarte. Con el pelo pintado ya no engañas a nadie.

—Tú mismo dijiste que el aspecto físico no era lo único que contaba.

–*En tu caso y a tu edad, sí.*
–*¡Chinga a tu madre!*
–*¡Pues chíngate tú! Es más, ve y chíngate a Miss Piggy.*

★ ★ ★

★ ★ ★

3 de septiembre. (¿O estamos a 4 ya?)

Querida Soledad:

De seguro ya leíste mi cartita. Si no lo has hecho, búscala debajo de la plancha (la puse ahí para tener unos días de ventaja antes de que la hallaras). No quise despedirme en persona porque todavía estaríamos abrazándonos y lloriqueando. No te preocupes por mí. Estoy en buena compañía (me traje a todos mis santitos) y, aunque no lo creas, me sé cuidar sola. Me ha ido muy bien hasta ahora.

Ya viajé hasta Tijuana buscando a Blanca. Llegué a la conclusión de que la secuestraron para obligarla a prostituirse y está encerrada en algún burdel de esta ciudad. Me imagino que esto te será muy difícil de aceptar, pero si lo analizas, es una opción mucho mejor a que esté muerta. Por lo menos tengo la esperanza de recuperarla. Cuando me la imagino en la cama con un desconocido, me da la misma clase de náusea, sólo que intensificada un millón de veces, que la que me dio cuando en febrero del año pasado ese turista alemán le mostró el miembro. ¿Te acuerdas que le dijimos que nunca más se acercara a los coches cuando alguien le pidiera indicaciones de cómo llegar a algún lado? Para mí también es difícil de aceptar, Soledad, pero no voy a darme por vencida hasta que la encuentre, tal y como me lo pidió san Judas Tadeo.

Por favor, asegúrate que *Dominga* no se salga por las noches. Ya no quiero que tenga más gatitos. Y no olvides regar la hortensia

91

de mi abuelito. Blanca y yo vamos a regresar pronto. En mi próxima carta te podré dar una dirección.

Te extraño,

ESPERANZA.

P. D. Para cuando recibas esta carta estarás gozando del desfile de la Independencia. Te imagino en primera fila, haciendo ondear tu banderita tricolor, viendo pasar a los niños de la primaria en sus uniformes de gala, marchando por las calles y cantando el himno nacional. ¿Organizaron bailes folclóricos este año? ¿Les hiciste algunos de sus vestuarios? Ahora que no estamos ni Blanca ni yo, imagino que tienes más tiempo para pensar en tus cosas. Nunca te reservas tiempo para ti. Siempre estás preocupada por los demás. Has consentido a Blanca demasiado. Me has hecho compañía tantos años. Ahora tienes todo el tiempo del mundo en los bolsillos de tu delantal. Gástalo en ti. Aprovecha. No puedes vivir esperándonos. Por cierto, ¿guardaste en naftalina el vestido de jarocha de Blanca?

★ ★ ★

La Mansión Rosada no era rosada sino azul. Un hombre corpulento, de pelo relamido hacia atrás como el de una foca recién salida del agua, abrió la puerta sólo lo suficiente para ver quién llamaba. Sostenía en los brazos un conejo blanco de ojos rojos.

Antes de llamar, Esperanza ya había rezado una oración a san Cayetano para que la ayudara a conseguir el trabajo, y a causa de los nervios se había mordisqueado un par de uñas.

—Buenos días. ¿Está doña Trini?

—¿Quién la busca?

—Esperanza. Me manda mister Scott Haynes.

—¿El juez de San Diego?

—Es cliente suyo, ¿no? Me dijo que tal vez aquí me den trabajo.

—Pásale.

El hombre miró hacia la calle en todas direcciones antes de

dejarla entrar. Esperanza pensó que quizá debería haberle dado un nombre falso, pero ya era demasiado tarde.

Lo siguió por un pasillo largo hasta un salón al fondo del cual había dos puertas cerradas. Estaba lujosamente decorado, como las casas donde filmaban las películas de Silvia Pinal que veía en Orizaba, allá por los setenta. Muebles tapizados de terciopelo color vino tinto, dos perros poodle tamaño natural hechos de papel maché, a los lados de la chimenea, mesas por cuyas patas se escurrían elaborados dibujos hechos con hoja de oro, una silla de acrílico anaranjado en forma de mano que invitaba a quien fuera a sentarse en su palma, una vitrina llena de bailarinas de porcelana, pastorcitos cuidando ovejas y canastitas con flores. Sobre los sofás, una abundancia de cojines de toda clase de telas y brocados, texturas y colores. Dulceras de cristal. La alfombra, mechuda y morada. Un candil de más de cien luces en el centro del techo. Y finalmente, justo lo que Esperanza había esperado encontrar en un burdel de categoría: una reproducción de *La Gioconda*.

Doña Trini era la dueña y señora de la Mansión Rosada. Estaba sentada al lado de la ventana en una silla de ruedas que tenía un tubo de oxígeno instalado en el respaldo. Vestía una falda gris, un suéter de cachemir color durazno de cuello en pico, y un collar de perlas de tres vueltas. Su cabellera canosa estaba recogida en un moño discreto. Podría haber sido una abuela común y corriente, pero cuando Esperanza la miró más de cerca, le costó decidir si doña Trini era mujer u hombre. Podría haber sido un abuelo disfrazado de abuela. O una abuela muy hombruna.

–¿Y quién es ésta, César? –preguntó doña Trini. La lengua parecía quedarle demasiado grande. No le cabía en la boca y entorpecía la salida de las palabras que trataban de escapar por entre los dientes.

–Es Esperanza. La manda mister Haynes –respondió César, poniendo énfasis en el nombre del cliente.

–Ah. Tráenos té de canela.

Esperanza y doña Trini hablaron y tomaron té como dos damas de sociedad. Escuchaban una pieza de música clásica que Esperanza ni siquiera trató de identificar. Sus oídos estaban entrenados para escuchar boleros.

–Éste no es un hotel de paso –le explicó doña Trini–. Tampoco un burdel, ni una casa de citas. Es una residencia privada que se especializa en ofrecer servicios sexuales de primera calidad. Sólo atendemos a gente como mister Haynes.

Desde la puerta, con su conejo entre los brazos, César escuchó a doña Trini recitarle a Esperanza la misión empresarial de la Mansión Rosada. A Esperanza le pareció que César ya se sabía ese discurso de memoria, pero él no se movió, escuchando atentamente las palabras de la anciana, mientras le daba trocitos de zanahoria al conejo.

–Nuestros clientes son muy exigentes. –Doña Trini bebió un sorbo de su té, y lamió una gotita que se escurrió por fuera de la taza. Esperanza simuló no haber visto esa pequeña falta de modales–. ¿Trajiste prueba del sida? –añadió como si nada.

Esperanza sintió un ataque repentino de ansiedad al oír la temida palabra. En ese momento cayó en la cuenta de que ahora Blanca estaba expuesta a esa enfermedad y ella, su propia madre, la única persona en el mundo responsable de su bienestar, no se encontraba a su lado para protegerla. Esperanza había leído acerca de la enfermedad en la sala de espera del dentista, allá en Tlacotalpan, pero nunca le había hablado a Blanca de ella. La posibilidad de que su hija se contagiara le parecía muy remota. Nunca se le había ocurrido que la prueba del sida fuera un requisito para trabajar como prostituta. Tenía que contestar rápidamente, y su respuesta tenía que ser creíble.

–No, pero mister Haynes me mandó a hacerme una el mes pasado y salió negativa.

–Está bien –dijo doña Trini, e inclinó la cabeza hacia un lado para ver una pintura enmarcada que colgaba medio torcida en la pared de enfrente. Representaba una imponente ola verde–. Si necesitas cualquier otra cosa, te puedo mandar con el doctor Oseguera. Le envío a todas mis muchachas.

–¿Quiere decir que estoy contratada?

–Estás a prueba.

De pronto doña Trini empezó a asfixiarse. César le entregó el conejo a Esperanza y con ademán decidido le puso a la vieja la mascarilla de oxígeno en la nariz. Doña Trini respiraba con desesperación. Esperanza acariciaba el conejo, asustada. Después de unos cuantos minutos, doña Trini había vuelto a la normalidad, si esa palabra podía definir su estado natural. César había recuperado su conejo.

–Esperanza va a ocupar la habitación de Yuriria. Esa niña ya no vuelve –le ordenó doña Trini a César con una voz rasposa que hizo que Esperanza sintiera la necesidad de toser y expulsar una flema imaginaria.

Esperanza recogió su caja de santos y su maletín y siguió a César por un pasillo largo, lleno de puertas a los lados. La idea de que Blanca podía estar detrás de alguna de aquellas puertas la incitaba a abrirlas, a llamarla, pero se contuvo. Tenía que pasar inadvertida, como un detective de novela de espionaje.

Su habitación era la penúltima. El papel tapiz tenía una textura aterciopelada. Los marcos de los grandes espejos que había en las paredes eran dorados, como las cuatro columnas de la cama, que sostenían un dosel de gasa color vino. Cada columna estaba envuelta por racimos de uva de vidrio que hacían juego con los racimos de uva del candil que colgaba del techo. La cabecera estaba decorada con una pintura de una mujer desnuda en relieve, bañada en oro sobre un fondo lila. Esperanza se sentó en la cama y, sorprendida, advirtió que su superficie parecía ondularse. El colchón estaba lleno de agua. Nunca había visto nada semejante. César abrió las cortinas y acomodó los cojines sobre la *chaise longue*, sin percatarse del azoramiento de Esperanza.

–Éste es tu cuarto y puedes hacer en él lo que quieras, pero tiene que estar perfectamente en orden cuando tengas cliente. Tu aportación mensual es de tres mil dólares.

–¿Qué? –Esperanza saltó de la cama–. ¿Tres mil? –Por un instante sintió que su plan se venía abajo.

–Incluye comidas. No te preocupes, vas a ganar mucho más. Hay ganchos en el armario.

Esperanza detuvo a César en la puerta. Se sentía demasiado confundida como para dejar las cosas así como así. Tenía que entrar en contacto de inmediato con san Judas Tadeo.

–¿Y la cocina? ¿Tiene horno con ventana? –preguntó.

–No me digas que también sabes cocinar.

–Y bien rico. Soy tan buena en la cocina como en la cama. Ya verás. Uno de estos días te voy a hacer un frijol con puerco.

–¡Salvaje! Esa chingadera engorda.

–También hago ensalada de zanahoria.

Esperanza inspeccionó a César más de cerca. Definitivamente, era hombre. Se podía dar cuenta de ello por el bulto entre las piernas, claramente marcado por sus pantalones negros apretados, pero sentía en él cierto lado femenino, como si le hubiera robado la feminidad a doña Trini. O tal vez doña Trini le hubiera robado la masculinidad a César.

–¿Y las otras muchachas? –Esperanza no podía perder el tiempo.

–Ya las conocerás. Si necesitas algo, pídemelo a mí. No vayas a molestar a doña Trini. Y algo más, aparte de los clientes, yo soy el único hombre que puede entrar en la Mansión Rosada.

Esperanza no prestaba atención a las reglas de la casa. Observaba el cuadro de la mujer dorada en relieve.

–¿Puedo cambiar la decoración un poquito?

–Ya te dije que éste es tu cuarto, pero cuando te vayas me lo dejas como está.

Al abrir el armario, Esperanza vio unos vestidos colgados.

–¿Y esta ropa? –preguntó.

–Es de Yuriria. Si te queda, es tuya, mi reina, menos ésta. –César sacó del armario una blusa sin mangas de seda imitación piel de leopardo–. Te veo a la una para comer. –Le guiñó un ojo en señal de bienvenida y se fue, llevándose la blusa.

Esperanza se quedó rebotando en la cama de agua, y en cuanto se aseguró de que César se había ido, quitó la colcha y las sábanas para tocar el colchón y acercó el oído a la cama para escuchar el ruido del agua que se movía en su interior.

—Ay, san Gerardo Mayela, santo patrono de las amas de casa, tú siempre me has echado una mano. No creas que porque estoy rodeada de tanto lujo no te necesito. Al contrario. Y mi adorado san Pafnucio, tú que eres experto en encontrar cosas perdidas y robadas, tan pronto como encuentre a Blanca te voy a ofrecer seis misas, a las seis de la mañana, en el sexto mes del año, tal y como me enseñó mi abuelita.

Se recostó en la cama ondulante y pensó en Yuriria. ¿Por qué había dicho doña Trini que esa niña no regresaba? ¿No habría pasado la prueba del sida? ¿Sería menor de edad, como Blanca? ¿Se habría escapado? ¿Estaría muerta? ¿Cuántas niñas se hallarían en la situación de Blanca? ¿Cuántas madres estarían buscando a sus hijas en los burdeles de todo el país? Eran demasiadas preguntas para contestarlas ella sola.

Abrió su caja de santos, sacó la foto de Blanca y la tocó delicadamente con la punta de los dedos, como si de ese modo pudiera transmitirle vida. Luego sacó una veladora y una estampa enmarcada de san Judas Tadeo. Luego, una de san Pafnucio, arrodillado al lado de una roca, en un campo florido, y con una calavera a sus pies. Colocó todo sobre la mesa de noche, y encendió la veladora de acuerdo con un ritual que conocía tan bien que podía realizarlo aun cuando se distrajera pensando en otra cosa.

—Querido san Judas Tadeo, yo sé que me has cuidado durante muchos años. Has llevado la cuenta de mis obras buenas así como de mis errores. Tú estuviste presente cuando Luis me acarició un seno por primera vez en el callejón de atrás de mi casa, un mes antes de nuestra boda. Tú estuviste al pie de la cama en la sala de parto donde nació Blanca, y con tu aliento le llenaste los pulmones de vida. Tú me protegiste del rayo que mató a la mula parada a mi lado bajo las ramas del árbol de mango durante aquella tormenta terrible que me pescó a la intemperie. Tú me salvaste de morir con la cabeza atravesada por una bala perdida que salió de la cantina y fue a dar contra la caja de fusibles de los Mendoza, justo cuando pasaba yo. Ahora estoy lejos de mi casa, pero sé que estás conmigo. No tengo miedo. Estoy convencida de que cuando Dios te hizo santo, allá en los tiempos en que fuiste linchado por los herejes de la Mesopotamia, te dio esa habilidad divina de cuidar a mucha gente al mismo tiempo. Si ése es el caso, por favor pon especial atención en Blanca. Su ángel de la guarda siempre ha hecho muy buen trabajo, pero seguramente le vendría bien un poco de ayuda adicional en estos momentos difíciles en la vida de mi hija. Amén.

✦ ✦ ✦

Dos prostitutas reían a carcajadas en el baño. Esperanza abrió la puerta apenas un par de centímetros para asegurarse de que no estaba entrometiéndose. El amplio vestidor forrado de espejos le impedía distinguir entre las prostitutas y sus reflejos. La flaca tenía la cabeza envuelta en una toalla y se lavaba la cara con la habilidad de una experta. La morena que estaba rasurándose las piernas, había apoyado una en el lavabo y la mantenía estirada con la gracia de una rana. Tenía el tatuaje de una palmera a lo largo de su pantorrilla con un changuito alcanzando un coco. Ambas vestían bata de seda e intercambiaban chismes de alcoba.

—Yo aguanto lo que sea, manita, pero el muy cerdo sacó una bacinica de abajo de la cama y se hizo pipí enfrente de mí. Ni siquiera se levantó —dijo la morena.

—Qué, ¿nomás se volteó?

La flaca se recostó en el tocador e hizo la pantomima de un hombre volviéndose en la cama y sacando el pene para orinar en una bacinica imaginaria.

Las dos rieron de nuevo mostrando todos sus dientes, muchos de los cuales tenían caries reparadas con cubiertas de oro. Hacía mucho tiempo que Esperanza no veía a alguien reír con tanto escándalo y de tan buena gana. Al menos desde que llevaba viviendo con Soledad. Esas mujeres sí sabían lo que era pasarla bien. De pronto sintió un deseo agudo de participar. Abrió la puerta un poco más, lo suficiente para asomar la cabeza.

—¡Oye! Tú debes de ser Esperanza —dijo la flaca.

—Sí. ¿Y tú?

—Yo soy la Flaca. Dice la Trini que vienes bien recomendada.

–No, qué va. Un amigo me está haciendo un favor.

Esperanza acercó un banquito y se sentó. Estaba empezando a cansarse de decir tantas mentiras. Deseó que la Flaca fuera su amiga para poder contarle toda la verdad.

–Yo soy la Morena –se presentó la morena–. ¿De dónde eres?

–De Tlacotalpan, Veracruz; ahí tienes tu casa. ¿Y tú, eres de Tijuana?

–No, mi reina; nadie es de Tijuana –respondió la Morena, como si le asustara la idea.

–Pero Tijuana es de todos, así que bienvenida –dijo la Flaca antes de salpicar a Esperanza con un chorro de agua.

Las tres se rieron con tantas ganas que César, que pasaba por ahí llevando dos platos de ensalada, se asomó enojado.

–Esto no es un internado de señoritas –dijo con aspereza, quizá porque no lo habían invitado a participar de la diversión. Sin esperar respuesta, cerró la puerta de un golpe y se fue.

–¿Y esa comida? –preguntó Esperanza, intrigada.

–¿Creíste que nos traía el servicio al cuarto? ¡Se la come todita! –contestó la Flaca.

–Y nunca engorda el canijo puto –dijo la Morena.

–A diario lleva dos platos de ensalada al Cuarto Escarlata y los regresa a la cocina que parece que los limpió con la lengua.

–¿El Cuarto Escarlata?

–No nos dejan entrar.

Esperanza miró hacia la puerta. ¿Dos platos? ¿Un cuarto misterioso? Estaba segura de que iba por el camino adecuado. Para no despertar sospechas, decidió cambiar de tema.

–Por cierto, ¿qué le pasa a doña Trini?

–No sé –respondió la Flaca–. Sufre de osteoporosis, creo que en los huesos. Dicen que padece desde la menopausia.

–¿Y va al doctor?

–Todos los martes. Y los jueves se baña en ochenta litros de leche.

–Le iría mejor si se la tomara –señaló Esperanza, provocando en sus nuevas amigas una explosión de carcajadas.

Faltaban tres días para el martes. Esperanza pensó que sería el día adecuado para buscar a Blanca en el Cuarto Escarlata sin ser sorprendida, pero si antes se presentaba una oportunidad, la aprovecharía.

Esperanza entró en la cocina de puntillas. La casa estaba tranquila y el aire del mediodía se había quedado atrapado dentro, como un estupor atascado en el espacio de cada habitación esperando a que alguien abriera al menos dos ventanas para convertirse en ráfaga y escapar. Algunas prostitutas estaban durmiendo la siesta. Otras se habían ido de compras. Esperanza había visto a doña Trini entrar en el Cuarto Escarlata impulsando su propia silla de ruedas. Era el momento ideal para intentar establecer contacto con san Judas Tadeo. Silbó una melodía para aparentar despreocupación. Revisó los sacos de harina en la despensa, el azúcar, una lata de frijoles negros, detergente, barras de jabón. De pronto, vio un frasco de Easy-Off. Horrorizada, vació hasta la última gota del líquido limpiahornos en el fregadero, como si se tratara de cianuro. Si algo podía obstruir su comunicación con san Judas Tadeo, era el Easy-Off.

Una vez que se deshizo del frasco y se aseguró de que estaba sola en la cocina, se arrodilló delante del horno. La ventana no parecía tan sucia como la de su casa, pero tenía suficientes manchas de grasa como para facilitarle a san Judas Tadeo el que se apareciera.

Necesitaba verlo nuevamente, saber qué paso debía dar a continuación. ¿Qué pasaría si al entrar en el Cuarto Escarlata encontraba a Blanca atada a una cama? ¿Y si había más niñas encerradas ahí? ¿Las ayudaría a escapar y a reunirse con sus padres? ¿Querrían ellos que lo hiciera? Tal vez sus familiares las habían vendido. O algún doctor. ¿Y si las encontraba drogadas? Alguna vez había escuchado que eso sucedía. O tal vez no hubiera niñas en la Mansión Rosada. Sólo la Flaca, la Morena y las demás mujeres, todas ellas claramente mayores de veinte años. Pero entonces, ¿a quién mantenía encerrado doña Trini en el Cuarto Escarlata? ¿Quién vivía allí que sólo doña Trini y César podían verlo?

Trató de que la imagen de su santo se materializara. Se inclinaba a la derecha. Nada. A la izquierda. Nada.

—Por favor, no me abandones, y menos ahora –imploró en voz alta.

El silencio invadió la cocina de tal modo que podía escucharse la llama del piloto de la estufa. Las manchas de grasa en el vidrio no tomaron ninguna forma identificable. Tal vez su santo estuviera demasiado ocupado apareciéndosele a alguien que lo necesitaba más que ella, o a alguien más importante.

Esperanza no oyó a César entrar con su conejo en la cocina. La observó en silencio por un rato mientras ella rezaba de rodillas ante la estufa.

—Ya llegué hasta esta ciudad lejana. Ya sobreviví lo peor. Nunca pensé que me atrevería a hacer lo que he hecho, y ni así me das una señal. ¿Cómo esperas que siga adelante?

Justo cuando terminó su oración, se dio cuenta de que César la miraba desde la puerta.

—Qué mujer más rara –le dijo él a su conejo, dándole un beso en los bigotes. Luego le ordenó a Esperanza–: Vete a tu cuarto. Ya llegó tu cliente.

★ ★ ★

—¿Bueno? Llama usted a la iglesia de la Candelaria.

—¡Padre! Soy Esperanza.

—¡Santísimo Sepulcro! ¿Dónde estás?

—En Tijuana, padre Salvador.

—Es justo lo que me temía. Soledad recibió tu carta, y vino a hablar conmigo. Quería saber tu dirección, pero no me sacó nada.

—Pero si usted no sabe mi dirección.

—No. Por eso no pudo sacarme nada. Estaba decidida a ir a buscarte. Tuve que convencerla de que no era sensato.

—Gracias, padre. Tengo tanto que decirle, pero va a tener que ser rápido, antes de que alguien me sorprenda al teléfono. La dueña de esta casa se está dando un baño de leche, así es que todavía va a estar ocupada por un rato. Estoy en una casa de pecadoras y sería un poco extraño que me vieran llamando por larga distancia a un sacerdote. Es una casa muy elegante, pero no deja de ser una casa de citas, aunque doña Trini, la dueña, no lo crea así.

—Esperanza, ¿estás segura de que ésta es la manera correcta de buscar a tu hijita? Yo ya estoy investigando por mi cuenta el paradero del doctor Ortiz. ¿Por qué no la buscas desde acá? Te estás arriesgando demasiado.

—No sé por qué, padre, pero tengo la sensación de que debo de hacerlo así. Estoy siguiendo las órdenes de san Judas Tadeo. Han sucedido tantas cosas… Necesito confesarme.

—Tú sabes que uno no puede confesarse por teléfono.

—Padre, hoy en día el Papa vuela alrededor del mundo en un jet. Los cirujanos lo operan en quirófanos equipados con la tecnología más avanzada, anestesia y rayos láser. Hasta se pasea en su Papamóvil. La Iglesia es más moderna de lo que usted cree. ¿Por qué no me puedo confesar por teléfono?

—Lo siento mucho, Esperanza. La modernidad todavía no llega a Tlacotalpan.

—Para su tranquilidad, ¿qué le parece si yo la considero confesión, y usted confidencia?

—Ándale pues. Pero sólo por esta vez.

—En cuanto llegué a este lugar, que se llama la Mansión Rosada, conocí a un americano. Mister Scott Haynes es un señor muy distinguido, enorme, rubio y de ojos azules que esconde detrás de los anteojos más gruesos que he visto. Sobre el cuello le cuelga un delantal de piel, como la papada de un pavo. Tiene manos fuertes, pero dedos delicados. Se sonríe cuando le hablo. Alguien me dijo que usara su nombre para entrar a trabajar a esta casa de citas. Padre, si me hago pasar por una mujer de vida alegre voy a poder encontrar a Blanca más fácilmente. A veces los hombres les dan información secreta a las prostitutas. Así es que aquí les dije que mister Haynes me había recomendado, y claro, el señor se enteró. La primera noche que fue a mi cuarto, me dijo en un español bastante bueno para ser gringo: «Así es que tú eres la que yo recomendé.» Me dio miedo. Apenas podía ver su cara, iluminada sólo por mis veladoras. Yo le dije: «Perdóneme, mister.

Es que de veras que necesitaba este trabajo, y alguien me dio su nombre.» Cuando quiso saber quién había sido, contesté: «Yuriria. Ella me dejó su cuarto, mister Haynes.» No le podía decir que había sido el Cacomixtle, otro señor que conocí, porque no sé cuál es la relación entre ellos. ¿Qué tal si se odian? Así es que la parte de Yuriria es una mentira. Le recomiendo que empiece a apuntar los pecados, porque para cuando termine se le van a olvidar.

—Esperanza, técnicamente esto no es una confesión.

—Pero necesito ser perdonada.

—Si te arrepientes, lo serás.

—Sí me arrepiento. Más o menos.

—Pues ahí tienes. ¿Qué pasó después?

—Entonces mister Haynes dijo: «Llámame Scott.» Eso me dio tranquilidad. Le pregunté si estaba enojado conmigo y respondió: «No lo sé. Primero tengo que ver si hice una buena recomendación.» Y dicho esto, me acarició la barbilla. Yo me quedé quieta, y cuando estaba a punto de besarme, me dio un pellizco en el trasero. Y mejor no le cuento los detalles de lo que pasó después.

—Por favor hazlo, si te hace sentir mejor.

—Hasta ahora este hombre me ha tratado bien. Ha venido a visitarme tres veces. La tercera noche me dio un fajo de billetes y me dijo: «Ahí hay cuatro mil dólares.» Las dos noches anteriores sólo me había dado doscientos dólares. Quise saber por qué tanto y me preguntó: «¿Necesitas más?» Imagínese, padre.

—¿Y te dio más?

—No. Le dije que no necesitaba tanto. Es que quiere que lo atienda sólo a él. En ese sentido tengo suerte. No debo preocuparme por otros clientes.

—Ya veo. Compró tu exclusividad.

—Es una manera de verlo. No sé si es común en este negocio.

—Algo así pasó en *La verdad de Giovanna*.

—Yo nunca vi esa telenovela, padre, así es que no sabría decirle. La otra noche estaba yo sola en mi cuarto. El gringo ya se había ido. Estaba amaneciendo y la luz del sol caía justo en la figura de san Judas Tadeo, y pensé: «Lo que estoy haciendo debe ser pecado.» Por eso decidí llamarlo.

—Si sientes necesidad de arrepentirte, es pecado. Si no, no lo es.

—Mister Haynes se acuesta a mi lado en la cama. Nos desnudamos. Me lame el pecho. Dice que le recuerdo a su mamá. No creo que eso sea pecado. ¿Usted qué cree?

—¿No has tenido relaciones sexuales con él?

—No. Le canto canciones de cuna. Las mismas que le cantaba a Blanca. Hasta me enseñó una en inglés. Se acurruca a mi lado debajo de las sábanas y se duerme.

—¿Y ya? ¿Es todo?

—Sí.

—Eso no suena tan terrible. Cuando yo era niño, mi nana se acurrucaba a mi lado en la cama y me contaba cuentos.

—Padre, este hombre tiene cincuenta años. ¿Qué le parecería que esa nana suya todavía se acostara a su lado?

—Ella...

—Me parece algo muy extraño, ¿no cree?

—Esperanza, mi juicio de lo que es extraño y lo que no lo es ha quedado atrofiado desde que te conocí. Si este hombre te respeta y te trata bien, estoy tranquilo.

—¿Así es que está usted de acuerdo en que no es pecado?

—Lo único que quiero es que no te hagan daño.

—Yo estoy bien, padre, pero no he podido establecer contacto con san Judas Tadeo. Sospecho que quiere que busque a Blanca por mi cuenta. Ya me recorrí prácticamente toda esta casa. Desde afuera no se ve tan grande como es en realidad. El pasillo es largo, como el de un hotel, y hay muchas puertas, todas cerradas. Son los cuartos de las prostitutas. Tengo que decir esa palabra para que me entienda, padre. No crea que mi intención es ofenderlo. Estas mujeres son simpáticas. A veces se pelean entre ellas. Se ríen con muchas ganas, pero lloran con más ganas todavía. Así como las ve de duras por fuera, por dentro son suavecitas y dulces. La verdad, no culpo a hombres como mister Haynes. Sí veo por qué les gusta venir a este lugar. Es muy exclusivo. Mister Haynes dice que ha venido desde hace años, cruzando la frontera desde San

Diego cada tres días, siempre buscando a su mamá. Bueno, no a su mamá natural, sino a una mujer que lo haga sentir amado y mimado, como habría hecho su mamá si hubiera vivido para verlo crecer. Él cree que las mexicanas somos más maternales. Dice que su papá era muy estricto con él. Por eso mister Haynes se hizo juez. Eso dice. Yo qué sé. Así es que me paso algunas noches con él. Cuando está en San Diego, me la paso con las demás prostitutas. Nos peinamos las unas a las otras. Nos contamos chistes. Hay dos que ya son mis amigas, la Flaca y la Morena. Les llama mucho la atención mi altar. La Morena dice que le hace pensar en Dios, pero no le creo. No ha ido a la iglesia en años. Hablamos durante la noche. Dormimos de día. El resto del tiempo, busco pistas que me lleven a Blanca. El martes pasado, temprano en la mañana, iba yo despacito por el pasillo. Trataba de escuchar detrás de las puertas cerradas. Esperaba oír la voz de Blanca, pero no oí nada. Casi todos los clientes se habían ido. Las prostitutas dormían. El salón de doña Trini está al final del pasillo. Ella no estaba. César la había llevado al doctor. Le ajustó una sombrilla en la silla de ruedas para protegerla del sol malvado de Tijuana, y la llevó hacia la avenida. En cuanto doblaron la esquina, calculé que tenía como una hora para buscar a Blanca. Traté de averiguar si estaba en el Cuarto Escarlata, una habitación a la que nos prohíben entrar, y detrás de la puerta oí lo que parecían pisadas, como si alguien arrastrara los pies por el suelo. La puerta estaba cerrada con llave. Luego le cuento más. Ya me tengo que ir, padre. Doña Trini está por salir del baño.

—Llámame pronto, hija.

—Sí, padre. Se lo prometo.

★ ★ ★

¡Santísimo Dios! ¿Viste cómo me arrinconó Esperanza? Ya sé que no fue su intención. Ella no sabe lo que hubo entre Consuelo y yo. Es una experiencia que me es imposible de explicar. Además, si hubiera podido hacerlo, no habría tenido importancia. ¿Qué haría yo si Consuelo viniera y se acurrucara a mi lado y me contara cuentos? Es algo que he pensado toda mi vida. Haría lo mismo que hice la noche antes de que desapareciera. Pero ahora sólo me imagino a Esperanza. En mis sueños la veo entrar en mi cuarto; se detiene al lado de mi cama, se desabotona la blusa y veo que debajo está desnuda. Apaga todas las velas menos una, y en la penumbra se recuesta sobre mí, justo como lo hizo Consuelo, alcanzando con sus manos los rincones más distantes de mi ser. Le quito la falda. Toco su piel. Mis dedos viajan por veredas erráticas para arriba y para abajo a lo largo de sus hombros, su espalda, sus piernas. Me cuenta historias al oído, como en el confesionario. Sólo que ahora no hay una malla entre nosotros que oculte su identidad. Me cuenta lo que ha hecho con otros hombres en los burdeles. Me enseña. Aprendo. Estoy a punto de llamarla Consuelo, pero detengo el nombre entre mis dientes, me lo trago, y en su lugar, pronuncio el de ella: Esperanza. Hacemos el amor. Me veo como cuando era joven, cuando entré en el seminario. No me malinterpretes, Dios mío. No me arrepiento de haber elegido el camino del sacerdocio. Sólo que estos pensamientos se meten en mi cabeza sin mi autorización, todas las noches, cuando termino de decir mis oraciones. Para entonces Tú te habrás ido a escuchar a otros. Pero yo sé que Tú sabes. Por eso nunca he hablado de este tema con otros sacerdotes. ¿Para qué, si puedo comentarlo contigo directamente? Extraño a Esperanza. Quiero que regrese. Tengo miedo de que no encuentre a Blanquita. Por lo que más quieras, cuídamela. Amén.

✳ ✳ ✳

Esperanza colgó la bocina después de hablar con el padre Salvador, se acercó a la puerta del baño para escuchar mejor. César y doña Trini todavía estaban ahí.

—No se mueva tanto que salpica todo —decía César, dándole instrucciones a la vieja—. Así, ándele, mejor así. Se tiene que enjuagar bien o le va a salir urticaria como la otra vez. Trate de levantarse lo más que pueda. Si está sentada así no puedo fregarle el culo. —A César siempre le costaba mucho trabajo bañar a doña Trini, pero a pesar de ello lo hacía todos los días.

—Pásame el cómodo —le ordenó doña Trini.

El Cuarto Escarlata era el único lugar de toda la Mansión Rosada que Esperanza no había logrado inspeccionar. Siempre estaba cerrado, pero, como la Flaca le había dicho, la llave estaba colgada del espejo del tocador de doña Trini. Podía identificarla porque tenía atada una cinta rosa. Si Esperanza lograba tomar la llave prestada, podría entrar al Cuarto Escarlata y comprobar de una vez por todas si Blanca estaba ahí. Si no estaba, Esperanza no perdería más el tiempo. Se iría de inmediato. Había cientos de burdeles a la espera de ser inspeccionados, miles de prostitutas y padrotes a quienes interrogar, millones de hornos con ventana a los cuales rezar.

Esperanza advirtió que el agua de la regadera dejaba de correr. Calculó que tenía unos diez minutos para encontrar la llave antes de que salieran del baño. La habitación y el baño de doña Trini estaban a unos cuantos pasos del Cuarto Escarlata. De puntillas, entró en la habitación de doña Trini.

El tocador era una selva de pelucas colocadas sobre cabezas de styrofoam con los ojos pintados con bolígrafo, posiblemente por la misma doña Trini. Algunas eran rubias, otras castañas. Una estaba peinada con una trenza francesa. Otra, con un chongo alto, como los que se usaban en los sesenta. Una no estaba sobre una cabeza, sino enrollada en unos tubos. A un lado, había una bandeja de plata llena de frascos de maquillaje, lápices labiales, delineadores. En el espejo había decenas de tarjetas de presentación pegadas con cinta adhesiva. Abogados. Dentistas. Ejecutivos de grandes empresas. Casi todos eran clientes estadounidenses de doña Trini. Y casi tapando el resto del espejo, como serpientes muertas, colgaban diversos pañuelos y bufandas de seda de colores chillones. En el centro de la habitación, como si se tratara de un trono, había una cama de hospital, un tubo de oxígeno, una televisión, y una mesa con una colección de minidomos de vidrio con nieve artificial habitados por bailarinas, gnomos que miraban por las ventanas de casitas de caramelo, conejitos y pequeños pueblos nórdicos en un paisaje invernal demasiado alejado de la realidad de Tijuana.

Antes de que Esperanza pudiera encontrar la llave en aquel desorden, César entró empujando a doña Trini en su silla de ruedas, bañada, vistiendo una bata de satén y con la cabeza envuelta por una toalla. Sin maquillaje y con aspecto de recién afeitada, doña Trini parecía un pescado. Una trucha macho. Esperanza se preguntó, una vez más, si sería hombre.

Los tres se miraron mutuamente, sorprendidos por el encuentro inesperado. César se enrolló con tironcitos nerviosos las mangas empapadas de la camisa.

—¿Se te perdió algo, niña? —Doña Trini la miró con ojos severos, de castigo inminente.

—Usted. Usted se me perdió. La buscaba para preguntarle si sabe lo que opina mister Haynes de mi trabajo —contestó rápidamente Esperanza, sin siquiera pensar en una buena explicación de por qué había entrado en el dormitorio privado de doña Trini.

—Te adora —respondió la vieja en un tono más suave—. Ha de ser que le gusta el candor de las muchachas de Tlacotalpan. —Esperanza le obsequió a doña Trini su más sincera sonrisa y se acercó a la puerta con calma, aunque por dentro sentía que los nervios se le alborotaban—. Por cierto, Esperanza, sólo se te permite estar en tu cuarto y las áreas comunes de la casa. ¿No te lo explicó César?

—Sí, doña Trini.

Esperanza se fue preguntándose si aquella intrusión le traería consecuencias.

★ ★ ★

★ ★ ★

—¿Por qué es usted tan benévola con Esperanza? Si hubiera sorprendido en su cuarto a cualquier otra, me habría ordenado que la despidiera en el acto.

—No sé. Me gusta la muchacha. Sus dedos largos me recuerdan a los de mi tía Concepción.

—¿Ésa fue la tía que los revolucionarios quemaron viva?

—No. Ésa fue Encarnación. Concepción fue la que sobrevivió.

—¿Es la que la crió?

—No sólo me crió. Me salvó la vida. Nos escondimos en el establo. Los soldados se llevaron todas las vacas menos una que tenía la pata rota. La llamé Felícitas Primera. La famosa Felícitas Primera. Mi nodriza. Tenía una becerrita. A ésa la llamé Felícitas Segunda. Mi hermana de leche. Juntas aprendimos todo lo que hay que saber sobre la vida.

—¿Qué edad tenía usted cuando ocurrió el ataque?

—Ni creas que vas a lograr calcular mi edad, cabrón. Pero para darte una idea, dos meses después, mi tía Concepción me llevó en una canasta al pueblo para que me bautizaran con el nombre de Trinidad. Nunca me han llamado así. Siempre he sido Trini.

—¿Y fue su madrina?

—Sí. Los soldados mataron a toda mi familia. A mi mamá la violaron antes de ahorcarla. Quemaron el rancho. La revolución ya había terminado hacía seis meses, pero ese regimiento en particular no había sido informado. Crecí con mi tía en el establo, entre las vacas. ¿Por qué chingados te tengo que contar la misma historia cada dos semanas, como si jamás la hubieras escuchado?

—Ya sé. Soy un bárbaro. No debería de hacerle esto, pero cada vez que se pone melancólica me dan ganas de frotarme la ingle.

★ ★ ★

⋆ ⋆ ⋆

Durante los días siguientes, Esperanza instaló un altar completo en su habitación. Scott Haynes se había ido a Europa con su esposa, así es que Esperanza pudo dedicar más tiempo a la búsqueda de Blanca.

El altar estaba cuidadosamente acomodado sobre la *chaise longue*, y consistía en figuras de san Judas Tadeo, san Ramón Nonato, san Pascual Bailón, san Pafnucio y san Martín de Porres, las más grandes atrás, las más pequeñas delante, todas ellas iluminadas por veladoras con calcomanías que representaban a los mismos santos. Alrededor había tres floreros con claveles frescos. También tenía un san Miguel Arcángel que brillaba en la oscuridad, una Virgen de Guadalupe rodeada de rosas polvorientas que se iluminaban con un foquito del mismo color y un Sagrado Corazón de pared con un receptáculo para agua bendita. Un móvil hecho de crucifijos colgaba del techo sobre el altar. En el papel tapiz de la pared, clavados con tachuelas, había más estampas que mostraban otros santitos. Y por supuesto, la foto de Blanca al lado de la figura de san Judas Tadeo, cuya lengua de fuego sobre la cabeza, un foquito diminuto, se encendía automáticamente al atardecer, gracias a un sensor de luz en miniatura discretamente colocado detrás del cuello.

Sobre su mesa de noche tenía un cuaderno en el que había redactado diversas oraciones que relataban su tragedia. Había escrito diferentes finales para el retablo que pensaba pintar en una lámina de hojalata, como era la costumbre, y llevárselo como ofrenda a san Judas Tadeo al famoso templo de san Hipólito, en la ciudad de México, cuando encontrara a Blanca. Sus opciones preferidas eran las siguientes:

Opción 1: «Esperanza y Blanca Díaz dan infinitas gracias a san Judas Tadeo por haberlas ayudado a reunirse de nuevo en salud después de un horrible incidente en el cual la niña Blanca fue secuestrada por un doctor y detenida contra su voluntad como niña de la vida fácil. Esperanza y Blanca Díaz sufrieron esta desventura el pasado agosto. Después de una búsqueda incansable por el país de México, terminando en la lejana ciudad de Tijuana, la niña fue rescatada por su propia madre de un Cuarto Escarlata junto con otras niñas cautivas, víctimas del mismo tormento. En agradecimiento, ofrecemos este retablo para ser clavado en los muros del templo de san Hipólito.»

Opción 2: «Con este retablo hago público el siguiente milagro: mi hija Blanca, de doce años de edad, me fue robada por un médico diabólico el pasado mes de agosto después de una cirugía sencilla de la cual salió con salud, pero valiéndose de la cual el doctor la robó del sanatorio tras hacer creer a todos que la niña había muerto. San Judas Tadeo se me apareció y me pidió que la hallara. Como las autoridades fueron incapaces de socorrerme, invoqué a mi santo de todo corazón, la busqué por mi cuenta y finalmente la encontré merced a la guía milagrosa y oportuna de mi santo. Con la valiosa ayuda de un americano bondadoso, logró escapar con otras niñas cautivas de la Mansión Rosada. Le confié su pronto regreso a san Judas Tadeo y hoy en día estamos reunidas nuevamente gracias a él. Esperanza Díaz. Tlacotalpan, Veracruz.»

Esperanza no tenía la certeza de que hubiera otras niñas cautivas, ni sabía si Scott Haynes la ayudaría. Ni siquiera estaba segura de que Blanca se encontrara encerrada en la Mansión Rosada, pero escribiría el final real de su búsqueda una vez que supiera los detalles y regresara con Blanca a su casa. Tendría que comprar una lámina de hojalata y pintura de óleo para ilustrar la escena del momento exacto en que le había sido notificado el fallecimiento de la niña y no le habían permitido ver el cadáver. O tal vez hiciera la ilustración del momento en que, en el depósito de cadáveres, jaló con furia de la bata del doctor Ortiz, y Soledad y la enfermera tuvieron que detenerla para que no lo golpeara.

Se acordó de su propia madre cuando había pintado un retablo para la Virgen de la Candelaria. En él aparecían Esperanza de niña y su mamá en lo alto del campanario de la iglesia gritando: «¡Auxilio!», las calles inundadas, la lluvia cayendo en torrente, y a lo lejos, en la orilla del río, su padre ahogado al lado del cadáver de un novillo de cebú. Esperanza había rezado incontables veces delante de ese retablo que todavía estaba clavado en la pared de la iglesia. Se sabía el texto de memoria: «Madre mía, venerada Virgen de la Candelaria, te doy eternas gracias por el milagro que nos concediste, salvándonos a mí y a mi hija de morir ahogadas, guiándonos hacia el campanario de tu iglesia durante la inundación en la que mi esposo Refugio perdió la vida al ser arrastrado por la corriente del río Papaloapan. Te doy las gracias por haber salvado al resto de mi familia: mi niña Esperancita. En agradecimiento, te ofrezco este retablo. Socorro Díaz, Tlacotalpan, Veracruz.»

La madre de Esperanza le recordaba con frecuencia: «A veces los santos y las vírgenes hacen milagros sin que se los pidamos.» Por eso Esperanza debía mostrar gratitud por todo lo bueno que le sucediera. Así, cuando se cayó de la bicicleta y sólo se lastimó la rodilla izquierda, dio las gracias a san Rafael Arcángel, santo patrón de los caminos, y pegó una pequeña figura de éste en el manubrio. Cuando preparó con gran éxito la complicada receta de las jaibas rellenas para su banquete de boda, donde sólo una persona se intoxicó, agradeció a san Pascual Bailón, santo patrono de las amas de casa, y le puso una ofrenda en la cocina que incluía cabezas de ajo, cebollas cortadas en rodajas, y doce clases diferentes de chiles. Cuando su gato *Silvio* fue atropellado por un camión y sólo perdió un ojo, le agradeció a san Francisco de Asís, santo patrono de los animales y las mascotas, y el 4 de octubre llevó al animal a la iglesia para que lo bendijeran. Cuando encontró el relicario que Luis le había regalado por su primer aniversario de bodas, agradeció a san Pafnucio, santo patrono de las cosas extraviadas y la gente perdida. Ahora invocaría a santa Artelia, santa patrona de las víctimas de secuestros.

«Dios puede hacer todo Él solo –le decía a Esperanza desde que ésta era muy pequeña–, pero como es el jefe máximo, puede tener cuantos asistentes le dé la gana.» Y para continuar con la tradición le enseñó a invocar a sus santos siempre que los necesitara y a agradecerles por todo lo bueno que le sucediera.

Así, ahora que se arrodillaba frente a su altar, en su habitación de la Mansión Rosada, rezó invocando a sus santos:

–Mis santitos, mis adorados santitos, estoy segura de que Blanca está ahora mismo rezando por su bienestar tanto como yo. Ustedes siempre han sido buenos con nosotros. Ahora que mi niña está en verdadero peligro, les imploro que no nos decepcionen.

Esperanza miró detenidamente al santo Niño de Atocha, con su sombrerito español, portando el escudo de Compostela, unas espigas, un par de grilletes en la mano derecha y una canasta llena de flores silvestres de papel en la izquierda. Estaba sentado plácidamente en una diminuta silla de bejuco. Mientras vivía en la casa de Esperanza, el santito había acumulado polvo durante seis años, estoicamente sentado en la vitrina del comedor donde Soledad guardaba su colección de pájaros de porcelana. Pero ahora que estaba de viaje con Esperanza, sus flores parecían haber recuperado su vitalidad y hasta sus mejillas se veían más rosadas.

–Santo Niño de Atocha, tú que nos rescatas de la violencia y el peligro, tienes que saber lo que ha sucedido; Blanquita está en una situación muy delicada y necesita tu ayuda urgente. No sé qué tan lejos o cerca estoy de ella. Puede estar a unos cuantos pasos o a miles de kilómetros de distancia. Mientras la encuentro, ya sea que esté encerrada en esta gran mansión o en cualquier otro lado, te ruego que me la cuides. Yo siempre te rezo por el bien de las víctimas de los narcotraficantes, pero esta vez te rezo por mi hija, con todo el fervor de mi corazón.

Esperanza tocó la pequeña túnica de terciopelo e hizo la señal de la cruz. Las flores silvestres en la canasta del santo Niño de Atocha se empararon de rocío. Era la señal para visitar de nuevo el horno, como lo había hecho a diario las últimas dos semanas, mientras las habitantes de la Mansión Rosada dormían. Sin esperar más, salió de su habitación cuidando que nadie la viera.

Doña Trini empujaba el andador por el pasillo para ejercitar las piernas; las rueditas avanzaban con dificultad por entre las hebras de la alfombra mechuda. Hacía aquello todos los días, siempre con un gran esfuerzo. Sus pasos eran inestables y le resultaba difícil mantener el equilibrio.

—Son órdenes del doctor, ni modo —murmuraba al empujar el andador.

Aunque el esfuerzo parecía insoportable, sus brazos eran fuertes y no había más obstáculos que le impidiesen pasear por toda la casa que un par de escalones en la entrada. Ya le había pedido a César que mandara a un carpintero hacer una rampa. Tanto rebotar sentada en su silla de ruedas al subir y bajar por los escalones empezaba a afectarle la columna.

Doña Trini acababa de tomar su baño de leche como cada jueves. Esperanza se preguntaba cómo haría para conseguir suficiente leche en una ciudad donde escaseaba. Tal vez alguno de sus clientes era dueño de una lechería. O quizá fuera amiga del lechero.

Esperanza la siguió en silencio y se detuvo en el pasillo, a una distancia prudencial del salón. Vio que César cargaba una cubeta de alfalfa y hablaba con un desconocido. Cuando doña Trini entró, la saludaron, se rieron, y hablaron en voz baja. Esperanza no alcanzaba a oír, pero desde donde estaba podía ver claramente cuanto ocurría. El hombre vestía traje azul oscuro, camisa blanca y una corbata con la caricatura de Mickey Mouse. Probablemente fuera estadounidense, tal vez un cliente nuevo. Le alegró el que sólo tuviera que tratar con mister Haynes, pero la mera idea de que aquel hombre pudiera tocar a Blanca le causó repulsión y prefirió no pensar siquiera en la posibilidad de que así fuera. Sin ser vista, se fue a la cocina.

Se arrodilló delante de la puerta del horno, la abrió, inspeccionó el interior y volvió a cerrarla. Miró el vidrio de la ventana desde diferentes ángulos, como siempre hacía, y raspó un poquito de grasa pegada con la uña, pero su santo no apareció.

La Flaca entró en la cocina, todavía en camisón, a calentar agua para el café, y al ver a Esperanza le preguntó:

—¿Qué demonios haces hincada ahí?

—Nomás pienso qué voy a cocinar. La comida sale mejor si me inspiro así.

—Lo voy a probar algún día. Ven, te corto el pelo.

La Flaca había sido peluquera antes de ser prostituta. Aun cuando Esperanza hubiera preferido hablar con su santo que ir con la prostituta, la siguió hasta su habitación, no sin antes prometerle a aquél que regresaría al horno a la mañana siguiente.

A medida que la Flaca daba tijeretazos, Esperanza comenzó a sentirse ligera por primera vez en trece años. No se había cortado el pelo desde la muerte de Luis. Lo había hecho en su honor. Su pelo fue siempre la parte de ella que él más adoró. Pero Luis era hoy día un difunto. Esperanza se miró al espejo y ya no vio a una viuda. El cabello que antes le llegaba hasta la cintura, caía ahora sobre sus hombros y se partía hacia el lado izquierdo en lugar de al centro. Observó entonces que su cuello era más largo de lo que creía. Sacó un tubo de maquillaje del cajón de la Flaca y se lo aplicó. Luego sombra, delineador, rubor, lápiz labial. Había practicado, y se notaba.

La imagen reflejada en el espejo era la de una mujer que Esperanza no sabía que existiera ni tuviera la capacidad de existir. Un destello tenue alrededor de su rostro la hizo verse vaporosa. ¿Estaría empañado el espejo? Lo limpió con una bolita de algodón, pero la imagen aun reflejaba un brillo suave, una luz intangible. Tomó la trenza gruesa que la Flaca había cortado, le ató una cinta roja y la llevó al altar que había instalado en su cuarto.

—Bondadosísima Virgen de Guadalupe, aquí está mi trenza. Es para ti. Estoy segura de que te han ofrecido toneladas, camiones enteros de trenzas desde que te le apareciste a Juan Diego hace cientos de años. Millones de mujeres te habrán dedicado sus trenzas en veneración, pero ésta ha sido parte de mí desde que Blanca nació. Es una trenza muy importante. Por lo que más quieras, ayúdame a encontrar a mi hija. Amén.

★ ★ ★

Scott Haynes regresó de Europa y le llevó a Esperanza seis sobres con fotografías para enseñárselas. Después de elogiar su nuevo peinado, se sentaron en el borde de la cama a ver las fotos con la confianza que se tienen dos amigos.

—Ésta es Gladys, mi esposa.

Scott señaló un minúsculo punto amarillo delante de un paisaje montañoso en algún lugar de Suiza. En la siguiente foto, el punto amarillo era ahora una personita diminuta de pie frente a una fuente espectacular en Italia. En la siguiente, Esperanza descubrió a una mujer que vestía gorra de béisbol y lentes oscuros en medio de un jardín obsesivamente cuidado, en Francia. En otra foto, Esperanza pudo ver a la mujer más de cerca. Unos mechones de pelo rubio le salían por debajo de la gorra. En la última foto, Esperanza advirtió que la mujer tenía una cierta postura de abandono, con los hombros encorvados y aspecto general de cansancio. No sonreía. Los lentes oscuros que al parecer no se había quitado en todo el viaje, le impedían a Esperanza interpretar su mirada.

—Me voy a divorciar de Gladys —anunció Scott cuando terminaron de ver las fotos—. ¿Quieres vivir conmigo?

—Desafortunadamente, no puedo —contestó Esperanza—. Sabes que estoy buscando a mi hija.

Scott se pellizcó la papada. No esperaba una respuesta así, al menos no tan contundente.

Antes de que él se fuera de viaje, Esperanza le había mostrado las fotos de Blanca sin explicarle exactamente por qué la buscaba en los burdeles, pero ahora que Scott se había atrevido a mostrarle las fotos de su esposa, sintió que podía confiar en él.

—Se la robaron para obligarla a prostituirse.

—¿Cómo puedes estar segura?

Esperanza le dijo todo sobre la aparición de san Judas Tadeo.

—¿Qué tan segura estás de eso? ¿Es un hecho? —insistió él—. No tienes pruebas suficientes para demostrar que no está enterrada en su tumba.

–El ataúd está vacío. Cuando golpeé la tapa oí un hueco. Y por favor mister Haynes, no está usted en el juzgado. No trate de encontrar pruebas. Tengo órdenes divinas y debo seguirlas.

Scott comprendió que no había más que discutir, y para dar la conversación por concluida, la abrazó.

–Llámame Scott.

Las notas de un danzón entraron por la ventana abierta. Procedían de la habitación de al lado. Scott empezó a mecer a Esperanza. Bailaron lentamente, apenas levantando los pies del suelo. Ella le susurró palabritas cariñosas al oído, como si fuera su madre. El altar, ahora dos veces más grande que antes de que Scott se fuera de viaje, estaba iluminado por una sola veladora. Había más santitos. El doble de estampas y figuras. Más flores. Más reverencia. Después de bailar un rato, Scott arrastró el biombo que estaba apoyado contra la pared y, como siempre hacía, lo abrió frente al altar para ocultarlo. Una vez que los santitos estaban fuera de la vista, Scott sentía que ya podía quitarse la camisa. Era cuestión de respeto. Esperanza se desvistió y se acurrucó en sus brazos. Hablaron durante tres horas, una lado a lado de otro en la cama de agua.

–Desperdiciaste veintiséis años con una mujer que no amas, y yo me la he pasado echando de menos a mi difunto esposo durante trece.

Esperanza se dio cuenta de que podía comunicarse mejor con un desconocido, aun con su limitado inglés, que con Soledad.

A la noche siguiente, Scott le llevó un regalo. Esperanza desenvolvió la caja con cuidado de no romper el papel. No había recibido un regalo así en mucho tiempo: un par de zapatos atrevidos con tacones de aguja. Abrazó a Scott en agradecimiento y se los probó. Las correas rojas contrastaban con la piel morena de sus tobillos. Se hizo la promesa de conservarlos cuantos años pudiera sin importar la cantidad de remiendos y suelas nuevas que requirieran.

Scott regresó a San Diego para pedirle el divorcio a Gladys. Esperanza fue a buscar a la Flaca para mostrarle sus zapatos nuevos. La luz de la mañana entraba por el tragaluz del pasillo prometiendo un día sin nubes. Con el rabillo del ojo vio que César montaba guardia delante de la puerta del Cuarto Escarlata como un guardaespaldas profesional. Miraba su reloj y volvía a su posición cada dos minutos.

Esperanza llamó a la puerta de la Flaca un par de veces hasta que ésta abrió. Estaba despeinada. Tenía una pestaña postiza pegada en el pómulo. Por un segundo Esperanza pensó que era una araña, y estaba a punto de matarla de un golpe cuando reconoció lo que era y detuvo su mano a mitad de camino. La Flaca no pareció advertirlo. La noche anterior había estado bebiendo y su piel exudaba olor a alcohol mezclado con colonia Sanborn's, sudor y el aliento de otra persona.

–Tengo que dormir un poquito más. Estoy molida. ¿Por qué no regresas dentro de tres años?

–Ven a mi cuarto más tarde. Tengo que hablar contigo.

La Flaca tardó toda la mañana en aparecer por la habitación de Esperanza. Cuando entró, fue directamente al altar. Le atraía y a la vez le causaba temor. Tomó una figura de san Martín Caballero en su caballo y miró debajo de su ropaje. Esperanza se lo quitó de las manos y volvió a ponerlo en el altar con actitud respetuosa.

–Si quieres que te vaya bien en los negocios, le tienes que rezar a él –le dijo a la Flaca.

La Flaca estaba segura de que Esperanza tenía aquel altar como una especie de atracción para excitar a sus clientes. Su razón de ser no podía ser de índole religiosa. En su profesión había visto de todo.

–¿Y qué, pues? –preguntó.

–Quiero saber quién vive en el Cuarto Escarlata –respondió Esperanza.

–¿Para qué?

–No sé. Curiosidad, creo.

–Doña Trini no nos deja entrar ahí. ¿Y sabes qué? Me vale madres. Es su pasatiempo torcido.

Para sorpresa de ambas, doña Trini abrió la puerta justo cuando estaban hablando de ella.

—Esperanza, pasa por mi cuarto en una hora, después de mi terapia.

—Sí, doña Trini.

La vieja no cerró de un portazo cuando se fue, pero Esperanza percibió que estaba molesta por algo.

—¿Crees que nos haya oído? —le preguntó a la Flaca.

—No, ni te preocupes. Desde hace años que está perdiendo el oído —contestó la Flaca, pero aun así se veía preocupada.

A Esperanza se le hizo la hora casi tan larga como cuando había tenido que esperar al doctor Ortiz en la morgue para pedirle permiso de ver el cuerpo de Blanca.

—¿Quién es la prostituta más joven que conoces? —preguntó Esperanza.

—¿Quieres decir menor de edad? Tal vez sí he conocido alguna, pero no sabría. Todas somos muy buenas para las matemáticas. Si eres menor de dieciocho años, sumas. Si eres mayor de treinta, restas.

Aparte de la Flaca y la Morena, Esperanza no tenía más amigas en el prostíbulo, pero a todas había hecho preguntas para ver si así conseguía algún indicio de dónde podía encontrarse Blanca. Nadie parecía poder guiarla.

Esperanza fue a la habitación de doña Trini una vez que hubo pasado la hora y vio, por la puerta entreabierta, un brazo fuerte que doblaba una pierna peluda hacia adelante y hacia atrás.

Al llamar, escuchó a doña Trini decir:

—Debe ser la muchacha esta.

Después se produjo un largo silencio, y finalmente la anciana dijo en voz un poco más alta y grave:

—Pasa.

Doña Trini descansaba boca abajo en una camilla de masaje cubierta por una piel de vaca. César acababa de terminar con la terapia. Había poca luz. La habitación estaba cubierta de telas: colcha, cortinas, tapetes, toallas. El papel tapiz era rosa de distintas tonalidades. La atmósfera de la habitación se sentía cargada hasta el punto de que costaba respirar. El olor del ungüento Ben-Gay se le filtró dentro de la nariz a Esperanza y le causó cosquillas. César ayudó a doña Trini a sentarse en su silla de ruedas que la esperaba al lado de la mesa con la colección de minidomos de nieve artificial, y le cubrió las piernas peludas con un camisón largo. Después le echó un chal tejido color rosa pálido sobre los hombros.

—Voy a ser muy directa contigo, Esperanza —dijo doña Trini—. Ya se corrió la voz de tu altarcito y otros clientes te quieren. Necesito que los atiendas. Si no, se van a ir con la competencia.

—Pero mister Haynes me pidió que no viera a más clientes.

—Ya lo sé. Pero él no tiene por qué enterarse.

—Pues si se entera, será él quien se vaya con la competencia.

—Mira, ya perdí a dos clientes por esta pendejada de exclusividad.

Si obligaban a Esperanza a atender a otros clientes, como el estadounidense de la corbata con la caricatura de Mickey Mouse, no tendría tiempo de buscar a Blanca. Además, debería cometer toda clase de pecados y el padre Salvador se asustaría por tan horrorosa confesión, así que pensó rápidamente, y dijo:

—Mire, doña Trini, mentirle a mister Haynes no va a resolver nada. Yo no sé cuál es la verdadera razón por la que está perdiendo clientes, pero tal vez lo que necesite su casa sea una limpia como las que hacemos a las propiedades allá en mi tierra.

Doña Trini no había considerado la posibilidad de que su casa estuviera afectada por un hechizo. Ella y César cambiaron miradas, extrañados.

—Hay mucha brujería por ahí —prosiguió Esperanza—. Quién sabe, un enemigo suyo puede estar usándola en contra de su casa. —Estaba segura de que doña Trini conocía al menos a un enemigo que quisiera vengarse de ella.

—Tengo por lo menos ocho enemigos que querrían vengarse de mí —dijo la anciana como si le hubiera leído el pensamiento.

La hornilla colocada por Esperanza al fondo de la sala producía tal cantidad de humo que pintó en la pared una gran mancha de hollín negro en forma de pluma. Los olores mezclados de hierbas y plantas hicieron estornudar a algunas de las prostitutas. Esperanza les pidió que se alinearan desnudas, contra la pared, incluyendo César, quien insistió en cubrirse con una toalla color mamey.

Esperanza ayudó a doña Trini a desvestirse para que la limpia fuera más eficaz, pero la vieja se rehusó a quitarse el brassiere y los calzones. Permaneció sentada en su silla de ruedas al final de la fila junto a la Morena, severamente moreteada. Algunos clientes eran duros. Esperanza la había oído llorar dos noches antes, después de la paliza que había recibido por parte de un ingeniero espacial que acostumbraba visitarla después de tomar demasiado tequila.

—Es muy importante que el humo entre en todos los cuartos de la casa. En cada uno. No se ponga nerviosa, doña Trini, que todo va a salir bien. Ya verá.

El ritual comenzó. Esperanza nunca había hecho una limpia, pero había recibido muchas en su infancia, de modo que sabía perfectamente qué hacer. Su abuela la llevaba al menos tres o cuatro veces al año a que la viera don Sabás. Le atenuaba las alergias haciéndola beber un brebaje hecho a base de milenrama y olmo resbaloso con unas gotas de orina de ardilla. No sólo era un chamán reconocido por su habilidad para extraer espíritus malignos de las personas, sino un gran curandero, hasta el punto de que muchos médicos lo consultaban. Venían a verlo con bultos debajo de la piel y don Sabás se los hacía desaparecer con sólo poner su mano encima; los curaba de diarrea o estreñimiento empleando las mismas hierbas; les disipaba el insomnio con sus pociones de hisopo y nébeda; les eliminaba por completo el flato con su té secreto de camote e hinojo. Para el dolor de muelas usaba un ungüento hecho con erizo e hígado de conejo. Para las articulaciones doloridas, compresas de marihuana y semilla de apio. Para la pérdida del cabello, ruda molida con dos gotas de sangre menstrual mezcladas en loción de pamplina. Para el mal aliento, una infusión de agrimonia y trébol rojo. Para despertar el deseo sexual en las mujeres, té de damiana. Para lo mismo, pero en los hombres, ashwagandha, una hierba de la India. Para la impotencia, diente de león, regaliz y mucha oración.

Tlacotalpan quedaba cerca de Catemaco, tierra natal de don Sabás y capital de la brujería. Gente de toda la república viajaba a ese pueblo para sanar sus dolencias, hacerle un mal a algún enemigo, establecer contacto con un pariente difunto o conocer su futuro. Don Sabás, todo un maestro de las artes medicinales, era reconocido y respetado hasta por sus más acérrimos adversarios. Pero una mañana tormentosa de marzo murió trágicamente después de transformarse en una esfera incandescente para combatir a un enemigo. Como se había comido el hongo equivocado, no pudo regresar a su estado humano y terminó sus días convertido en un montículo de ceniza en medio de la calle principal. Su sobrina lo barrió con la escoba, lo metió en una bolsa de yute y lo esparció por todo el pueblo, como se lo indicó el mismo don Sabás en un sueño. Afortunadamente para Esperanza, sus alergias se aliviaron con el tiempo y ya no necesitó de los servicios del curandero.

Esperanza no tenía la intención de acabar con el mal que acosaba a la Mansión Rosada, ni de hacer desaparecer el mal aliento de doña Trini. Para lograrlo, requería de un don especial que no tenía. Pero por lo menos llevaría a cabo el ritual para poder entrar en el Cuarto Escarlata y saber, de una vez por todas, si Blanca estaba encerrada allí.

Primero, les dio a todas las prostitutas una infusión humeante hecha con tres hierbas distintas que había conseguido en el mercado el día anterior. Se las había vendido un curandero altamente recomendado por un zapatero que le había arreglado la hebilla a una de sus sandalias. Después, abanicó a cada una de las prostitutas con una rama de eucalipto que había quemado en la hornilla llena de copal. Algunas se reían cuando les rozaba la piel suavemente con las hojas encendidas, las cuales despedían chispas que caían peligrosamente sobre la alfombra mechuda. Por suerte no se incendió. A otras no les daba risa. Se tomaban la limpia tan en serio como si fuera una cirugía; sobre todo la Morena, quien, no importaba cuánto perfume se aplicara detrás de las orejas, en las muñecas, entre las piernas o en los pezones, seguía oliendo a disolvente. De niña, su piel se había impregnado de este olor cuando su padre, un pintor de brocha gorda, iba a su habitación después del trabajo y la acariciaba, quizá demasiado, sin lavarse las manos.

A medida que Esperanza terminaba de hacerle la limpia a cada prostituta, la mandaba a su cuarto a descansar. Cada una de ellas tenía que meterse en la cama durante una hora, hasta que sanaran sus males y heridas. Casimira había estado enamorada de su maestro de baile folclórico, quien tiempo después se había arrojado por un precipicio de la mano de otra amante. La Mojadita, una huérfana cuyo abuelo se había hecho cargo de ella, fue regalada a los seis años a una tía lejana que la obligó a vender Kleenex en la calle para ganarse el sustento. La Flaca había matado accidentalmente al hombre que amaba. Un viernes por la noche, antes de convertirse en prostituta, mientras se arreglaba para salir a bailar, se le cayó el secador de pelo en la tina donde su hombre se remojaba plácidamente después de haberle hecho el amor como nadie había vuelto a hacérselo jamás. Todas tenían heridas que sanar.

Con gran veneración, Esperanza tomó un huevo de gallina y lo hizo rodar por todo el cuerpo de doña Trini. Luego lo rompió, vació el contenido en un vaso de agua y mostró asustada lo que veía adherido a la yema.

—Con razón, doña Trini. Alguien le hizo un trabajito.

—Ése debe haber sido el Cacomixtle –dijo doña Trini, y César asintió.

Esperanza fingió no reconocer el nombre. No le sorprendió enterarse de que el Cacomixtle ocupaba el primer lugar en la lista de enemigos de la anciana.

—Pero ya salió. Ése es el mal. ¿Ve? Aquí está. –Esperanza señaló una mucosidad blanquecina que flotaba dentro del vaso.

Doña Trini observó por encima de sus bifocales el moco inerte y con asco se dejó caer sobre su silla de ruedas, más aliviada ahora que el mal había sido oficialmente extirpado de su cuerpo.

A continuación, y para eliminar cualquier espíritu testarudo que pudiera quedar en la casa, Esperanza agitó las ramas de eucalipto por el pasillo, y dentro de cada una de las habitaciones, llenándolas de humo denso. Las prostitutas se quedaron obedientemente en sus camas, a pesar de las náuseas que les producía la falta de oxígeno. Cuando Esperanza por fin llegó a la habitación de doña Trini, la ayudó a vestirse.

–Ahora necesito que me abra ese cuarto que tiene cerrado con llave. Tengo que acabar con todos los males que le hayan echado a su propiedad.

Una vez delante de la puerta del Cuarto Escarlata, doña Trini sacó una llave que llevaba atada a su brassiere con un listón rosa.

–Júrame que lo que veas aquí te lo vas a callar –le pidió a Esperanza.

La vieja se aseguró de que nadie más estaba cerca de ahí y abrió la puerta. Dentro, en medio de la habitación, había una bella y vigorosa vaca Holstein que miró tranquilamente hacia la puerta. Las paredes estaban cubiertas de tapices de terciopelo color rojo vino. Dispersos por el suelo había montones de cojines hechos con telas de brocado y encajes. Una *chaise longue* ocupaba un rincón de la estancia y un candil de cristal colgaba del techo. En el otro rincón, había una rampa lo suficientemente ancha como para elevar un metro la silla de ruedas. La vaca miró a Esperanza con ojos llenos de expresión rodeados de pestañas largas y rizadas. Esperanza, azorada, miró a doña Trini en busca de alguna explicación, pero la vieja sólo admiraba tiernamente a su vaca que rumiaba la pastura.

–Te presento a *Felícitas la Sexta*.

–Hola, *Felícitas.*

–La puedes llamar *Feli* –dijo doña Trini.

Esperanza recorrió la habitación, agitando mecánicamente las ramas de eucalipto alrededor de la vaca, y evitó pisar las tortas de excremento.

–Ni una palabra de esto a nadie, Esperanza. *Feli* es mía y de nadie más.

–Sí, doña Trini –contestó Esperanza, a punto de llorar.

No había niñas encerradas. Blanca no estaba.

★ ★ ★

Esperanza entró en la cocina decidida a exigir una respuesta a su santo. Golpeó la puerta del horno una y otra vez.

–¡Aquí no hay niñas encerradas! ¡No me estás ayudando a encontrar a Blanca! –Se sentía furiosa, enferma, engañada–. ¿Éste es el tipo de ayuda que debo esperar de ti?

Siguió golpeando la puerta del horno hasta que se desprendió y cayó al suelo de mosaico. La ventanita se estrelló y miles de trozos de vidrio rodaron como granos de arroz sin cocer por el suelo, debajo de la mesa y detrás del refrigerador, donde sabían que jamás serían barridos. Esperanza ya no tenía nada que hacer en la Mansión Rosada. Blanca no estaba ahí. San Judas Tadeo no podía aparecerse en un horno roto. Por primera vez, se sintió perdida, sola.

Corrió a su habitación y cerró la puerta con llave. Sin pensar, tomó del altar el crucifijo de marfil que le había regalado su madre cuando había hecho la primera comunión. Aún lo tenía y le rezaba, después de tantos años. Lo apretó contra su pecho con tanta fuerza que se le marcó en la piel. Se dejó caer sobre la cama y trató de besarlo, pero la furia no se lo permitió, y lo arrojó sobre la cama. El crucifijo se resbaló por la colcha de satén, cayó al suelo antes de que Esperanza pudiera impedirlo, y se rompió en ángulo justo debajo de los pies de Jesucristo. Esperanza corrió a recoger los dos trozos y los besó.

–¡Perdón! ¡Perdóname! –lloriqueó avergonzada–. No sé si odiarte o adorarte. ¿Por qué le pides a san Judas Tadeo que me mande a buscar a Blanca y luego me lo quitas cuando más lo necesito? ¿Por qué me abandonas? ¿Dónde está mi Blanquita?

Entre pregunta y pregunta, Esperanza golpeaba con furia el pedazo de crucifijo en la cama, hasta que con la punta rota de la cruz le hizo un agujero al colchón. Un chorro de agua de más de un metro comenzó a mojar las sábanas. Por un segundo, Esperanza no entendía qué sucedía. Miró sorprendida el crucifijo, que todavía sostenía en la mano, como un puñal. Trató de tapar el agujero con los dedos, pero fue inútil. El agua ya había mojado toda la cama y se escurría por el suelo, se pasaba por debajo de la puerta hacia el pasillo, hinchando las fibras de la alfombra mechuda, y dejaba escapar los olores de orina de conejo, semen viejo, perfume de farmacia y un dejo de tequila.

Después de pegar el crucifijo con Kola-Loka, Esperanza permaneció acurrucada durante horas en la cama desinflada, envuelta en las sábanas mojadas, meciéndose rítmicamente hasta que escuchó la voz de doña Trini detrás de la puerta y el ruido de su andador que chapoteaba en el agua que cubría la alfombra del pasillo. La oyó acercarse. La oyó llamar a la puerta. La oyó gritar su nombre.

—¡Esperanza!

No contestó.

Doña Trini abrió la puerta con una de las llaves del enorme llavero que llevaba atado al cinturón.

—¿Qué chingados pasó aquí?

—Agujeré la cama.

—Debiste decírmelo de inmediato. Si tengo que cambiar la alfombra, te la voy a cobrar.

—Perdón, doña Trini.

—Y de seguro sabes también qué pasó en la cocina. La estufa está destrozada.

—Perdón, doña Trini: fui yo. Le agujeré la cama y destruí su estufa. Yo le pago todas las reparaciones, de veras. Es que me pongo un poquito temperamental con eso de la menstruación.

—Pues si me vas a hacer esto cada mes que se te alborotan las hormonas, estamos jodidas. Si Scott Haynes no estuviera tan fascinado contigo, ya te habría echado a la calle.

—No va a volver a suceder, se lo prometo.

Y nunca volvió a suceder. Porque Blanca no estaba ahí. Porque Esperanza no podía perder más tiempo en la Mansión Rosada.

Esperanza llevó sus zapatos de tacón, los atrevidos, al motel del Cacomixtle. Se maquilló con precisión milimétrica. Los pantalones, que antes habían pertenecido a Yuriria, le quedaban tan ajustados que el color rojo se le transfirió a la piel, como un tatuaje. Aunque pareciera que se había vestido así para excitarlo y luego rechazarlo, lo que en realidad quería demostrarle era que podía convertirse en lo que fuera necesario para alcanzar su meta, sin que él tuviera que enseñárselo. La meta era clara. Cómo llegaría a ella, era un misterio. Por eso, sencillamente se lanzó a El Atolladero como una manera de cambiar la dirección de su trayectoria. Tal vez el Cacomixtle supiera algo que pudiera servirle; sólo tenía que preguntarle.

La prostituta vieja, la dueña de la taza de Miss Piggy, pasó por delante de la barra, esta vez con un cacharrito lleno de cera para depilar que llevaba a calentar a la cocina. Vestía la misma bata manchada de tinte para el cabello. La presencia de Esperanza la sorprendió, pero aun así sonrió con amabilidad, y se acercó al pie de la escalera arrastrando las pantuflas.

–¡Liborio! ¡Ven a ver quién llegó! –gritó la mujer hacia la planta superior–. ¡Te dije que iba a regresar! –Luego se metió en la cocina sin decir palabra a Esperanza.

En menos de un minuto, el Cacomixtle bajó al bar, con camisa desabotonada y el cinturón desabrochado. Se había peinado rápidamente con los dedos el pelo mojado. Esperanza observó que tenía un embarrón de crema de afeitar detrás de la oreja. Tal vez porque había bajado las escaleras a toda prisa, saltando escalones, o porque estaba entusiasmado de ver a Esperanza de nuevo, su pecho se inflaba y desinflaba a una velocidad que sólo pueden mantener los corredores de maratón. O tal vez levantara pesas. Al contrario de Scott, no tenía barriga. Esperanza vio la pequeña cicatriz en su frente, producto del golpe que se había dado contra la mesa de noche durante su breve encuentro hacía unas cuantas semanas.

El Cacomixtle se sirvió un «caballito» de tequila y se acercó a Esperanza que estaba de pie al lado de la barra.

–¿Quieres? –preguntó, metiendo la nariz dentro del vasito delgado para oler el tequila más de cerca–. Cortesía de la casa.

–Son las nueve y media de la mañana.

–Sí, tienes razón, es muy temprano para tomar tequila –admitió el Cacomixtle–, pero se me acabaron las naranjas otra vez. Si no, te ofrecería un jugo. –Lamió unos granos de sal de la palma de la mano y se bebió el tequila de un solo trago–. Así es que te va muy bien por allá con la Trini. Ya se corrió la voz. Quién se hubiera imaginado; un contrato de exclusividad con el mismísimo Scott Haynes.

–¿Te molesta?

–Claro que no. Me da gusto ver cómo vas subiendo en tu profesión. Es más, ¿por qué no te mudas a El Atolladero?

–¿Eso es lo que consideras subir en mi profesión?

–Mira, yo conozco a la Trini. Es una abusiva. ¿Cuánto te está cobrando? ¿Tres mil? Yo te hago precio. Hasta te pongo un lugar especial para tu altarcito. Todo el mundo anda hablando de él. Sí sabías, ¿verdad?

El Cacomixtle metió el dedo debajo del tirante de la blusa de Esperanza y le acarició el hombro para confirmar que no llevaba brassiere. Pero se equivocó. Ella le quitó la mano, que ya iba por la espalda, y se la estrujó como si fuera un trapo.

–¿Por qué me mandaste allá? ¡Nomás fui a perder mi tiempo! –le gritó Esperanza–. ¡Ahí no tienen niñas! –Una fuerza procedente de un lugar desconocido se había apoderado de ella.

–Tú fuiste la que quería ir a la casa de la Trini –se defendió el Cacomixtle–. Yo sólo te dije cómo llegar. Además, yo no sabía que te gustaran las niñas.

–¿Estás idiota, o qué? ¿Te parezco alguien a quien le gustan las niñas? ¡No me gustan! Estoy buscando a mi hija. Se la robaron.

Esperanza le enseñó la foto de Blanca. Se sentía frustrada y se preguntaba qué hacía ahí, sentada frente a aquel hombre tan desagradable, exponiéndole su debilidad y la verdadera razón de que se comportara como lo hacía. ¿Qué beneficio podría obtener de este encuentro absurdo? Era obvio que él no sabía nada.

–Con razón se la robaron –dijo el Cacomixtle–. Aunque la mamá está más guapa. –Frotó la superficie de la fotografía con los dedos, como si tocara a la niña. Esperanza se la arrebató, asqueada.

–¿Sabes dónde podría estar?

–Me parece conocida. No dudaría que se la hayan llevado para el otro lado.

–¿Para Estados Unidos?

–Ajá.

–¿Qué voy a hacer? –dijo, de pronto afligida–. No sé qué sea peor, que se haya ido al otro mundo o al Primer Mundo.

Esperanza llenó un vaso de tequila y se lo bebió de un trago. El alcohol le quemó el pecho, como un tormento. Se imaginó el planeta tamaño natural con todos sus peligros, un globo que giraba lentamente donde las fronteras se disipaban, donde los pueblos, las ciudades, los estados, las provincias, los países y los continentes habían perdido la raya imaginaria que indicaba dónde empezaba uno y terminaba el otro, multiplicando los lugares posibles donde indagar. México ya no era el límite geográfico de su búsqueda. Blanca podía estar en cualquier parte.

–Hay un sitio en Los Ángeles que tal vez te convenga visitar. El dueño es amigo mío. Está muy bien conectado por allá. Conoce a todas las de tu gremio. –El Cacomixtle anotó una dirección en el dorso de un recibo arrugado.

–Pero ni siquiera tengo pasaporte –dijo Esperanza.

–¿Y eso desde cuándo es un problema?

Asomado a la ventana, el Cacomixtle observó a Esperanza alejarse, doblar la esquina y desaparecer de su vista. La estaba dejando ir otra vez, pero de ninguna manera sentía que la perdiera. Conocía a las mujeres demasiado bien, porque había llegado al mundo en la cama de un burdel y había sido criado por prostitutas. Sabía que Esperanza regresaría. Las mujeres siempre regresaban a él, ya fuera por placer o negocio. Esperanza regresaría, aun desde Los Ángeles. La distancia no le preocupaba, y ella estaría mejor donde la había enviado que en la Mansión Rosada. Al menos se encontraba fuera de su territorio. Trini estaba volviéndose demasiado poderosa últimamente. No se merecía a Esperanza.

Al Cacomixtle la inocencia de aquella mujer le atraía como un venado a un león hambriento. Sabía que el peor enemigo de un depredador es otro de su misma especie. Sus instintos interpretaban esa inocencia como un peligro encubierto. Le gustaba esa sensación. Era una mujer capaz de destrozar a cualquiera. Devastadora. Deliciosa. Adictiva. Y como había dejado de comer chocolate hacía un tiempo para sanar una infección de acné en la mejilla, el Cacomixtle se había convertido en un adicto muerto de hambre.

El hecho de que Esperanza lo hubiera amenazado para que se mantuviera lejos de ella y nunca intentara un acercamiento sexual, no quería decir nada más que «ya veremos». Las mujeres eran así. Cuando decían «no», querían decir «tal vez». Cuando decían «tal vez», querían decir «sí». Y cuando decían «sí», se volvían aburridas y perdían todo interés. El Cacomixtle todavía tenía mucho que conseguir de Esperanza. Evidentemente, con la Trini había aprendido muy rápido los secretos del oficio, y él estaba preparado para ponerla a prueba. Tenía la certeza de que aún podía enseñarle un par de suertes.

Se sirvió otro vaso de tequila, pero esta vez saboreó cada gota, dejando a sus papilas volverse locas y torcerse al contacto con el alcohol. Un poco de tortura siempre era positiva antes de la orgía de olores y sabores de que pronto disfrutarían su nariz y su lengua al tocar la piel de Esperanza. Estaba dispuesto a esperar. Regresaría. Se relamió el bigote.

Esperanza aceleró el paso. Caminaba por banquetas irregulares, rotas, de nuevo hacia la Mansión Rosada, sin hacer caso de los hombres que le silbaban y la llamaban desde sus coches, preguntándole cuánto cobraba. Uno manejaba un Ford nuevo. Otro vestía un traje azul oscuro y escuchaba en la radio la información sobre el estado del tráfico, a un volumen tan alto que todos en torno a él se enteraron de que el tiempo de espera calculado para cruzar la frontera ese día en hora punta era por lo menos de dos horas. Un tercer hombre tenía un altarcito de la Virgen de Guadalupe pegado al tablero y estaba adornado con diminutas luces navideñas que rodeaban el perímetro del parabrisas. El cuarto hombre era un repartidor de pan Bimbo. Todos querían subirla a sus coches y llevársela a un motel, pero ella ni siquiera los miró. Estaba demasiado concentrada en lo que tenía que hacer. Los hombres se aburrieron de dar vueltas a la manzana, tratando de que Esperanza llegara a un acuerdo con ellos, y se fueron a sus respectivos trabajos, quizá pensando: «Es muy temprano. Debe estar fuera de circulación.»

Mientras se dirigía hacia la Mansión Rosada, Esperanza analizó sus opciones, que en realidad se reducían a: iría a Los Ángeles a buscar a Blanca. Y si no la encontraba allí, iría a otro lugar. San Judas Tadeo no estaba contactando con ella en Tijuana. Tal vez en Los Ángeles, al menos por el nombre de la ciudad, le diera más confianza aparecerse y darle más instrucciones.

Al pasar por el centro, se detuvo en una oficina de información turística, recogió un mapa de California, y se sentó en un restaurante a tomar una taza de café y un pan dulce. Con un marcador amarillo señaló sobre el mapa el nombre de todas las ciudades y pueblos que le llamaron la atención: San Francisco, San Luis Obispo, San Clemente, Santa Bárbara, San Diego, San Juan Capistrano, Santa Mónica, San Onofre, San Bernardino.

—Mis santitos me esperan en California —dijo en voz alta.

Luego, en un puesto de artículos religiosos que había en el exterior de una iglesia compró varias imágenes de sus santos más queridos y un par de estatuillas de Juan Soldado, el protector y patrono, aún no reconocido por la religión católica, de los inmigrantes ilegales. Esperanza no conocía a este santo, pero le gustaba su figura rígida de un pobre joven mexicano vestido con uniforme militar.

—No conocía a Juan Soldado. No es famoso en el Sur —le explicó Esperanza al dependiente que estaba prácticamente oculto detrás de toda la parafernalia religiosa.

—Es que éste es un original de aquí de Tijuana —dijo él—. Un mártir. Un pobre desgraciado, como nosotros. Aquí necesitamos más santos que en otras partes.

Esperanza también necesitaba más santos, ahora que estaba decidida a cruzar la frontera.

–Usted se me figura como que va a cruzar –le dijo el hombre–. Llévese este escapulario de Juan Soldado y préndaselo a la ropa, justo encima del corazón. Mi cuñado lo invocó cuando lo perseguían seis policías de la migra y se les escapó. Luego, cuando se apuntó para conseguir la amnistía, usó un escapulario como éste y lo aprobaron. Tiene un taller mecánico en Santa Ana.

Esperanza tomó el escapulario y obedientemente se lo prendió a la blusa, dándole la bienvenida al nuevo santo.

Cuando regresó a la Mansión Rosada esa mañana, Esperanza encontró a César arrastrando fuera de su habitación una máquina para lavar alfombras.

–¡Hubieras visto los pescados que salieron de la alfombra de tu cuarto! –le dijo él, jadeando a causa del esfuerzo físico.

–Gracias, César. Eres un lindo.

–¿Gracias? Para nada, mi reina. Te voy a pasar la cuenta.

–Por favor, César, no seas malo, fue un accidente.

César le lanzó una mirada de desaprobación que había ensayado muchas veces frente al espejo.

–Sí, claro, Esperancita. Ni me imagino lo que haces en este cuarto, cochina, con todos esos santos mirándote.

Esperanza nunca lo había visto tan enojado. Tal vez tuviera envidia. No era posible que sintiera tanto afecto por la alfombra mechuda. El porqué del temperamento de aquel hombre era todo un misterio para ella. Quizá sufriera también de desequilibrios hormonales por la menstruación.

–¡He visto desviaciones sexuales, pero tú eres monstruosa! –siguió agrediéndola.

Pero Esperanza ya estaba mentalmente en Los Ángeles. Si Yuriria había dejado toda su ropa, ella tendría que dejar la cuenta de la máquina de lavar alfombras. No sabía cuánto dinero necesitaría en su viaje, y francamente, de todos modos había que lavar esa alfombra. De hecho, pensó, al agujerar el colchón de agua se había hecho un favor a doña Trini.

–¡Mons-truo-sa! –dijo él para que le quedara más claro.

* * *

—¿Scott?
—¿Sí?
—No. Nada.
—¿Qué tienes? ¿Estás bien?
—Sí. Estoy bien.
—Has estado muy callada toda la noche.
—¿Me harías un favor? Sólo uno.
—Los que quieras.

* * *

★ ★ ★

El juez Haynes estacionó su coche en una calle desierta de Tijuana. Esperanza y él se bajaron. Él abrió la cajuela. Ninguno habló. Ella se quitó los zapatos y se metió, acomodándose entre su maleta nueva y su caja de santos. Él cerró con llave, arrancó el coche y se dirigió hacia la frontera. Subió el volumen del radio. Canciones viejas. Le gustaba escuchar rock-n-roll de los años sesenta. Le recordaba a sus épocas de marihuana, cuando la universidad era, más que nada, una excusa para estar lejos de su padre, que nunca había salido de Wilmington, Delaware. Scott estaba seguro de que la educación cuasimilitar que había recibido en su hogar había determinado su profesión. Pero había otro aspecto de su personalidad que eclipsaba su pasión por la ley, y que no compartía con su padre. Por respeto. Por miedo. Adoraba la libertad. Y la encontraba en la frontera.

Amaba el contraste entre México y California. Un San Diego exuberante, lleno de campos de golf impecables, justo al lado de un Tijuana árido donde los remolinos de polvo no dejaban descansar a las sirvientas que debían limpiar las casas. Scott se sentía cómodo en un lugar donde la confusión de identidad producía ciudades con nombres híbridos, como Mexicali y Calexico. Donde los chinos del lugar comían *chili-dogs* con té verde. Donde alguien tenía el descaro de imprimir tarjetas de presentación en la que se leía: «Juan López - Contrabandista.» Donde un técnico dental de Faribault, Minnesota, podía enamorarse de una inmigrante ilegal procedente de una ranchería de Jalisco. En Tijuana, Scott había recorrido los barrios elegantes gritando por las calles a las tres de la mañana. Había participado en varias peleas en El Reventón, donde siempre dejaba inconsciente a algún contrincante. En los bares, había pasado de mesa en mesa besando a las mujeres de otros hombres. Se había emborrachado más allá del respeto a sí mismo en incontables ocasiones, y se había salido con la suya. Siempre.

Estados Unidos no era el país libre por excelencia. Tampoco lo era México. Era ese pedazo de tierra donde ambos se encontraban, en un inevitable choque frontal. Pero lo que de verdad amaba de la frontera era que podía ser un juez de San Diego, digno, justo, respetuoso de las leyes de su sociedad, y, en cuestión de minutos, convertirse en un ser anónimo, que dormía en los brazos de una prostituta, en un lugar donde a nadie le importaba si lo que hacía estaba bien o mal. Y ahora que estaba ayudando a Esperanza a cruzar la frontera, las líneas paralelas de su vida estaban a punto de converger. Había hallado a Esperanza después de años de visitar prostíbulos mexicanos tres veces por semana, en busca de una mujer, que no fuera Gladys, con quien compartir su vida. Estaba enamorado. Estaba dispuesto a arriesgarse por Esperanza. Y su padre jamás lo sabría.

Las manos se le resbalaban en el volante. Las palmas le sudaban. Nunca le había ocurrido nada semejante. Ni siquiera en los tribunales. Ni siquiera cuando su padre lo había sorprendido con un cigarro en la boca a los dieciséis años. Ni siquiera el día anterior, cuando por fin le había dicho a Gladys que nunca la había amado. Por supuesto no le dijo que la dejaba por una prostituta mexicana. ¿Para qué herirla más? De hecho, no se acordaba de ningún suceso en su vida a causa del cual le hubieran sudado las manos. Por otra parte, nunca había ayudado a una prostituta a entrar ilegalmente en Estados Unidos.

Se puso en una fila de unos cincuenta coches. Todos esperaban a cruzar el puente. Los vendedores ambulantes ofrecían réplicas en miniatura hechas de yeso, del *David* de Miguel Ángel, cisnes para adornar el jardín, fuentecitas para que se bañen los pájaros, revistas, periódicos, juguetes con poca esperanza de vida, estéreos para el coche, grabaciones pirata con los éxitos de las bandas norteñas del momento, relojes, espejos retrovisores, calcomanías en español y en inglés.

Todos en México conocían la regla no escrita de cómo tratar a los vendedores ambulantes. Si no se estaba interesado en la mercancía, se debía evitar todo contacto visual con el vendedor. Al menor signo de interés, tres de ellos, si no más, meterían sus productos por la ventana del coche, sin importar si éste estaba en movimiento o no. Eran buenos corredores y hábiles para esquivar vehículos, pero aun así algunos ya habían sufrido fracturas al pasarles por encima de los pies la rueda de algún coche. «Ha de ser preferible el dolor que pagar impuestos», pensó Scott, y como él tenía experiencia en cruzar la frontera, se sabía la famosa regla. Incluso conocía a algunos de los vendedores ambulantes sin haberlos mirado a los ojos una sola vez.

Mientras esperaba, pensó en Esperanza, acurrucada entre sus santos en la cajuela del coche. Todavía no sabía exactamente qué era lo que le atraía tanto de esa mujer. Era bella, pero él había dormido al lado de muchas mujeres bellas. Era inocente. Tierna. Toda la mamá que uno pudiera desear. Era una mamá y media. Había suficiente maternidad en ella como para regalar y todavía quedarse con más de la necesaria. Y lo que era aún mejor, amaba el sabor de su piel. Picante. Aromática. Agridulce. Ácida. Como la pulpa de tamarindo. Sobre todo alrededor del pezón izquierdo. No podía dejar de lamerlo. La lengua se le irritaba tanto que cada noche, después de visitarla en la Mansión Rosada, tenía que pasar por un pequeño restaurante que permanecía abierto veinticuatro horas y beberse seis vasos grandes de horchata con bastante canela y mucho hielo antes de volver a San Diego.

Scott sabía que Esperanza no era en realidad una prostituta. Sabía que buscaba a su hija. Durante las noches que habían pasado juntos, ella le había hablado de su búsqueda. De las apariciones, el hospital, el doctor, el cementerio, las reacciones sospechosas de las autoridades.

¿Cómo podía buscar a su hija muerta entre los vivos? Ése

era el único detalle que no comprendía. Pese a que el español que hablaba era raquítico, más allá de toda posible mejora, habían alcanzado un estado de comunicación más profundo que el simple acto de dos personas que se entendían la una a la otra. Una comunión de almas. Y porque podía leer el alma de Esperanza, sabía que no lo amaba. Pero si consiguiera que ella se quedara con él, estaría dispuesto a aceptar lo poco que ella quisiera ofrecerle.

Dentro de la cajuela, Esperanza le rezaba a Juan Soldado, cuya figura sostenía en una mano mientras con la otra frotaba el escapulario que llevaba prendido a la ropa.

—Querido Juanito, yo sé que el hombre que viene al volante no es mexicano, pero podría serlo. Por favor ayúdalo a cruzar la frontera. Te conozco desde hace poco, pero me enteré que has ayudado a miles de inmigrantes a alcanzar una vida mejor. Yo no soy inmigrante, pero sí quiero una vida mejor con mi hija, de regreso en mi pueblo. Tal vez san Judas Tadeo ya te haya explicado la situación. Sólo voy a cruzar al Norte para buscarla. Si la encuentro, me regreso con ella. Si no está allá, la voy a buscar a otra parte. Así es que no me cuentes como inmigrante, pero ayúdame como si lo fuera.

—¿Ciudadano americano?

—Sí, señor.

—¿Trae algo que declarar?

—No, señor.

Aburrido de su trabajo, el oficial de inmigración le hizo una seña a Scott para que avanzara. Scott no podía controlar sus nervios. Finalmente, después de intentarlo varias veces, pudo echar a andar el coche, pero de pronto el oficial de inmigración le gritó:

—¡Oiga! ¡Alto!

Scott frenó de golpe con un chirrido de llantas. Oyó a Esperanza moverse ruidosamente en la cajuela.

—¿Hay algún problema, oficial?

El oficial de inmigración se asomó dentro del coche y miró a

Scott fijamente a los ojos, como nunca se debe de mirar a un vendedor ambulante.

—¿No es usted el juez Haynes?

—Sí, señor.

—¡Claro! Usted dejó salir a mi hermano bajo fianza el año pasado. Lo acusaron de meter marihuana de contrabando dentro de una muñeca, ¿se acuerda?

Scott fingió acordarse. Tenía que actuar de la manera más natural. Su carrera estaba en juego. Si lo descubrían, iría a la cárcel. Esperanza sería deportada.

—¡Por supuesto! Claro que me acuerdo de su hermano.

—Qué gusto de verlo de nuevo. Le voy a decir que me encontré con usted.

—Pues salúdelo de mi parte.

—Sí, lo voy a visitar el jueves. Otra vez lo encerraron, sólo que ahora lo atraparon contrabandeando a unos ilegales.

—¡No lo puedo creer! —Scott sentía que se le cerraba la garganta.

—Pues créalo.

—Lo que hay que oír.

El oficial de inmigración se despidió de Scott con un apretón de manos y tuvo que limpiarse el sudor en el pantalón. El juez Haynes le ofreció una sonrisa exagerada y pisó el acelerador.

Scott manejaba por encima del límite de velocidad. Esperanza se había salido de la cajuela poco después de dejar atrás San Onofre, y para cuando llegaron a Las Pulgas Road todavía estaba estirando las piernas y los brazos. Se divertía leyendo los letreros de la carretera que indicaban los diferentes pueblos entre San Diego y Los Ángeles: Del Mar, Escondido, Encinitas, San Clemente, San Juan Capistrano, Santa Ana.

—Parece que va a estar fácil darse a entender acá. Todo está en español.

—Suponiendo que tu hija aún esté viva, ¿por qué la buscas en burdeles?

—Porque san Judas Tadeo me informó que ahí estaba. Ya te lo dije.

—Cuando te lo dijo, ¿lo llamó burdel, prostíbulo, casa de citas, o qué?

—Ahora que lo mencionas, no me acuerdo qué palabra usó.

—¿Lo escuchaste de su propia voz?

Esperanza se sintió incómoda. ¿De verdad había escuchado a su santo decir que Blanca estaba en un burdel, o había llegado ella misma a esa conclusión? Estaba confundida por el laberinto de sus propias explicaciones. Deseó que el mismo san Judas Tadeo viajara con ella, sentado en el asiento de atrás y se acercara cuanto se lo permitiera el cinturón de seguridad, para susurrarle al oído las respuestas a las preguntas de Scott.

En general, le molestaba la conversación. A diferencia de Soledad, quien de inmediato y sin dudar negó la posibilidad de la aparición, Scott quería creer, pero necesitaba hechos que pudiera comprobar. Esperanza sabía que en materia de fe, no hay hechos comprobables. ¿Cómo se los podía dar?

—Allá vas otra vez, el juez interrogando a la acusada —le dijo un poco en broma, deseando que cambiara de tema.

—Tal vez sólo imaginaste que lo dijo.

—Blanca no está muerta, Scott.

—Si está en Estados Unidos, yo la puedo encontrar. Hay cientos de instituciones dedicadas a encontrar niños perdidos. No estás sola. Quédate conmigo y la vamos a buscar juntos. Vamos a organizar un equipo profesional de búsqueda. Vamos a imprimir su foto en todos los envases de leche de la nación. Vamos a distribuir millones de volantes. Vamos a conseguir que los medios masivos nos presten atención. Voy a ofrecer una recompensa a cualquiera que nos dé una pista que nos lleve a encontrarla.

—Perdóname, Scott. Has sido muy lindo conmigo, pero yo la tengo que buscar sola. Ya traté de que mi comadre Soledad viniera conmigo, y lo que conseguí es que ahora no me crea nada de lo que digo. El cura de mi pueblo me pidió que no le dijera a nadie lo que estoy haciendo y que no metiera a nadie en este asunto. Todo tiene una razón de ser. ¿O qué? ¿También a ti se te apareció san Judas?

—Por desgracia, no.

—Pues ahí tienes. Pero de todos modos te agradezco tu ofrecimiento.

Scott no entendía por qué Esperanza rechazaba la valiosa ayuda que le ofrecía. La probabilidad de encontrar a la niña, en el caso de que estuviera viva, era mucho más alta si Esperanza se quedaba con él. Tal vez el cura tuviera razón. Sólo un motivo todopoderoso, de otro mundo, podría darle la fuerza de voluntad para desechar su ayuda. Un motivo que el propio Scott, acostumbrado a tomar decisiones basadas en la evidencia real y física, no podía asimilar. El punto era que aquélla era la búsqueda privada de Esperanza.

Scott consultó el mapa unas cuantas veces antes de llegar a la esquina de Pico y Figueroa, en el centro de Los Ángeles. En la esquina noreste había un teatro construido probablemente en los años veinte. El teatro Fiesta. En la marquesina había un letrero en español mal escrito: «Hoy Funsión: Ojo por ojo.»

En cuanto Scott se estacionó, un muchacho negro se acercó al coche con una pequeña bolsa de papel. Sin pensarlo mucho, Scott bajó la ventanilla, le dio al muchacho un billete de veinte dólares y guardó la bolsa debajo de su asiento. Hacía dos años, por lo menos, que no fumaba marihuana, pero su crisis con Esperanza era suficiente motivo para que empezara de nuevo. De cualquier modo no tenía intenciones de hacer carrera en la política.

Esperanza pensó que el muchacho que había entregado a Scott aquella bolsa tal vez fuera san Martín de Porres, el santo negro al que tanto amaba. Quizá se hubiera materializado para indicarle que el teatro Fiesta era el lugar adecuado. Todos los letreros estaban en español, al menos parcialmente: «González Bakery; El León Market; Rosita Records and Tickets.» La calle estaba casi vacía. Se fijó en un muro marcado con más graffiti del que podía tener. Entre los letreros, había uno en el que se leía: «No a la 187.»

—Scott, en serio, tengo que irme.

El número en la fachada del teatro Fiesta correspondía al que estaba escrito en el recibo arrugado que traía en la mano.

—Vamos a rentar un departamento —dijo Scott—. Podemos vivir juntos.

—No voy a vivir contigo sin amarte, como tú se lo hiciste a Gladys. Lo siento.

Scott comprendió en ese momento que no había perdido a Esperanza. ¿Cómo podía perderla si nunca la había tenido? Empezó a inventar razones por las que ella debía quedarse con él, hasta que se le ocurrieron tantas que chocaban unas contra otras en su mente, como en un elevador repleto de gente, en el que todos trataran de salir a la vez. La amaba. Era rico. Tenía recursos. La confusión prevalecía. ¿Por qué quería bajarse de su confortable coche con olor a extracto de vainilla y cuero, dejarlo, y desaparecer para siempre de su vida en ese barrio pobre y miserable? Sintió la urgente necesidad de detenerla. No comprendía. Tenía tanto que darle. ¿Cómo podía resistirse a amarlo?

Esperanza sabía que Scott no comprendía. Sus ojos se lo decían. La diminuta lágrima que colgaba de la punta de sus pestañas se lo decía. Era un toro derrotado a punto de perder la vida en medio del ruedo. Era mil hombres llorando al mismo tiempo, el último puñado de tierra arrojado en la profundidad de una tumba.

Antes de que Esperanza abriera la puerta del coche, Scott anotó un nombre y un número de teléfono en el reverso de su tarjeta de presentación y se la dio a Esperanza junto con seiscientos dólares que sacó de su cartera.

—La dueña de esta agencia de viajes me debe un favor. Llámala. Tal vez te dé trabajo.

Esperanza tomó la tarjeta y le devolvió el dinero.

—No te preocupes por mí.

—Esperanza, yo no necesito este dinero.

—Bueno, te lo acepto sólo para que te vayas tranquilo.

Esperanza le hizo la señal de la cruz en la frente con los billetes enrollados en la mano y se bajó del coche. Él sacó la maleta y la caja de santos de la cajuela y, antes de irse, le dirigió una mirada larga y triste, como la agonía de un desahuciado.

★ ★ ★

Cuando Esperanza conoció a Doroteo, el dueño del teatro Fiesta, él estaba pintando el retrato de una mujer envuelta en un vestido vaporoso, fluido, con los pechos al descubierto. Estaba rodeada de miles de ojos con cejas que parecían golondrinas en vuelo. Flotaban en un limbo indefinido y la miraban atentos. El lienzo estaba engrapado a la pared en una bodega contigua al teatro. En el espacio, abierto y blanco, lleno de luz, había un sofá deteriorado que pedía a gritos que volvieran a tapizarlo, una mesa cubierta de frascos de pintura y pinceles, y varios lienzos apoyados contra la pared del fondo. Uno de ellos era una pintura bastante realista de la Virgen de Guadalupe y el azorado Juan Diego arrodillado ante ella en el momento de la famosa aparición. Las paredes blancas del lugar tenían manchas de pintura. También el suelo cuarteado de cemento y las puertas. Un rayo de sol caía desde el tragaluz del techo, justo entre Esperanza y Doroteo, como una barrera. Él se acercaba y se alejaba de su obra con movimientos delicados, como una pluma de pato que flotara en el aire, o como un bailarín de ballet, que se deslizara, ingrávido, por el escenario, cada paso cuidadosamente premeditado, coreografiado, le parecía a Esperanza, aunque ella nunca había visto a un bailarín en persona. La camisa de licra color lavanda marcaba fielmente los músculos de Doroteo, y los pantalones blancos ajustados revelaban su masculinidad. En Tlacotalpan no había hombres como ése.

Doroteo aplicó pintura azul de una lata de aerosol en una pequeña área del cuadro. Se disgustó. Aplicó verde. Todavía no. Luego ocre. Se detuvo.

—Así es que el Cacomixtle te mandó —le dijo sin mirarla.

—Sí. Dice que es tu amigo.

—Ese roedor no tiene amigos. Por favor, espérame en el despacho. Estoy contigo en un segundo.

Esperanza lo esperó en el despacho sin ventanas durante más de una hora. Tuvo tiempo de observar los carteles de películas viejas que cubrían las paredes. Un pequeño cuadro de una mujer desnuda bailando ante un hombre que la miraba sentado en un sofá colgaba en un lugar estratégico para tapar, sin lograrlo del todo, una gran grieta en el yeso. El teléfono que había sobre el escritorio sonó varias veces. En cada ocasión, contestó la voz grabada de Doroteo: «Llama usted al teatro Fiesta, en la esquina noreste de Pico y Figueroa. Las funciones empiezan cada media hora, de las ocho de la noche a la una y media de la madrugada. Los boletos están a la venta en la taquilla. Ningún menor de veintiún años será admitido. Traiga identificación. Si es usted *showgirl* y llama para buscar trabajo, o si quiere tratar cualquier otro asunto, deje un mensaje después del bip.» Luego un bip. Luego, silencio.

Esperanza descubrió una televisión en un rincón del cuarto. Los botones tenían manchas verdes y rojas de pintura. De hecho, notó manchas de todos colores sobre el escritorio, las dos sillas y la lámpara. Hasta la alfombra tenía huellas de pisadas multicolores. Encendió la televisión, y se detuvo brevemente en cada canal. Había tres en español, así es que se quedó mirando el último de ellos.

—En California no necesitas hablar inglés —le había dicho Scott—. La mitad de la gente habla español. Tú perteneces a este lugar. Quédate.

La había invitado a vivir en California muchas veces, pero ella sólo estaba de paso, hasta que encontrara a Blanca. Sospechó que encontrarla le iba a llevar más tiempo de lo que había calculado al principio. Lo primero de su lista era encontrar dónde vivir, un departamentito decente donde san Judas Tadeo se sintiera en casa y se apareciera. Necesitaba su apoyo, su consejo. En ese momento, no tenía manera de saber si iba en la dirección correcta. No era probable que Blanca estuviera trabajando como *showgirl* en el teatro Fiesta, pero si el Cacomixtle tenía razón acerca de Doroteo, tal vez él pudiera ponerla en contacto con las prostitutas locales y obtener información que la llevara a Blanca.

Vio el final del episodio de una telenovela y se imaginó a Soledad en ese mismo momento, haciendo lo mismo que ella. Después pasaron una serie de comerciales. De abogados. De clínicas familiares. De cerveza. De una tienda de electrodomésticos. En Tlacotalpan jamás pasaban esa clase de comerciales. Luego empezaron las noticias locales. Una colina cercana al mar, de la cual nunca había oído hablar, se estaba incendiando. Los bomberos soltaban toneladas de agua desde un avión para controlar el fuego. Casi doscientas casas se habían quemado hasta los cimientos. En otro segmento, un reportero sostenía un micrófono junto a la boca de una mujer que lloraba. En el fondo de la imagen, una ambulancia aceleraba y salía de la pantalla. El hijo de la mujer había sido asesinado a tiros desde un coche que había pasado por la calle a toda velocidad. Según la madre, no pertenecía a ninguna pandilla. «Lo debí dejar que durmiera hasta más tarde», gritaba la mujer. Esas cosas nunca pasaban en Tlacotalpan. Finalmente vino una entrevista con el presidente de Guatemala. Gente importante. Eventos importantes. Blanca no aparecería en la televisión. Una niña desaparecida no era noticia, pero aun así Esperanza no podía pensar en otra cosa. Trató de acomodarse en la silla giratoria que había detrás del escritorio. Rechinaba. No era el asiento ideal para ver la televisión.

De pronto, sin previo aviso, como un terremoto, un ser resplandeciente, un ángel, rodeado de nubes, vapor, chispas y rayos dorados se apareció ante Esperanza abriendo sus alas emplumadas a lo ancho de la pantalla de la televisión, como atrapado dentro de una caja de cristal. Estaba vestido de blanco, con un enorme cinturón dorado y un medallón en el centro del vientre. Esperanza observó su cuerpo musculoso, que suspendido en el aire, descendía lentamente. Su rostro se ocultaba detrás de una máscara blanca con un borde dorado que enmarcaba los orificios de los ojos y la boca. Oyó una voz, un murmullo agitado, pero no le prestó atención. No pudo evitar tocar el vidrio de la pantalla con la punta de los dedos y luego persignarse tal y como hacía cuando tocaba los vidrios tras los cuales estaban sus santos en la iglesia. Como tocaba la ventana del horno donde se aparecía san Judas Tadeo. Y ahora, hacía el mismo ritual con la pantalla de la televisión. Escuchó la voz de nuevo. Venía del altavoz del aparato. Un murmullo débil. Era la voz de un comentarista deportivo.

«... y anoche, el Ángel Justiciero, un luchador enviado de los Cielos, ¡ha retado y derrotado sin clemencia al Calambre!»

Esperanza no entendió las palabras del comentarista. Estaba fascinada con el ángel que finalmente había descendido al centro de un círculo de luz, y tras soltarse de las cuerdas que lo sostenían en el aire, levantaba los brazos en señal de victoria para recibir los aplausos del público. Esperanza ya había visto a ese ángel antes. Lo conocía de alguna parte. Desesperada, buscó dentro de su bolsa la página que había arrancado de la revista de lucha libre de Paloma y que después había clavado con una tachuela a la pared detrás de su altar en la Mansión Rosada. Y ahí estaba, el mismo ángel, su ángel, impreso en la página arrugada. Tan absorta estaba, que no advirtió que Doroteo entraba en el despacho, limpiándose las manos con un trapo. De pronto, la imagen del ángel fue reemplazada por la de un jugador de fútbol que acababa de meter un gol. Corría por la cancha como un salvaje, y con cada salto su melena rizada rebotaba. Otros jugadores lo alcanzaron y lo levantaron en hombros. Doroteo apagó la televisión.

–Los deportes son para los que no se les ocurre nada mejor que hacer –dijo–. Si te interesa el trabajo, puedes empezar cuanto antes. Justamente estoy buscando a alguien con tu estilo.

–¿De qué se trata el trabajo?

–Te voy a dar un *tour*.

Un muro enorme, decorado con una pintura obsesiva de miles de ojos de todos tamaños en colores tropicales, dividía al teatro en dos, ocultando el área del escenario. En lugar de butacas, el espacio para la audiencia estaba dividido en pequeños cubículos.

–Este teatro es único. No hay otro lugar en todo el mundo. Es una creación mía. Está abierto todos los días excepto los lunes, como cualquier museo. Puedo tener hasta seis funciones simultáneas. –Doroteo entró en uno de los cubículos–. Los clientes pueden ver su función individual a través de estos Sex-o-scopios que yo inventé. Asómate.

El Sex-o-scopio estaba instalado a la altura de los ojos. Era una especie de telescopio que pasaba por un agujero a través de la pared y tenía una palanca con cinco opciones: «Ventana», «Cerradura», «Fragmentos», «Calidoscopio», y «Zoom». Esperanza se asomó y vio una pequeña habitación con una cama y un tocador. Una negra se pintaba las uñas de color azul turquesa. A medida que Doroteo movía la palanca para acceder a las diferentes opciones, Esperanza podía ver a la mujer, primero detrás de una cortinilla de gasa que delineaba su silueta. Después, a través de un ojo de cerradura. Luego, la imagen se multiplicó detrás de un prisma. A continuación se descompuso en pedacitos de cristal de diferentes colores que formaban figuras a medida que hacía girar el tubo del Sex-o-scopio.

Finalmente, Doroteo puso la palanca en opción *zoom*.

—Así le puedes ver hasta las grietas del pezón.

Esperanza movió la palanca y enfocó las uñas de la mujer. «Necesita recortarse la cutícula del meñique derecho», pensó.

Cambió la posición de la palanca varias veces. Ahora, la negra se pintaba las uñas de los pies.

—¿Y cuál es la función? —preguntó Esperanza, que no acababa de entender el sentido último del espectáculo.

—Las mujeres usan el uniforme reglamentario y hacen lo que normalmente hacen cuando nadie las ve. Se visten, se desvisten, se peinan, se masturban, examinan la celulitis de sus nalgas. Ya sabes.

—¿Y eso qué tiene de interesante, Doroteo?

—La violación de la intimidad —le susurró él al oído.

Para convencer a Esperanza de que aceptara el trabajo, Doroteo tuvo que asegurarle que conocía a todas las prostitutas y padrotes de la ciudad. Ella preguntó insistentemente acerca de la clase de relación que él tenía con esa gente. Quería saber si Doroteo conocía a menores de edad que trabajaran como mujeres de la calle.

—Es que tengo una amiguita que vive aquí y la quiero pasar a saludar —mintió Esperanza.

A Doroteo no le quedaba claro por qué Esperanza tenía tanto interés en el tema. Parecía demasiado inocente para ser policía, pero aun así no podía dejarla ir. Era tan bella. Tenía que mirarla.

—No sólo soy uno de los mejores muralistas de Los Ángeles, sino uno de los empresarios más respetados del gremio de la prostitución –le aseguró–. El teatro Fiesta es la plataforma de lanzamiento para tu carrera en Estados Unidos. Hasta te voy a dar la ropa que necesites. Pero, primero, quiero ver cómo luces a través del Sex-o-scopio.

Esperanza entró en uno de los cuartitos. Había una cama, una mesa de noche, un tocador y una pequeña silla. Desde el otro lado de la pared le llegaba la voz de Doroteo dándole instrucciones. Que se sentara en la silla frente al tocador. Que sacara del cajón un camisón y se lo pusiera. Que usara los accesorios que encontrara.

El cuarto no tenía una personalidad específica todavía, pero Doroteo sabía que una vez que Esperanza empezara a sentirse cómoda en él, le daría su toque personal, tal y como habían hecho las otras *showgirls*. Las mujeres siempre alteraban su hábitat. Carlota había creado un aula escolar miniatura. Jazmín había instalado una cocina. Micaela tenía una cama redonda y todas las paredes estaban recubiertas de espejos. Ellas daban la idea, y si a Doroteo le parecía suficientemente comercial, financiaba la remodelación y los decorados. A los pocos minutos, Esperanza le avisó que estaba lista, y mientras enfocaba el Sex-o-scopio él se preguntó con qué clase de decorados le saldría esa mujer.

Esperanza encendió las luces del espejo. Se había puesto tubos en el pelo. El camisón no era lo suficientemente largo para cubrirle las piernas, morenas y brillantes. Parecía una escultura de cobre de textura suave y forma estilizada, como esas que uno no puede evitar tocar cuando el guardia del museo está descuidado. Se jalaba el pequeño brassiere para tapar un poco más los senos. Se sentó en la silla, apoyó las piernas sobre el tocador y comenzó a aplicarse loción humectante.

Doroteo advirtió que Esperanza buscaba con la mirada el agujero del Sex-o-scopio en la pared.

–Imagínate que nadie te ve –le gritó Doroteo desde el otro lado de la pared–. Si ves directamente al Sex-o-scopio y el que mira se da cuenta de que sabes que está mirándote, rompes el encanto.

–Yo no puedo hacer esto –dijo Esperanza directamente al ojo

que había detrás del Sex-o-scopio–. Siento como si alguien me espiara.

–De eso precisamente se trata.

✶ ✶ ✶

El edificio de departamentos presentaba severas grietas a causa de tantos terremotos. El revestimiento de estuco se había caído en varias partes y, como piel desgarrada, dejaba ver los ladrillos expuestos. El muro lateral tenía al menos seis capas de graffiti ilegible que Esperanza entendió como una advertencia a desconfiar de todos. Una reja doble no detenía a los ladrones que asaltaban a los inquilinos un día sí y otro también. El edificio, cansado de tanta negligencia, se inclinaba hacia cuatro palmeras flacas que se estiraban para apreciar la vista, aunque fuera borrosa, del mar y los atardeceres anaranjados de un tono artificial que sólo la contaminación de Los Ángeles podía producir, y que los hacía parecer tarjeta postal retocada. El edificio quedaba cerca del teatro Fiesta.

La rentera, una mexicana que hablaba sin parar, se peleó con la llave de uno de los departamentos durante cinco minutos. A Esperanza la vieja cerradura le recordó a la de su casa, en Tlacotalpan.

–De nada sirve arreglar estas canijas puertas. Se salen del marco con cada temblor. Sobre todo si es de más de cuatro grados –se quejó la mujer.

Esperanza metió el dedo en una grieta que corría al lado del marco de la puerta. Doroteo le había permitido quedarse unos días en su cuartito-escenario del teatro Fiesta, pero el ruido de las ratas que correteaban por la dulcería del vestíbulo no la dejaba dormir.

Un hombre salió del departamento contiguo. Encendió un cigarro y el olor del humo se mezcló con los demás olores que se habían instalado en el pasillo, por falta de ventilación: tortilla frita, café, humedad, insecticida. El hombre miró a Esperanza, que estaba parada junto a la rentera. Se fijó en su maleta y su caja de santos, y se fue bajando por los escalones de dos en dos. Por fin la rentera convenció a las llaves de que abrieran la puerta.

–Este departamento es más simpático que el otro que está vacío –dijo–, y no da a la calle, así que es más seguro, pero nadie lo quiere porque aquí mataron a un muchacho. –Se detuvo sobre una mancha oscura en la alfombra, pisándola a lo largo y a lo ancho como si estuviera practicando algún baile muy estructurado, pero por más que trató, sus zapatos no lograron ocultarla–. Lo bueno es que está totalmente amueblado –añadió.

Desde la entrada se podía ver todo el departamento. La rentera lo llamaba «suite», y aunque a Esperanza le parecía un nombre elegante, de algún modo no reflejaba lo que veía. La cama semejaba más una hamaca que otra cosa. La única ventana daba al callejón donde estaban los depósitos de la basura. Los azulejos del baño eran de color rosa chicle, y estaban cubiertos de moho. La mesita del comedor era de formica beige con chispas doradas, y en sus bordes, quemaduras de cigarro, vestigios de conversaciones largas y tranquilas de los inquilinos anteriores. El linóleo del suelo de la cocina, en otro tiempo amarillo y reluciente, ahora era pálido, opaco y sin vida. A la alacena le faltaba una puerta.

Esperanza recorrió el minúsculo departamento, rodeó el sillón color bolsa de papel, y entró a la cocinita. Una cucaracha se escurrió por debajo de la estufa. Esperanza revisó el horno. Tocó la ventana con veneración. Estaba hecha un asco. Con la uña, raspó un poquito de grasa quemada y sonrió.

–Me lo quedo.

Esa noche, después de cerrar con llave la puerta del departamento, Esperanza trató con todas sus fuerzas de sentirse inquilina, pero se sentía más como una visita. Una visita que no había sido invitada. De pronto, tuvo la necesidad de pasar la mano por su colcha, la que Soledad le había tejido hacía once años y que ahora probablemente estuviera siendo devorada por la polilla en el fondo del armario, allá en su casa. Tuvo la necesidad de oler la brisa nocturna del río que impregnaba su casa con la ansiedad de pescadores que esperaban a llenar sus redes con días mejores. Tuvo la necesidad de hundir sus pies en la orilla del río Papaloapan y sentir el lodo acomodarse entre sus dedos. Se imaginó a su gata *Dominga* olfateando sus pantuflas, que aún debían estar debajo de su mesa de noche, para luego acurrucarse y quedarse dormida en la mecedora, y soñar con un masaje de los buenos, de los que sólo Soledad sabía dar.

—Es sólo por un tiempo.

Trató de convencerse de que sólo viviría en Los Ángeles hasta que encontrara a Blanca. Después, ambas podrían dar las gracias a san Judas Tadeo, regresar a Tlacotalpan juntas, olvidar el incidente y retomar sus vidas como si nada hubiera sucedido. Incluso Blanca podría considerar casarse con el muchacho que había ido a su funeral, el de la camisa amarilla. En cuanto a ella, podría reemplazar a doña Carmelita y atender al padre Salvador, tal y como él se lo había sugerido en una de las confesiones. La anciana ya estaba cansada y con ganas de retirarse, y a ella no le atraía la idea de volver a pedirle a don Arlindo su trabajo en la ferretería.

Miró alrededor. No había un solo centímetro verde en el departamento. Echó de menos su patio y se lo imaginó ahora convertido en una jungla tropical cuajada de tucanes, changos e iguanas, tragado por raíces retorcidas y gigantescas, hojas de oreja de elefante, una maraña de maleza accesible sólo con machete en mano. Casi pudo ver a Soledad caminar distraídamente entre los helechos que invadían el corredor que llevaba a la sala, pensando en Esperanza y en el modo en que se había vuelto loca de dolor, una enfermedad que sólo se detectaba por el síntoma de la negación.

En el armario no había ganchos ni tubo para colgarlos, así es que Esperanza dejó su ropa en la maleta. Se sentó a la mesa y esparció sobre ella todas sus estampas de santos. Las recogió y volvió a esparcirlas cuidadosamente, como si jugara al solitario. Encendió una veladora y se sentó frente a la ventana del horno.

—Por todo el amor y el respeto que has recibido de mí durante toda mi vida, san Juditas; por todas las oraciones que he susurrado en tu honor con mi cara hacia la almohada, aparéceteme en este horno y dime si voy en la dirección correcta. Éste no es un prostíbulo, si es lo que te ha detenido. Éste es un humilde y digno departamento, y un horno es un horno, no importa quién cocina qué. Las manchas de grasa son las mismas en todo el mundo. Si a la grasa no le importa dónde se pega o quién la limpia, ya sea que se trate de una... tú sabes, una mujer de vida fácil cocinando pollo con ajo para curar una curda causada por el exceso de alcohol, o un ama de casa, madre de ocho hijos, preparando huachinango a la veracruzana para su cena de Navidad, entonces no debe importarte en qué horno te materializas. Se me acaban las fuerzas, y francamente, me atrevo a decirte, no estás actuando responsablemente. Me dijiste que Blanca no estaba muerta. Me pediste que la buscara. Ya me fui de mi casa. Ya la busqué en los lugares más despreciables, y tú no te has molestado en guiarme. No estaba en Tijuana. Desperdicié tiempo muy valioso en la Mansión Rosada. Si al menos te dignaras darme una pista. Ahora estoy lejos de mi país. Ya sé que en Los Ángeles debería de sentirme como en mi casa, con todos estos mexicanos que regresan a su tierra, pero aun así, me hacen falta mis cosas, mi pueblo, Soledad. Sí, créemelo. A veces hasta quisiera que hubiera hecho este vieje conmigo. Pero supongo que querías que buscara a Blanca yo sola. Ay, querido san Judas, ¿cómo la voy a encontrar en esta ciudad tan enorme? Amén.

Pero el santo no apareció.

⭑　⭑　⭑

—¿Bueno?
—¿Padre Salvador?
—Él habla.
—Soy Esperanza Díaz, la mamá de la niña muerta que no está muerta.
—Esperanza, ¿dónde estás?
Esperanza hablaba desde un teléfono público al lado de dos salvadoreños que escuchaban su conversación.
—Estoy en Los Ángeles.
—¡Eso está por Disneylandia!
—Sí, en California.

—Suena como si estuvieras en la casa del vecino.

—Pero está muy lejos. No se imagina lo que me ha costado llegar hasta acá. ¿Ha visto a Soledad?

—Como tres veces desde que te fuiste. Se ve que le haces mucha falta. ¿Cuándo regresas?

—Tan pronto como encuentre a Blanca. Estoy trabajando en un teatro, y he buscado un trabajo durante el día. Necesito ahorrar suficiente dinero para comprar nuestros pasajes de regreso.

—¿Así es que ahora tienes dos trabajos?

—Todavía no. Es muy complicado, padre. Fui a varios restaurantes, pero en todos querían ver mis papeles. Es lo primero que piden si el trabajo es un poquito decente.

—¿Qué papeles?

—Una credencial verde. Se necesita para trabajar. Pero a medida que aprendo, me doy cuenta de que no sólo la credencial no es verde sino rosa, y de que en realidad no se necesita tenerla para trabajar.

—No entiendo nada.

—Ya le explicaré en persona. Es llamada de larga distancia, ¿se acuerda?

—Ay, Dios, ¡te debe estar costando una fortuna!

—No, les pagué veinte dólares por adelantado a estos señores de El Salvador que están aquí parados junto a mí, y dicen que puedo hablar hasta por cinco minutos.

—Me da gusto saber que todavía quedan caballeros en este mundo.

—Parece que toda la gente quiere los mismos trabajos. He ido a una panadería, un taller de costura, una fábrica de chocolates. Demasiados candidatos. Demasiada gente a la que nadie quiere contratar. Eso no sucede en Tlacotalpan. Ahí siempre se consigue empleo.

Los salvadoreños consultaron su reloj al mismo tiempo y miraron alrededor nerviosamente, como si hubieran hecho algo malo.

—¿Y ese trabajo en el teatro? —preguntó el padre Salvador—. ¿Vendes boletos?

—De eso le iba a hablar, padre. ¿Es pecado que la gente me vea desnuda?

Los salvadoreños se volvieron hacia Esperanza como una antena parabólica que busca una señal en el espacio.

—¿Perdón? —preguntó el padre, que a punto estuvo de atragantarse con su propia saliva.

—No soy actriz. Sólo hago como que nadie me mira. Es como un *show*, pero no me tengo que aprender ningún diálogo, ni tengo que cantar o bailar. Nadie me toca, tampoco. Sólo vienen al teatro diferentes hombres, clientes, y me ven a través de una especie de telescopio, y yo sólo tengo que hacer lo que normalmente hago cuando estoy sola. Me pongo crema humectante en la piel. Los codos se me resecan mucho por estos lugares del norte. Hago ejercicios de estiramiento y abdominales en ropa interior. Me corto las uñas y empujo la cutícula hacia atrás. Me pinto las uñas de los pies. Coso los botones de mis camisas. Rezo. Leo revistas recostada en la cama. A veces estoy vestida, pero otras veces voy desnuda.

—Esperanza, ¿haces eso para excitar a los hombres?

—No, por favor, padre. Estoy tratando de conocer gente que trata con mujeres de la vida alegre… ya sabe que no me gusta decirle la otra palabra. Es la mejor manera de conseguir pistas. El dueño del teatro ya me dio algunos nombres. Personajes influyentes de este negocio. Sólo tengo que dar con la persona adecuada que me lleve a Blanca. Hay otra mujer que trabaja conmigo, Carlota. Su espectáculo es más educativo que el mío. Hasta tiene un escritorio de maestra y un pizarrón. Ella dice que conoce un padrote que trata con menores. Aquí también hay todo un mercado para hacer negocio con chiquillas. Estoy tratando de convencerla de que me lo presente. Yo sólo quiero encontrar a Blanca, padre.

—Entonces tu objetivo no es excitar a esos hombres, sino obtener información.

—Exactamente.

—Pues si es así, no sé qué tan terrible pecado sea. ¿Tú qué opinas?

–Qué tan terrible, sólo Dios lo sabrá. Pecado, lo es, padre, estoy segura. Pero vale la pena. Además, san Judas dijo: «Encuentra a tu hija. No importa lo que tengas que hacer.» Pero de todos modos quería consultar con usted, padre, que es el experto. También quiero saber si una persona puede ser perdonada aun cuando el arrepentimiento tarde en llegar.

–Tú puedes cargar un pecado toda tu vida sin siquiera pensar en él. De pronto, en tu lecho de muerte, el pecado te salta a la memoria y te arrepientes en el acto, justo antes de tu último respiro, e inmediatamente se te otorga el perdón.

–Ése es un muy buen arreglo. Pero ¿qué pasa si la muerte nos sorprende antes de que el arrepentimiento entre en acción?

–Ése es un albur que tienes que jugar como pecadora. Es cuestión de sincronización.

–Yo sólo espero arrepentirme pronto. Ya lo llamaré cuando suceda para confesarme, en confidencia, claro, si es que es por teléfono. Mientras tanto, voy a hacer lo que sea necesario para encontrar a Blanca. El problema es que ni siquiera sé si está aquí. San Judas no me ha dado el siguiente paso. Es tan poco confiable. Estoy muy decepcionada, padre. Y ya se me está acabando el ánimo.

–Ni lo mande Dios. Aunque no se te aparezca, yo sé que san Judas Tadeo está a tu lado. Debe tener una razón muy válida para no comunicarse contigo. Sigue buscando, Esperanza, y regresa pronto.

–Sí, padre.

–Te extraño, mi niña.

✷ ✷ ✷

—¿Estás desquiciado?

—¿Y qué si no le cobré más? Te cagó, ¿verdad?

—¡Habló más de diez minutos! Pudimos haberle cobrado otros veinte dólares.

—Mira, yo no iba a interrumpir la conversación. ¿Una puta hablando con un cura por larga distancia? Eso no se ve a diario.

—Apodaca tenía razón. No debería hacer negocios contigo.

—Ah, ¿sí? ¿De quién es la tarjeta telefónica? ¿Eh?

—Ahí dice Mandy Schwartzberg. Tú no tienes cara de Mandy Schwartzberg.

—No pregunté qué nombre aparecía en la tarjeta. Pregunté de quién es, y es mía. ¡Mía! Yo le robé la bolsa, ¿te acuerdas?

—¡Vete al carajo!

✷ ✷ ✷

✯ ✯ ✯

Dios santo, mi adorado Señor, me doy por vencido. Tú sabrás por qué mandas a Esperanza por esos caminos tan extraños, pero no te entiendo. El doctor que supuestamente secuestró a Blanca murió esa misma semana. Lo confirmé en el hospital, y se lo dije a Esperanza. No sólo eso, Ramona, la amiguita de Blanca, estuvo muy enferma la semana después de que muriera la niña. Un virus. ¿Por qué san Judas Tadeo le ha pedido a Esperanza que encuentre a su hija? ¿Por qué ha decidido ella que tiene que buscarla en burdeles lejanos? Yo sólo quisiera que me enviaras a Esperanza de regreso. Pero, por otro lado, quizá la hayas mandado tan lejos para ayudarme a evitar la tentación. ¿Tienes miedo de que deje el sacerdocio? Yo también. Después de la llamada de esta mañana, estoy seguro de que quiero otra vida. Necesito estar con ella cuantos días me queden. Sé que he jurado servirte hasta la muerte, y no puedo hacer las dos cosas. Ayúdame. ¿Me puedes dar fuerza de voluntad? No quiero fallarte, pero al mismo tiempo ansío el momento en que entre en esta iglesia, luminosa y transparente. La imagino con un vestido negro entallado. Sabe que está sola, aunque todos los querubines pintados en el techo se sonrojan al verla entrar por la puerta. La luz se intensifica. Todas las veladoras están encendidas. Al caminar de puntillas entre las bancas, la brisa toma por sorpresa el aire quieto y se lo lleva en violentos remolinos. Sólo trae puesto un zapato. Es una sandalia color rojo malvón y le abraza el pie con correas delgadas como cabello de ángel. Su único tacón golpetea en el piso de mármol y espera la respuesta de su compañero, sólo para golpetear otra vez, en un monólogo sin sentido. Me recuerda a mis conversaciones contigo. Se arrodilla en una de las bancas de adelante, y mientras habla contigo de la manera más tranquila y relajada que he visto en mi vida, saca de su bolsa un envase de crema humectante, se pone un poquito en la palma de la mano y se la aplica en los codos con movimientos rítmicos, sensuales. Se mira en el espejo de su polvera y se alisa la ceja con el dedo pulgar. Luego se recorta la cutícula. Se quita su única sandalia y se pinta las uñas de los pies con barniz color rojo fuego. Y yo la miro. La miro a través de la ventanita de mi confesionario. No se ha percatado de mi presencia. Estoy desesperado. Quiero que se tire al piso y haga treinta abdominales, pero en lugar de hacerlo, oye mi respiración y mira directamente hacia el confesionario, como si supiera que estoy ahí. Sabe que he pecado. Dios mío, ya no quiero saber qué tanto hace en los burdeles. Estas llamadas de larga distancia son muy peligrosas, por eso la Iglesia no debe permitir confesiones por teléfono. Amén.

✦ ✦ ✦

Al día siguiente de que Esperanza llamara al padre Salvador, se fue temprano al teatro Fiesta. Doroteo pintaba un mural en la pared del vestíbulo. Era una locura de ojos envueltos en un revoltijo de colores. Latas de pintura en aerosol, trapos, pinceles y botes de pintura estaban desparramados por todo el suelo. Ella sacó la foto de Blanca y se la enseñó.

–¿La conoces?

–¿Qué quieres con esa niña?

–Tengo órdenes de encontrarla.

–Qué curioso, desde que te vi por primera vez pensé que tal vez fueras una policía secreta, pero no puede ser, ¿o sí?

–¿Parezco una policía secreta?

–No se supone que las policías secretas deben parecer policías secretas.

–No te preocupes, no lo soy. Esta niña es mi hija. Quiero saber si la has visto.

Doroteo echó otro vistazo a la foto.

–Yo buscaría en los refugios para adolescentes, acá en el centro. Miles de niños que se escapan de sus casas terminan pasando unos días en esos lugares.

Era evidente que Doroteo no estaba en condiciones de darle más pistas. Ni siquiera había pensado en la posibilidad de que Blanca estuviera trabajando como prostituta a pesar de su corta edad.

Pero luego dijo:

–De seguro siguió tus pasos. Las hijas de las putas acaban en lo mismo, ¿sabes? Lo llevan en la sangre.

Esperanza se fue, frustrada. Doroteo se encogió de hombros y volvió a su mural. No podía ayudarla más. Según Esperanza, era imposible que Blanca estuviera en un refugio. De hecho, no podía estar libre, porque de ser así habría intentado regresar a Tlacotalpan. Sin embargo, y por si acaso, en los días que siguieron Esperanza fue a seis refugios. Habló con las monjas, con las voluntarias, con las trabajadoras sociales, con adolescentes que habían escapado de sus casas. Fue varias veces a un refugio que quedaba en la esquina de Pico y Normandie que se especializaba justamente en acoger a prostitutas menores de edad. Mostró la foto de Blanca a cuanta gente se encontró. Nadie parecía reconocerla. Incluso fue con Carlota a la Prisión Municipal de Los Ángeles para hablar con un padrote que trabajaba con prostitutas menores de edad. Pero llegaron demasiado tarde. Al padrote lo había estrangulado otro presidiario apenas tres semanas antes. Una disputa por la almohada más blanda de la celda. Carlota lloró ante la noticia, pero sólo un poco. No parecía estar muy enamorada del tipo aquel, aunque sus lágrimas indicaban que su muerte le había causado al menos cierto malestar. Esperanza buscó un Kleenex en su bolsa y se lo dio.

–Era un gargajo de hombre –dijo Carlota lloriqueando–. Y además me debía cincuenta dólares.

Las mujeres se despidieron en la esquina y Carlota se subió al autobús sin decir palabra.

Esperanza caminó por la maraña de autopistas hacia su departamento. Tantos coches. Ni una bicicleta. La gente no caminaba mucho por esos lugares. ¿Adónde iban todos a esa velocidad? ¿Habría alguien más buscando a su hija, como ella? Además del motor, un motivo humano movía cada coche hacia algún sitio específico. Mujeres camino al supermercado, hombres que iban al tribunal a divorciarse. No importaba adónde fueran, nadie miraba a Esperanza. Calculó que debían pasar unos cuarenta coches por minuto. A diferencia de Tlacotalpan, no conocía a ningún conductor, y deseó ver una cara que le resultara familiar.

De pronto, debajo de un paso a desnivel de la autopista, vio una pintura mural de la Virgen de Guadalupe. Su figura resplandecía en un campo de rosas, resguardando una tumba salpicada de sangre. Una pistola y una navaja de resorte yacían a un lado. Al otro, una lista de nombres, todos desconocidos. En la parte superior de la pintura había una pancarta verde con palabras en negro en la que se leía: «No te olvidaremos, Filiberto Esparza, paisano, *homeboy* valiente y amigo querido.» Esperanza se arrodilló en la banqueta.

–¿Así es que tú también acabaste por estos rumbos? –le preguntó en voz alta a la Virgen de Guadalupe, con la esperanza de que la escuchara, a pesar del ruido ensordecedor de la autopista–. Es increíble lo que una está dispuesta a hacer por sus hijos, ¿verdad?

La Virgen de Guadalupe fijó su vista en Esperanza, y un aroma de rosas emanó del muro. Esperanza inhaló con todas sus fuerzas y llenó sus pulmones, desesperados por encontrar significados. Por un instante se sintió en su casa. Estaba en su patio. Tocaba los pétalos delicados de sus magnolias. Creyó oír la risa de Blanca dentro de la casa, y no dejó escapar el aire de sus pulmones hasta que se sintió mareada. Tan pronto como exhaló, el aroma de rosas fue reemplazado por el del monóxido de carbono, pero no le importó. Ahora sabía que en Los Ángeles podía sentirse como en casa, al menos mientras buscaba a Blanca.

La calle podía haber sido de México. Todos los nombres de los comercios estaban en español. También la música que salía de casi todas las tiendas saturadas de mercancías. La gente que caminaba por la calle hablaba en español. Los puestos de revistas vendían periódicos en español. El olor a tacos flotaba en el aire y convencía a la gente de entrar en los pequeños restaurantes mexicanos. Sin embargo, había algo que hacía de Broadway una calle genuinamente estadounidense. Tal vez fuera esa sensación de brevedad, de transitoriedad. Nada parecía durar allí. Los teatros se habían convertido en iglesias. Las iglesias, en centros comerciales repletos de baratijas. Esperanza imaginó cómo sería el lugar al cabo de diez años: todos los letreros estarían en coreano, como el barrio próximo a su departamento. Luego se imaginó cómo habría sido esa misma calle hacía apenas unos años, cuando el idioma era el inglés, y todavía antes, español de nuevo. Por primera vez Esperanza reconoció esa urgencia que tienen los estadounidenses por avanzar, como si quisieran alcanzar al resto del mundo creando su historia a toda velocidad. Y como en Estados Unidos no existe el verdadero caos —la sustancia de la cual está hecha la historia, según Esperanza— sus vecinos del norte habían inventado eficientemente una historia compuesta de doscientos años de trivialidad. Y eso a ella le parecía muy bien. Puesto que ella procedía de un país altamente caótico, donde todos cargan con el peso de tres mil años de historia complicada, se sintió ligera y a gusto en Estados Unidos.

Esperanza encontró el lugar que buscaba. Viajes Paseo era una agencia pequeñita, a media manzana de Broadway, sobre la Tercera, en dirección Sur. Un timbre enervante sonó para anunciar su llegada. Una mujer que estaba hablando por teléfono le hizo seña de que entrara y se sentara al otro lado del escritorio. Pesaba por lo menos el doble que Esperanza y tenía puesta una gorra de béisbol con la visera hacia atrás para dejar salir por la abertura un flequillo gigantesco —rígido de tanta laca para el pelo— que se elevaba por encima de su cabeza como una ola tempestuosa.

Esperanza se instaló en el sillón. La pared entera estaba cubierta de carteles con imágenes de playas, ruinas arqueológicas, junglas, hoteles de veraneo. Al fondo, el cartel de un luchador vestido con unas mallas color naranja fosforescente y azul marino. Por debajo de la máscara le salían unos rizos rubios que caían con gracia sobre sus hombros. Posaba en actitud amenazadora. En la parte de abajo del cartel aparecía su seudónimo: «Ricitos de Oro.»

Esperanza tomó obedientemente un folleto de los que había dentro de un *display* de acrílico en el que se leía: «Tome uno.» Mostraba la fotografía de una playa de arena blanca como la sal, bañada por un mar que parecía pintado de azul turquesa. Le recordó un viaje que había hecho a la isla de Cozumel con sus compañeros de la escuela cuando era apenas una adolescente. Una tarde, poco antes de que se ocultara el sol, se alejó del grupo, aburrida de construir castillos de arena. Recogió conchas y caracoles, observó que unas gaviotas se peleaban por una agujeta, se mojó la falda en la orilla del océano y pensó en las ventajas que tendrían los humanos si pudieran caminar de lado, como los cangrejos. De pronto, vio que dos muchachos que debían de tener su misma edad, nadaban desnudos en el mar transparente. Nunca antes había visto a un hombre sin ropa. Recordó que no podía dejar de mirarlos, escondida detrás de una duna pequeña. Se dio cuenta de que normalmente usaban traje de baño, porque la piel de su espalda estaba bronceada en tanto que sus nalgas eran pálidas. Jugaban. Se salpicaban el uno al otro. El más alto corrió hacia la arena huyendo del reventar de las olas y descubrió a Esperanza. La llamó. El pene le colgaba entre las piernas flacas. La invitó a meterse en el agua con ellos. Ella se quedó quieta unos segundos y, sin saber qué hacer, echó a correr tan rápido como se lo permitieron las piernas, de regreso a donde estaban sus compañeros. Descubrió que era casi imposible correr en la arena. Y ahora, con ese folleto entre las manos, le dio miedo pensar en la clase de experiencia que habría tenido Blanca al ver por primera vez a un hombre desnudo. Deseó con toda el alma que hubiera sido Celestino, el muchacho de la camisa amarilla. Ella siempre había querido que su hija pensara que el amor y el sexo no podían existir el uno sin el otro, como había sucedido en su matrimonio con Luis. Pero ahora, ya sabía que eso era un mito romántico.

–Mañana te llamo. *Bye.* –La mujer colgó la bocina, dio una profunda calada a su cigarro, y le preguntó a Esperanza–: ¿Así es que te vamos a mandar al paraíso?

–Vi el anuncio.

Esperanza le mostró una página de periódico con una docena de anuncios clasificados encerrados en círculos trazados con marcador rojo.

–Ah, mucho gusto. Soy Vicenta Cortés, dueña y haz-de-todo de Viajes Paseo. –La mujer le dio a Esperanza un cordial apretón de manos.

–Necesito trabajo. Sé contabilidad.

–Te contrataría, chulita, pero desafortunadamente no puedo tomar decisiones hasta entrevistar a más candidatos.

–Bueno, pues avísame para que le dé razón a mister Scott Haynes.

Vicenta oyó el nombre y se ajustó la gorra con movimientos nerviosos.

–¿Mister quién?

Esperanza le dio la tarjeta de Scott. Se había hecho la promesa de usarla como último recurso. No quería deberle más favores a Scott, pero cuando vio el anuncio en el periódico y reconoció el nombre de la agencia de viajes, pensó que la coincidencia bien podría ser una señal de san Judas Tadeo.

–Mister Haynes me pidió que viniera y hablara con usted en caso de que hubiera una oferta de trabajo.

–Me lo hubieras dicho antes. ¿Cómo conoces a mister Haynes?

–Somos casi parientes. Parientes cercanos.

–A mí me salvó de una muy mala experiencia, chingada madre. Me habían metido al bote y él me sacó bajo fianza. Me confundieron con un ladrón de *marketas* que se llevaba las cajas registradoras enteras. Un cabrón. ¿Lo puedes creer?

A Esperanza no le extrañó el que hubieran confundido a Vicenta con un hombre. Se sentaba con las piernas abiertas, sostenía la colilla del cigarro entre el dedo pulgar y el índice, y buscaba la mirada de Esperanza cuando hablaba.

—En fin, como sea. Ya pasó —prosiguió Vicenta—. Mira, yo hago de todo aquí: venta de pasajes, confirmación de vuelos, preparación de impuestos, cambio dólares por pesos y viceversa. También me ocupo de transferencias de dinero a México, cambio cheques, vendo boletos para partidos de béisbol, lucha libre, conciertos, eventos especiales, tú sabes. Es de once a seis. Te veo mañana.

Vicenta y Esperanza se dieron la mano. Estaba contratada.

★ ★ ★

2 de febrero.

Querida Soledad:

Espero que al recibir esta carta goces de buena salud. Hoy justamente he pensado en ti, porque es la fiesta de la Candelaria. ¿Soltaron a los toros en la calle este año? Recuerdo que estaban pensando en dejar de hacerlo desde que el toro aquel mató al hijo de Eustaquio Cantú. Has de creer que estoy loca por haberme ido de Tlacotalpan. No te he escrito mucho, pero todos los días me dan ganas de verte. Quisiera que estuvieras aquí conmigo, las dos juntas buscando a Blanca. Renté un departamento en el centro de Los Ángeles (nada parecido a nuestra casa, por supuesto) y tengo dos trabajos. Durante el día trabajo en una agencia de viajes. Vendo boletos y hago transferencias de dinero (la gente de aquí manda mucho dinero a México). Luego, a las seis, me voy a un teatro donde trabajo como *showgirl*. No es exactamente lo que crees. No me malinterpretes. No tengo que bailar ni hacer nada que requiera talento por mi parte. De hecho, ahí es donde estoy ahora. Lo único que hago son cosas como tirarme en la cama a escribirte esta carta. Estoy en ropa interior, pero no importa. La puerta está cerrada. Yo sólo veo el ojo de un hombre que trata de espiarme por una especie de telescopio. Hay un tipo en particular que viene muy seguido. Creo que es el mismo. Lo oigo vociferar y bufar detrás de la pared. Gruñe. Jadea. Pero no se me puede acercar. Sólo se les permite mirar. El dueño del teatro, Doroteo, dice que eso es todo lo que quieren sus clientes. Es un artista. Me asignó un cuartito y puedo hacer ahí lo que yo quiera. Hasta me dejó poner mi altarcito en el tocador. He comprado más de veinte veladoras y se las he encendido a mis santitos. Cada tres días les cambio los claveles del florero. Ya pegué todas mis estampitas al espejo y coloqué las figuras junto a mi charola de cosméticos. Colgué al rosario de la cabecera de la cama. El crucifijo que reparé después de que se rompió en un accidente está colgado arriba, en la pared, justo al centro para que me cuide. Doroteo dice que a sus clientes les fascina mi altar.

En cuanto a mis planes para encontrar a Blanca, yo tenía esperanzas de conseguir alguna pista en este teatro, pero ya traté por todos los caminos posibles, sin suerte. Así es que ya pronto me voy a ir de aquí, y no sé para dónde jalar. Espero otra señal de san Judas Tadeo. Debe estar por aparecer en cualquier momento. Te daría asco ver la grasa repegada a la ventanita de mi horno en el departamento, pero ahí es donde a mi santito le gusta aparecerse. Me paso las horas sentada en el suelo frente a la estufa, con la mirada fija en el horno, sin pestañear por si su aparición es breve.

En cuanto encuentre a Blanca te voy a enviar un telegrama para que le tengas su cuarto listo. Si puedes, hazle una colcha nueva con encajes en la orilla que hagan juego con las cortinas. También pinta el cuarto de rosa. Ve a la ferretería y pide el rosa más rosa. Gano buen dinero. Yo te haré una transferencia desde mi trabajo para reembolsarte los gastos. Mientras tanto, ten muy presente que te quiero. Y prefiero decir esto ahora porque me cuesta más trabajo decírtelo frente a frente. Eres mi amiga. Eres la madrina de Blanca, y no importa que tengamos ideas diferentes sobre dónde puede estar.

Me haces falta,

ESPERANZA.

P. D. Escríbeme si puedes a la dirección que aparece en el sobre. Aquí voy a estar un tiempecito más.

✳   ✳   ✳

Febrero 23.

Querida Esperanza:

Me ha costado mucho trabajo escribirte esta carta. Ya la empecé tres veces, pero como ésta es mi última hoja y la papelería ya cerró, espero no arrepentirme de nada de lo que escriba, porque ésta ha de ser la buena. Primero que nada, ¿qué te estás creyendo? ¿Dejas que te vea un hombre en ropa interior? ¿Qué clase de degenerado querría verte vestida así por un telescopio? Espero haber entendido mal tu carta. Si no me equivoco, los telescopios son aparatos para ver las estrellas, no los brassieres. Toda esa situación es muy sospechosa, Esperanza. ¿Se te ha ocurrido qué pensaría tu mamá, que en paz descanse, de ese comportamiento? Acuérdate lo que dijo antes de morir, que va a observar cada movimiento tuyo desde el Cielo. Si todavía crees que Blanca está viva y quieres seguir buscándola, lo único que te pido es que seas sensata y llames a la policía o contrates a un detective. No sólo estás perdiendo el tiempo, sino que te estás denigrando. ¿Dónde está tu integridad? Antes ni siquiera podías tender tu ropa interior a secar al sol porque tenías miedo de que algún vecino se asomara por encima de la barda y la viera. Mírate ahora. Enseñándole tus calzones a un desconocido. ¡Y puestos!

Por un tiempo estuve tentada de ir a Estados Unidos a traerte de regreso, pero el padre Salvador me desanimó. Me dijo que es imposible cruzar la frontera sin el papeleo verde adecuado. Y luego, el peligro. Seguro que arriesgaste la vida al cruzar. Ya me imagino huyendo de los guardias de la frontera, escondiéndote en tuberías de drenaje, avanzando por la noche y esquivando a los asaltantes, como en la película *Los ilegales*. La vimos juntas el año pasado y se nos hizo muy violenta. Y ahora, fuiste tú y lo hiciste en carne propia. Ya no puedes andar sola. No entiendo por qué tomas decisiones tan peligrosas. Me da miedo que alguien te haga daño. No toda la gente es buena como tú. El mundo es muy malvado. En Tlacotalpan no corres peligro. Por favor regresa. Te prometo que no voy a dejar mis zapatos en medio de la sala, le voy a lavar su plato a *Dominga*, voy a ponerme en lista de espera para contratar una línea de teléfono y podamos llamar desde nuestra casa, voy a planchar nuestra ropa dos veces por semana. Yo sé que no es fácil vivir conmigo. Me quejo demasiado. No te ayudo con el quehacer tanto como quisieras. Pero adoré a Blanquita como a una hija. Ustedes han sido mi familia, y tú mi mejor amiga desde que el destino nos juntó, y te agradezco todos los días que me hayas invitado a vivir contigo y Blanca. Me despierto a las tres de la mañana y voy a tu cuarto. Me siento en tu cama. Acaricio las muñecas de Blanca. He mantenido encendida la veladora de Luis. Y ahora tengo una especial para Blanca. La puse junto a su foto. La semana pasada le compré una que huele a rosas. La foto que escogí para enmarcar es una donde salen ustedes dos bajo la sombra de la magnolia. Se ven tan guapas. Me hacen mucha falta. Tú y ella. La diferencia es que todavía puedo tener esperanzas de que algún día aparezcas por la puerta. Sólo me queda rezar para que regreses sana y salva y sigamos adelante con nuestras vidas. Al menos podremos llegar a ser medio felices.

Dios te bendiga,

SOLEDAD.

★ ★ ★

Esperanza y Vicenta estaban una frente a la otra a los lados del único escritorio de Viajes Paseo. Cada una de ellas hablaba por teléfono con un cliente diferente. Vicenta tapó la bocina con la mano para darle instrucciones a Esperanza.

–Dile que vas a buscarle un vuelo directo y que luego la llamas.

Esperanza obedeció y Vicenta siguió hablando con su cliente:

–Sí, señor Peña, van a ser ochenta y nueve dólares a El Paso, impuesto incluido. Pero de ahí se tiene que ir en autobús a Chihuahua, y son cuatro horas, a menos que tome un avión de Aerolíneas de la Sierra. ¿Miedo? ¿Cómo que le da miedo? ¡Si es de doce asientos! Es muy seguro. Hasta los menonitas viajan en él. Bueno, piénselo y me llama. *Bye.* –Colgó la bocina con fuerza, y dijo–: Culero.

El teléfono sonó de nuevo.

–¿Crees que nos habrá oído el cabrón? –le preguntó Vicenta a Esperanza, riéndose de su propia rudeza, antes de contestar–. Viajes Paseo, buenas tardes. Sí, señor. Tiene mucha suerte. Todavía me quedan algunos. Son veinticuatro dólares.

Vicenta sacó de su cajón un par de boletos para el espectáculo de lucha libre y los frotó entre los dedos mientras hablaba. Esperanza reconoció la figura del Ángel Justiciero impresa en los boletos. Era el luchador que aparecía en el recorte de la revista. El mismo que había visto en la televisión en el despacho de Doroteo.

Vicenta siguió hablando, ansiosa.

—A las seis de la tarde. ¡Apúrese, ándele!

Esperanza se acercó para ver mejor la imagen en los boletos.

—¡Por poco y se me quedan éstos! —dijo Vicenta, ya más tranquila.

—Si tienes más, yo te compro uno —dijo Esperanza, sin pensarlo mucho.

No sabía nada de lucha libre. Nunca antes había ido a una arena. De hecho, jamás había mostrado el menor interés en ese deporte. Pero le entusiasmaba la idea de ver a ese magnífico hombre en persona. Tenía que verlo con sus propios ojos para creer que tenía piel, huesos, pelo. No le preocupó lo que pudiera ocurrir si faltaba a su trabajo en el teatro Fiesta esa noche.

—¡Conque tú también eres fanática de la lucha libre! No hay nada mejor. Es mejor que el sexo. —Vicenta estaba feliz y emocionada por haber encontrado a alguien con quien compartir su afición—. Iba a ir sola, pero si quieres ver cómo se chingan la Migra, vente conmigo.

Vicenta sacó dos boletos más de su cajón y se abanicó la cara con ellos.

—Te pago los dos. Yo te invito —dijo Esperanza.

—¡Sácate! Éstos son boletos promocionales. ¿Pues dónde crees que trabajas?

Esperanza siguió a Vicenta abriéndose paso entre la multitud que entraba en el Coliseo.

—Ya verás qué asientos nos tocaron. Vamos a verles los pelos de las piernas a los luchadores —dijo Vicenta.

Esperanza caminaba detrás de ella, protegida por su figura monumental, su ser indestructible, su cuerpo de gladiador. Nada ni nadie detenía a Vicenta. No titubeaba. Parecía saber exactamente dónde terminaba su ser y dónde comenzaba el resto del universo. El conocimiento que tenía de sí era tan preciso que podía saber cuántos centímetros medía su pelo en tal o cual día, o conocer con precisión la anchura de sus caderas. Vicenta era maciza. Esperanza era frágil, y aun así, sintió que podrían ser amigas.

—Cuando fui delgada, mi mamá me obligó a comer. Cuando engordé, me puso a dieta. Así es que ésta es mi manera de decirle que me vale madres lo que le guste o no de mí —dijo Vicenta, al tiempo que se pellizcaba un grueso rollo de grasa de la cintura.

Al llegar a lo alto de las escaleras, Vicenta recogió dos cojines y llevó a Esperanza a sus asientos, empujando a quien se atreviera a cruzarse en su camino. Vicenta era experta en lucha libre. Ella misma podría haber sido luchadora. Esperanza estaba maravillada por el ambiente. Quería confirmar si el luchador de verdad tenía esa aura resplandeciente alrededor del cuerpo, tal como había visto en la televisión de Doroteo. Le había parecido un hombre tan grandioso. Tan masculino. Tanto.

Por supuesto, sus asientos estaban en primera fila, al lado de un grupo de señores vestidos de traje en cuya solapa lucían la insignia de alguna federación de lucha libre. Las gradas se llenaron rápidamente. Una mujer de unos setenta años se sentó al lado de Esperanza. Tenía el cabello recogido en un chongo alto que parecía estar pegado a su cabeza con el contenido de una lata entera de laca para el pelo. Una cascada de rizos teñidos de rubio brotaba de lo alto del chongo y le caía sobre los hombros. Dos asientos hacia la derecha, Esperanza vio a tres hombres que podrían haber sido clientes de La Curva. A uno de ellos le faltaba media oreja. Unas filas más arriba, había una familia con cuatro niños, todos varones. Estaban tan emocionados como Esperanza. Era el encuentro más importante de la temporada, según Vicenta. La Migra había retado al Ángel Justiciero. Los aficionados conocían muy bien la rivalidad que existía entre ellos. Esperanza no dejaba de mirar hacia la salida de los vestidores, un pasillo oscuro y silencioso, como una cueva que ocultara un secreto.

—Lucharán… a dos caídas, sin límite de tiempo, arriesgando su

máscara… El más rudo de los rudos, de la categoría de peso se-
micompleto… ¡La Migra! –gritó el presentador en medio del cuadrilátero. Su voz subió hasta el domo del Coliseo y se estrelló para
caer fragmentada sobre la audiencia.

Un mastodonte enmascarado con calzón verde oscuro, gorra
de oficial de Inmigración y lentes de visión infrarroja saltó al
cuadrilátero. Quizá por su actitud arrogante, casi todos los aficionados lo recibieron con chiflidos. Estaba rodeado de un grupo de
muchachas coquetas vestidas de policías en minifalda. Bailaban
alrededor de él y se turnaban para besarle los bíceps. El público
gritaba: «¡Ni te lo creas! ¡Vas a perder!», y le arrojaban vasos y
servilletas de papel.

–Y procedente de los cielos… ¡el Ángel Justiciero! –continuó
el presentador una vez que la rechifla disminuyó lo suficiente para
que se oyera su voz.

Durante unos cuantos segundos, se hizo un silencio total en
la arena. Ningún luchador subió al cuadrilátero. Los haces de luz
se volvieron locos buscando al Ángel Justiciero entre la audiencia. La luz de un foco cegó a Esperanza por un instante. Vicenta
le apretó la mano, emocionada. En la oscuridad, un haz de luz dio
finalmente con una figura alada que descendía de las alturas. No
había red protectora. Esperanza reconoció al Ángel Justiciero. Las
máquinas de niebla produjeron una nube instantánea que subió
entre los haces de luz y envolvió al luchador, como declarándolo
su posesión, hasta que el Ángel Justiciero aterrizó en medio del
cuadrilátero.

La audiencia enloqueció. Gritaba y aplaudía entusiasmada por
la espectacular entrada. Definitivamente era el luchador favorito.
Abrió su enorme capa hecha de plumas reales y dejó ver su monumental figura en mallas blancas, calzones dorados, un cinturón
dorado con un medallón en el centro parecido al de san Judas
Tadeo, y botas tricolores que honraban la bandera mexicana: verde, blanco y rojo.

–¡Mi rey! –gritó Vicenta.

Esperanza decidió que el Ángel Justiciero era mucho más
bello en persona, pero no se lo dijo a su amiga, sino que se con-

centró en admirar los ojos detrás de la máscara. Le hubiera encantado quitársela. Quería ver el resto de aquella criatura salvaje, poderosa, feroz y desmesurada. Sintió la necesidad de tocar su piel suave, luminosa y seductora como la llama de una vela.

El Ángel Justiciero se quitó la capa de un solo movimiento ágil y de inmediato inició una lucha espectacularmente coreografiada contra la Migra. Empleaba todo su repertorio de llaves: la quebradora, la tapatía, el Cristo, la desnucadora, castigo al cuello, el medio cangrejo, la urracarrana, torniquete a la diestra, castigo a los brazos con puente olímpico. Esperanza jamás había escuchado esos términos. Los gritaba Vicenta cada vez que uno de los luchadores volaba, caía, era retorcido, golpeado o lastimado por el otro.

—¡Esa Migra es un cerdo, hijo de la chingada! —gritó Vicenta, que no se pedía detalle de aquella batalla voladora cuerpo a cuerpo—. ¡Pero el Ángel es un monstruo que sabe pelear limpio!

Esperanza no habría podido decir si peleaban limpio o sucio. Para ella, los luchadores se mataban mutuamente en una danza bestial. La mayor parte de la acción ocurría en el cuadrilátero, pero en ocasiones caían fuera de éste, y continuaban luchando en los pasillos.

—¡Muélele los huesos, Ángel! —gritaba la mujer del chongo.

La Migra le torció la pierna al Ángel Justiciero. Parecía una llave muy dolorosa. El árbitro les gritó algo incomprensible a los luchadores. Esperanza miró angustiada a Vicenta, casi rezando por la salvación del luchador.

—No te preocupes, no se va a morir —la tranquilizó su amiga.

En un momento de gran expectación, la Migra levantó por los aires al Ángel Justiciero y lo lanzó fuera del cuadrilátero hacia la primera fila de espectadores. El Ángel Justiciero cayó justo a los pies de Esperanza. En el mínimo segundo que duró su encuentro, él recorrió con la mirada el cuerpo de ella desde los pies calzados con zapatos de tacón, pasó por las piernas, y llegó hasta su rostro, iluminado por una expresión de sorpresa. Se miraron y el luchador le sonrió rápidamente antes de volver al cuadrilátero con renovada energía. Sin perder el tiempo, saltó sobre las cuerdas y se lanzó contra la Migra.

—¡Le está aplicando la quebradora! –gritó Vicenta.

La Migra cayó al suelo casi inconsciente, pero tuvo la fuerza suficiente para arrancarle la bota al Ángel Justiciero, y arrojarla hacia el público. El hombre con media oreja trató de atajarla, pero Vicenta se le adelantó. Furioso, intentó quitársela a jalones, pero Vicenta estaba decidida a no permitírselo.

—¡Es mía! –le gruñó a un centímetro de la media oreja.

Siguieron jaloneándose la bota hasta que el hombre hizo caer a Vicenta al suelo de un empujón y se la arrebató.

—¡Tú no tienes idea de quién es Vicenta, hijo de la chingada!

El hombre se disponía a alejarse con la bota, cuando Vicenta lo alcanzó y lo jaló de la camisa. Cuando él volteó, Vicenta lo recibió con un puñetazo en la nariz. Él le dio un golpe en la barriga, y para entonces el forcejeo ya parecía un pleito callejero. Otros espectadores se unieron a la pelea y comenzaron a golpear a quien se dejara. Todos querían la bota. Vasos de plástico, sillas y cojines empezaron a volar por los aires. Esperanza logró alejarse del área de conflicto, saltando entre las filas de asientos. Nunca había estado en una pelea como aquélla, y no iba a comenzar ahora. El espectáculo de lucha libre continuaba en el cuadrilátero. Los luchadores ignoraban el disturbio en la audiencia como si fuera un evento común y corriente.

A unas cuantas filas de distancia, Esperanza vio que Vicenta sangraba de la cabeza, y trató de acercarse a ella para ayudarla, pero el tumulto se había vuelto incontrolable y no le permitieron pasar. Los paramédicos llegaron y eficientemente se llevaron en una camilla a Vicenta, que no paraba de vociferar maldiciones, y al hombre de la media oreja, desmayado. Cuando Esperanza oyó que las sirenas de la ambulancia se alejaban, cayó en la cuenta de que se había quedado sola.

Unos minutos más tarde, el Ángel Justiciero voló desde la segunda cuerda, tiró al suelo a la Migra y se sentó sobre él. La Migra pedía misericordia a gritos.

Por los altavoces, el Ángel Justiciero fue declarado campeón, y después de posar para los fotógrafos procedió a desenmascarar a su rival, un pelirrojo de rostro acongojado. El público gritaba emocionado, y el vencedor aceptó los aplausos. Levantó los brazos y mostró el preciado trofeo: la máscara de la Migra. Su mánager subió al cuadrilátero, enredándose con torpeza entre las cuerdas, y le puso al Ángel Justiciero su capa de plumas para las fotos de la prensa. Esperanza quería subir también para abrazar al campeón, pero esperó a que se disipara la multitud.

Sólo quedaba el barrendero, tan ocupado con su escoba que ni siquiera se dio cuenta de que Esperanza caminaba despacio entre las filas de asientos vacíos. Ella se preguntaba adónde se habrían llevado los paramédicos a Vicenta, cuando vio que el barrendero tiraba en un cesto la bota del Ángel Justiciero junto con la basura, sin darse cuenta de lo que era. Tratando de no ser vista, Esperanza se acercó al basurero y la rescató. Le sacó los restos de un *hot dog* que alguien había metido hasta el fondo y le limpió la catsup con una servilleta de papel. Le devolvería la bota al Ángel Justiciero y así le vería los ojos de cerca. Después, podría preocuparse por Vicenta y por cómo llegar a su casa. No conocía la ciudad ni las rutas de los autobuses. Ya era de noche. Estaba cansada. Podía llamar un taxi, pero no quería irse. Se puso la bota debajo del brazo y esperó afuera de los vestidores. Estaba segura de que el Ángel Justiciero todavía no se había ido. Oyó voces al fondo del pasillo oscuro y se asomó en un par de puertas hasta que dio con el mánager del Ángel Justiciero, quien se acomodaba la corbata frente a un espejo.

—Estoy buscando al luchador. Tengo su bota —le dijo Esperanza.

El mánager, un gordo con unos pocos pelos rubios y grasientos que se le pegaban en el cráneo, miró de arriba abajo a Esperanza con descaro y llamó al luchador.

—Ángel, ¿estás visible?

—Depende. —La voz del Ángel Justiciero era suave, casi tímida. No coincidía con su apariencia.

—Aquí hay una dama que te quiere ver.

El Ángel Justiciero salió de los vestidores con otro ajuar.

El ajuar de gala: mallas blancas, botas y calzón dorados, y su capa de plumas. Su máscara blanca tenía una cinta bordada alrededor de los orificios para los ojos y la boca, y unas alitas mínimas arriba de las orejas. Ni él ni Esperanza dijeron palabra. Se miraron uno al otro y sonrieron con la comodidad de dos amigos de la infancia. El mánager debió de entender que lo prudente era dejarlos solos y, después de darle al luchador un fuerte abrazo, se despidió.

–¿No le hace falta? –Esperanza le dio la bota al Ángel Justiciero.

–Óigame, usted ya me hizo sentir como la Cenicienta –bromeó él–. ¿Por qué no me cachó allá abajo?

–Es que no nos han presentado.

–Ángel Justiciero. Es un verdadero placer conocerla.

–Esperanza Díaz.

–¿Ahora sí ya nos podemos hablar de tú?

–Ya.

El Ángel Justiciero y Esperanza se dieron un cordial apretón de manos, y él sostuvo la de ella una fracción de segundo más de lo que pide el protocolo no escrito de los saludos.

–¿Te acompaño al coche? –le preguntó mostrándose interesado.

–No tengo coche. Es más, no tengo cómo llegar a mi casa. Mi amiga…

–Yo te llevo, pero ¿te importa hacer una parada rápida? Es por un rato nada más. Mi mánager y los muchachos están celebrando la victoria en un club de baile allá en el centro.

Esperanza aceptó. Se sentía confusa y emocionada al mismo tiempo. Aparte de Luis, ningún hombre la había llevado a bailar jamás. Pero técnicamente el Ángel Justiciero no la había invitado. Sólo iba a llevarla a su casa y harían una breve parada en el camino. Eso no significaba que estuviera agradecido por haberle devuelto la bota. De hecho no significaba nada. Más aún, ¿por qué le debía importar si él estaba interesado en ella?

–¿No estás agotado?

–Puedo bailar toda la noche.

La tomó del brazo. Ella lo permitió. Caminaron juntos por entre las filas de asientos hacia la salida del Coliseo, y hasta la camioneta del Ángel Justiciero. Esperanza sintió como si una colonia completa de hormigas le marchara por la espalda. Recordaba haber tenido la misma sensación de cosquillas la primera vez que Luis la besó, paseando en una barca, de islote en islote, por el delta del Papaloapan.

El club de baile estaba lleno de inmigrantes mexicanos que festejaban y bebían cerveza. Del techo colgaban corazones y cupidos del Día de los Enamorados. Tréboles de cuatro hojas, recortes en cartón de ollas llenas de monedas de oro y duendes del Día de San Patricio. Banderas de México y adornos tricolores del Día de la Independencia. Brujas y fantasmas de la noche de Halloween. Esqueletos de papel maché y calaveras de azúcar del Día de los Muertos. Piñatas, figuras de Santa Claus, renos de cartón y adornos de Navidad. Todo un año de celebraciones reflejado en los espejos que cubrían las paredes. Y debajo de todo, el Ángel Justiciero y Esperanza bailaban al ritmo de la música norteña.

—¿Cómo te queda energía para bailar así de animado después de la paliza que te dieron? —le preguntó Esperanza, casi al oído. Deseaba quitarle la máscara.

—¿La paliza que me dieron? ¿Y qué tal la que le di yo al canijo güero ese? —dijo el Ángel, y la apretó más contra su cuerpo.

El mánager estaba sentado a la cabecera de la mesa, al lado de dos luchadores jóvenes. Vestían ropa de calle y tenían el rostro enmascarado. Admiraban al Ángel Justiciero. Eran novatos y estaban aprendiendo. Querían ser como él. Querían ser campeones. Querían bailar con Esperanza. Tan sencilla. Tan hermosa. Más allá del análisis. La miraban bailar, ágil y ligera, y uno de ellos, el de la máscara azul brillante, deseó ser quien apretara su cuerpo contra el de ella.

Esperanza y el Ángel Justiciero bailaron durante dos horas, hasta que, en un cambio de ritmo, él le pisó el pie. A Esperanza le dolió, pero no le dio importancia. Cojeó hacia su mesa, seguida por el luchador.

–¡Perdón!

Él estaba preocupado por ella, consciente de que podía hacer mucho daño, aun sin quererlo.

–Estoy bien. No me duele mucho. –Se aguantó las lágrimas.

–Te sobo el pie.

Él se agachó debajo de la mesita del cóctel, siguió la línea de las piernas de Esperanza hasta llegar a los zapatos de tacón, y sin pedir permiso, le quitó el izquierdo.

–¡No me lo quites!

–¿Te da vergüenza? Si ya cargaste con mi bota apestosa por todo el Coliseo.

–Es que tengo la mala costumbre de perder mis zapatos donde sea que vaya, y éstos son mis favoritos.

–De aquí no se va a perder.

El Ángel Justiciero se puso el zapato rojo de Esperanza bajo el brazo y le frotó los dedos del pie con movimientos suaves, sin dejar de mirarla.

–Se te va a hacer un moretón. Nada grave. Déjame llevarte a tu casa.

Esperanza y el Ángel Justiciero se fueron de club de baile sin ser vistos. De pronto ahí estaban, sentados a la mesa, enfrente de los luchadores novatos, y en un descuido de éstos, ya había tomado su lugar otra pareja. Y ni el mánager pudo explicarse cómo habían logrado desaparecer así.

El Ángel Justiciero estacionó su camioneta Ford 57 –con alas y nubes pintadas a los costados– frente al edificio de Esperanza. Dos adolescentes que no deberían estar en la calle a esas horas se detuvieron por unos segundos a admirar el trabajo de pintura de la camioneta. El luchador bajó el volumen del estéreo y envolvió la mano de Esperanza entre las suyas.

–No quiero dejar de mirarte –le dijo.

La besó un largo rato, un beso sensual a pesar de la máscara, o quizá a causa de ella. Para Esperanza, aquél era un beso diferente. Diferente del de Luis, del que le había dado el Cacomixtle, o del de Scott. En cuanto sus labios se tocaron Esperanza supo que era el beso de un hombre que había buscado entre las mujeres, muchas de ellas, el sentimiento de comunión. Inmaculado. Sereno. Elemental.

Se bajaron de la camioneta sin hablar y el luchador acompañó a Esperanza a la puerta de su edificio. Se besaron nuevamente y Esperanza cerró la puerta.

El Ángel Justiciero arrancó su camioneta, pero a media cuadra, metió reversa y se estacionó de nuevo en el mismo lugar.

Esperanza no había llegado a la mitad de las escaleras, cuando instintivamente dio media vuelta y regresó a la puerta. Justo antes de llegar al último escalón, oyó el timbre. Era él.

—Qué bueno que regresaste, porque te voy a desenmascarar —le advirtió Esperanza.

—Atrévete —le susurró.

Él abrió su capa de plumas, levantó a Esperanza en el aire, y entró en el edificio.

—No paraste de bailar. ¿No estás agotado?

—Puedo subir y bajar las escaleras contigo en brazos toda la noche.

Esperanza tenía una pequeña casetera y un par de cintas al lado de su cama. Fue lo primero que compró cuando llegó a Los Ángeles. La música era buena medicina para la soledad y el gasto había valido la pena. Le gustaba bailar danzones. Pero prefería escuchar boleros, sobre todo los de Agustín Lara. Se sentía especialmente cerca de él porque según sabía, él también había nacido en Tlacotalpan. Casi todas las semanas lloraba al menos una vez cuando escuchaba sus canciones. Cada vez que las ponía, se imaginaba a Luis y a ella en sus bicicletas camino al río antes de que saliera el sol. Una madrugada en particular, se bañaron e hicieron el amor sobre la hierba de la orilla, húmeda de rocío. No les hizo falta su cama, un grueso catálogo de escenas de amor, ni el dosel, una cascada de pliegues de gasa que los defendía contra la invasión de las alimañas nocturnas y las pesadillas de la soledad potencial. Un par de cebúes que pastaban por ahí los miraron rodar por la hierba hasta el amanecer. Esperanza estaba convencida de que aquélla había sido la mañana en que Blanca fue concebida.

–Ésta te va a encantar: *Aventurera* –le dijo al Ángel Justiciero.

Subió el volumen al máximo, sin distorsionar el sonido, y esperó a que brotaran las lágrimas habituales, pero no se materializaron.

Él la tomo por la cintura y comenzaron a bailar despacio, como si aún no tuvieran suficiente por aquella noche. Se acercaron a la cama, centímetro a centímetro. Las llamas del altar de Esperanza crecieron hasta adquirir el tamaño de focos de cien watts, saltaban sobre los charcos de cera de las veladoras, e iluminaban la habitación con una luz color durazno. Él la besó. Ella lo besó. Él se quitó la capa y la dejó caer al suelo sin preocuparse de que se dañaran las plumas. Ella le puso las manos en los hombros y las deslizó hacia abajo, por su pecho desnudo; cada dedo sentía los músculos, como una serpiente sensual que acariciaba el terreno. Él le desabotonó la blusa. Ella le desabrochó el cinturón de gala. Él trató de quitarse las mallas. Estaban apretadas. Perdió el equilibrio en el intento y cayó al suelo, pero de un salto ágil y dinámico se puso de pie. Esperanza pensó que tal vez esa maniobra tuviera un nombre específico, algo así como «trampolín spandex»; Vicenta debía de saberlo. Él se tuvo que sentar en la cama para quitarse las mallas. Ella se sentó sobre sus piernas, como en una silla de montar. Él le levantó la falda lentamente. Y antes de que *Aventurera* terminara, Esperanza hacía el amor en ese pequeño departamento que no había podido llamar hogar hasta ese momento, en una ciudad lejana que de pronto estaba muy cerca, y con un desconocido al que sentía conocer de toda la vida. Aun sin haberle visto la cara.

El casete de boleros terminó. La cama rechinó. El vecino de al lado golpeó la pared en señal de protesta. Una balacera tronó en el callejón. La policía vino y se fue. El camión de la basura hizo sus ruidos enojosos de siempre. Amaneció. El aroma de un café matutino se coló por la ventana. Pero ni Esperanza ni el Ángel

Justiciero se enteraron. Seguían haciendo el amor, hasta ya entrada la mañana, sus cuerpos desnudos parcialmente cubiertos por la capa de plumas. Por fin, Esperanza desató el cordón que sostenía la máscara del Ángel Justiciero a la altura de la nuca y lentamente se la quitó. Ante ella vio a un hombre con la belleza de un ídolo de películas mexicanas de los años cuarenta. Pero no en blanco y negro, como los negros guapos y varoniles que siempre había admirado en las películas viejas que salían en la televisión cuando era adolescente. Se veía en Technicolor. En tercera dimensión. Su piel era suave; su pelo, negro. Los ojos le brillaban y su nariz tenía una pequeña cicatriz, probablemente de alguna herida causada en un combate de lucha libre.

–Me llamó Ángel Galván. Es un placer inimaginable conocerte. –Luego, le advirtió–: Nadie sabe que soy el Ángel Justiciero, Esperanza. –Le dio un beso largo y profundo y añadió, como si se tratara de una ceremonia–: Con este beso tus labios están sellados.

Después, hicieron el amor de nuevo.

–Ahora sí estoy agotado –dijo él al mediodía.

Esperanza dormía al lado de Ángel. Él la miró y se preguntó si estaría soñando con lo que había sucedido la noche anterior. La lucha. El club de baile. La velada de amor. ¿Se habría dado cuenta de lo fundamental que había sido ese encuentro? Para él, Esperanza era como la tierra de una selva tropical, una diosa opulenta y fecunda. Era exuberante. Plena. No podía ignorar su emoción. Tenía que reconocer que se había enamorado. Para creérselo, susurró: «Me enamoré.» Luego lo volvió a susurrar, para asegurarse. Nunca antes se había escuchado a sí mismo pronunciar esas palabras. No se las había dicho a Celia. Nunca le habían pasado por la mente con Carmela. Jamás había podido repetírselas a Lidia. Ni a Kiki. Y aunque sospechaba que en algún momento Angélica llegó a interpretar como amor su mero interés sexual en ella, ni por equivocación había tenido el más pálido sentimiento profundo por aquella mujer (y menos aún cuando descubrió que la inmoral era casada). En el caso de Esperanza, la palabra amor era la única que se le ocurría aparte de matrimonio, hogar, niños. Pero no debería ir tan rápido. Para decir esas otras palabras esperaría por lo menos una semana.

Dormida, Esperanza se tapó un oído con la mano, como si no quisiera dejar escapar un pensamiento. Ángel deseó que el pensamiento fuera: «Quiero al luchador», porque la necesitaba tanto como su hígado, su corazón, su estómago, sus pulmones. La necesitaba, precisamente a ella, desde que a los doce años había empezado a interesarse por las mujeres. Desde entonces, cada noche soñaba con la mujer que amaría hasta la muerte. Ahora que dormía a su lado, sintió alivio y terror al mismo tiempo. ¿Lo amaría ella? Era consciente del riesgo que implicaba amar a una mujer a la que sólo conocía desde hacía unas horas. Pero toda su vida era un riesgo. No le importaría enfrentar los peligros de haberse enamorado de una desconocida.

Observó que los ojos de Esperanza se movían rápidamente debajo de los párpados. Tuvo que aguantarse las ganas de tocarlos. Se acordó de los besos que se habían dado. De cómo los dedos de uno habían recorrido la piel del otro como exploradores dados a la tarea de reconocer un territorio nuevo. Y ahora dormía a su lado tan tranquilamente como si no hubiera roto nada. Pero sí lo había hecho. Mientras hacían el amor Ángel había escuchado un estruendo dentro de su pecho y se había preguntado qué lo habría causado. De inmediato había caído en la cuenta de que Esperanza acababa de romperle la vida en dos. Desde ese momento, todo sería: «antes de Esperanza», o «después de Esperanza».

Cuando Ángel se fue, Esperanza se sentó a la mesa de su minúsculo comedor. Esperaba una aparición. Incluso una tímida y fugaz sería bienvenida. Tomó de su altar una estampita de san Judas Tadeo y otra de san Antonio, especialista en formar parejas. Las frotó, una en cada mano, y rezó:

—San Antonio, por favor no me vayas a hacer una broma con este ángel luchador. Yo sólo quiero que te quede claro que nunca he puesto tu estatua de cabeza, como suelen hacer las mujeres que quieren conseguir marido. Yo sé que sí funciona. Mi tía Virginia se consiguió a mi tío Sotero tres semanas después de poner tu estatuilla de cabeza. Es una habilidad realmente admirable la tuya, teniendo en cuenta lo difícil que es tratar con mi tía. ¡Y qué rápido lo hiciste! Seguramente es que no quieres estar mucho tiempo en esa posición tan incómoda. Pero yo no te he pedido que me encuentres un hombre. ¿Qué tal si Ángel va nomás de paso? ¿Qué tal si me enamoro y se va? ¿Qué tal si la que tiene que irse soy yo? No me metas en más líos. Llevo años viviendo sola. He guardado luto religiosamente a la memoria de Luis. Puedo seguir así el resto de mi vida. Y tú, san Judas, mi san Juditas, santo patrono de los casos desesperados, primero me mandas a buscar a Blanca, luego te me desapareces y ahora me mandas a san Antonio para que ponga a Ángel Galván en mi camino. ¿Es otro obstáculo? ¿O me va a guiar hacia donde está mi niña? No puedo buscarla y enamorarme al mismo tiempo. ¿Por qué ustedes dos no se ponen de acuerdo allá en los Cielos?

Con mayor fervor de lo normal en ella, besó las dos estampitas, las regresó al altar y se persignó.

No habían pasado ni dos horas cuando Ángel volvió al departamento de Esperanza. Había ido a bañarse y a ponerse saco y pantalón blancos, y otra máscara más sencilla, sin tanta brillantina. Llevó a Esperanza a un restaurante en Boyle Heights donde la comida tenía el sabor de la de su abuela, allá en Chihuahua. Un hallazgo.

Ángel tenía la costumbre de dibujar palabras con la punta de los dedos. En parabrisas polvorientos de coches estacionados, en la tierra, en las cobijas, en la playa, en la salsa de su plato, pero nunca en la piel de una mujer. Hasta ese domingo. Mientras esperaban a que los atendieran, él tomó el brazo de Esperanza y trazó la palabra «cielo». Y durante los días que siguieron, trazó palabras distintas por todo su cuerpo. «Explosión» alrededor de su ombligo. «Llama» en su labio superior. «Palpitación» en su cuello. «Salvaje» a lo largo de sus costillas. «Meandro» rodeando cada vértebra de su columna. «Tú» entre sus senos. «Retrato» en su mejilla izquierda. «Nombre» en la palma de su mano. «Alma» sobre la línea de su vello púbico. «Alas» entre de sus omóplatos. «Sueño» en su párpado izquierdo. «Insomnio» en el derecho. «Universo» recorriéndole la ingle. «Esperanza» por todos lados.

Ese día en el restaurante, después de comer los mejores chiles en nogada fuera de temporada, Ángel le informó a Esperanza que su deseo era estar a su lado las veinticuatro horas del día, los siete días de la semana. Pero Esperanza se rehusó a suspender la búsqueda de Blanca y pasaba todo su tiempo libre tratando de encontrarla en refugios para vagabundos, burdeles, clubes nocturnos, cárceles. Interrogaba a padrotes, trabajadoras sociales, cantineros, niños que habían huido de sus familias y prostitutas. Pero aún no se sentía preparada como para hablarle a Ángel de su búsqueda, ni de su trabajo en el teatro Fiesta. Quizá más adelante.

—Estoy muy ocupada, Ángel.

Tan pronto como salía de su trabajo en el teatro Fiesta, entre las doce de la noche y la una de la madrugada, se veía con Ángel en su departamento, o tomaba el autobús desde el centro de Los Ángeles hasta Downey, donde él tenía una casa grande con tres recámaras y un gran jardín habitado por una jacarandá vieja y pesada de tantas flores moradas, y hierbas que crecían a su antojo, sin el menor orden ni restricción. Esperanza se dio cuenta de la falta de atención al jardín y le llevó a Ángel una maceta de geranios que compró en un vivero en su día de descanso.

—Me late que esta casa quiere ser azul colonial con puertas y ventanas rojo indio —dijo Esperanza la primera noche que visitó a Ángel. Se remojaba en la tina y su vientre flotaba apenas por entre las burbujas, como una península rodeada de un mar de espuma.

—Sí. No lo dudo —dijo él, pensando sin gusto en el beige pálido con que estaba pintada su casa desde que la había comprado, y se metió con Esperanza en la tina, olvidando que todavía estaba vestido.

Ésa fue la noche en que descubrió el pequeño lunar que colgaba peligrosamente de la orilla del ombligo de Esperanza. Desde entonces, ese pedacito de piel se convirtió en su milímetro cuadrado más adorado del mundo. Pensaba en esa superficie a cada instante, aun cuando estuviera peleando contra un feroz adversario en el cuadrilátero, hasta el punto de que su mánager advirtió que su desempeño ya no era el de antes.

–¿Se trata de la dama de la bota? –le preguntó a Ángel después del entrenamiento.

–En particular el lunar que está a punto de caer dentro de su ombligo.

El mánager tuvo la prudencia de no hacer más preguntas.

Durante la tercera noche, cuando Esperanza le llevó a Ángel los geranios y los plantó en el jardín, hicieron el amor en la habitación más grande de la casa. No tenía muebles. Sólo unas cuantas pesas y equipo para hacer ejercicio. Las paredes estaban decoradas con carteles del Ángel Justiciero y de luchadores legendarios, como el Santo y Blue Demon. Un pesado trofeo servía para impedir que la puerta se cerrara con el viento que entraba por las ventanas abiertas. Acostados en una colchoneta para hacer abdominales, Esperanza y Ángel hicieron el amor, primero orientados hacia el oeste, luego hacia el sur, después hacia el este, y finalmente hacia el norte. No podían dejar de mirar sus cuerpos reflejados en los espejos de las puertas corredizas del armario.

–¿Cómo te hiciste esta cicatriz? –preguntó Esperanza, señalando una línea delgada que recorría la piel de Ángel desde las costillas hasta el centro del abdomen.

–Con la navaja de un fulano. Tenía yo trece años. Aprendí a respetar las armas.

–¿Y ésta, arriba de la ceja?

–Ésa me la hice en un choque. Me demostró que no hay dos objetos que puedan ocupar el mismo lugar al mismo tiempo.

–Pero nosotros hemos estado en el mismo lugar al mismo tiempo toda la noche. ¿Cómo lo explicas?

–Este caso es diferente. Es la excepción que confirma la regla.

Ahora tú y yo somos uno. Hasta que uno decida herir al otro, pensó.

—¿Tienes alguna cicatriz causada por un luchador?

—Esta chiquita, en la nariz. Tuve una discusión con mi anterior mánager. No le gustaba mi estilo. No sabía nada de la lucha libre de a deveras, estilo mexicano.

—¿Nunca te ha lastimado otro luchador?

—No. Una vez caí mal y me rompí el meñique, pero el daño fue por dentro. No tengo cicatriz.

—A veces ése es el tipo de daño que más duele.

—Así es.

La palabra «pérdida» le vino a la mente a Ángel, pero no se atrevió a escribirla en ninguna parte.

★ ★ ★

* * *

—Déjame poner las cosas en claro. ¿No vas a venir al entrena-miento de hoy por irte con la dama de la bota?

—¿Qué te puedo decir?

—Espero que te des cuenta de las consecuencias que esta distrac-ción puede suponer para tu carrera.

—Ya me has visto con otras mujeres. Muchas. Desde que tú y yo empezamos a trabajar juntos han sido por lo menos siete.

—¡Siete! No pensé que fueras a contar a Celia.

—¿Sólo porque es tu prima?

—Es que nada más saliste con ella un par de meses.

—De todos modos, cuenta. Todas cuentan. Sólo que Esperanza es diferente.

—Pero estás perdiendo la concentración. Me has dicho mil ve-ces que la lucha libre es lo único que te interesa. ¿Te lo tengo que recordar? Piensa en el dolor que sentiste cuando te fuiste de Chi-huahua a entrenar al Distrito Federal? ¿Te acuerdas de lo que pasó con tu familia? ¿Qué hicieron cuando les dijiste que querías ser luchador? ¿Ya se te olvidó? Tu mamá dejó de hablarte. Tus tías. Tu abuelita. Tu hermana. Tu perro. Y ahora estás tirándolo todo a la basura por una mujer.

—No es cualquier mujer. Es mi mujer. Y además, sólo voy a faltar al entrenamiento dos horas, por Dios santo. Vamos a ir a comprar un sofá y quiero que lo escoja ella.

—Me preocupa que pierdas el control. No quiero que te ma-

189

dreen en el cuadrilátero. Ya casi llegas hasta arriba. Imagínate lo que tu papá debe estar pensando de todo esto, mirándote desde el Cielo. Imagínate, si fallas, los encabezados en la sección deportiva de los periódicos: «El hijo del gran Máximo Max –que murió valientemente en el cuadrilátero frente a su esposa e hijos– abandona su intachable carrera en la lucha libre por el amor de una mujer.»

–¿Alguna vez te he decepcionado en la arena?

–No.

–¿Alguna vez he pisado la memoria de mi padre?

–No.

–Ahí tienes. Ahora déjame ir en paz a comprar mi sofá nuevo.

★ ★ ★

* * *

Un ojo miraba a Esperanza a través del Sex-o-scopio. Era el mismo que la espiaba desde hacía dos semanas. Esperanza tenía puesto un camisón semitransparente y leía una revista de lucha libre, recostada en la cama. Ocasionalmente mordisqueaba trocitos de tortilla tostada que sacaba de una bolsa. El altar había crecido. Más santos enmarcados. Más crucifijos. Cuarenta y dos veladoras. Sesenta y ocho estampitas. Diecinueve estatuillas de diferentes santos. Tres floreros con claveles. Una imagen de la Virgen de Guadalupe. Su san Miguel Arcángel, el que brillaba en la oscuridad. Casi no quedaba sitio para ella.

Esperanza sintió el parpadeo de un ojo que la miraba por el Sex-o-scopio. Se levantó de la cama con calma, se sentó frente al espejo, se aplicó crema limpiadora en la cara y se la quitó con una bolita de algodón. Después, caminó hasta el orificio por donde pasaba el lente del Sex-o-scopio, se quitó el zapato y con todas sus fuerzas metió el tacón a través del lente para obstruir la visión del ojo que parpadeaba. Estaba harta de ese trabajo; no la había llevado a ninguna parte. Renunciaría y seguiría buscando a Blanca.

—¡Puta de mierda! —gritó un hombre enfurecido al otro lado de la pared.

Ella no le hizo caso y se recostó de nuevo en la cama. De pronto, el hombre entró en el cuartito y azotó la puerta con tal fuerza que la descuadró. Para cuando Esperanza reconoció al visitante iracundo, éste ya estaba sacudiéndola y golpeándola. Era el Cacomixtle.

–¡Cabrona! ¿Para qué crees que vengo desde Tijuana cada semana y le pago a Doroteo? ¿Para ver un chingado tacón?

El Cacomixtle terminó su frase con una cachetada. Esperanza cayó sobre su altar. Las veladoras se estrellaron contra el suelo. Las figuras de los santos salieron despedidas, y muchas de ellas se rompieron. El espejo se partió en dos. Las estampitas se esparcieron por todo el cuarto.

–Sabías que era yo el que te ha estado mirando, ¿verdad?

Volvió a golpearla.

En el suelo, Esperanza intentaba usar los brazos para protegerse la cabeza de los golpes. Trató de levantarse pero no tenía fuerzas.

–¡Así te quería ver, puta! –El Cacomixtle se desabrochó el cinturón y se bajó el cierre de la bragueta.

Una fuerza desconocida, enviada tal vez por el alma de Luis que la cuidaba desde el Cielo, recorrió el cuerpo de Esperanza en forma de una ola de ira y se le acumuló en los puños. Recogió a san Martín de Porres del suelo y le susurró: «Perdóname. Luego te reparo», y con todas sus fuerzas, le reventó los testículos al Cacomixtle. Aprovechando que éste se revolcaba de dolor, le partió la mesa de noche en la cabeza, dejándolo casi inconsciente. Ahora tendría una nueva cicatriz en la frente, justo arriba del ojo izquierdo, del otro lado de la anterior, y cuando sanara parecería como si le hubieran amputado unos cuernos.

–¡Puta de la chingada! –vociferó el Cacomixtle, casi sin aliento, mientras la sangre le tapaba el ojo.

–¡Así te quería ver, mirón! –le gritó Esperanza.

Se puso un vestido rápidamente, recogió cuanto santo e imagen pudo y los arrojó sobre la colcha, con la que improvisó un costal atando las cuatro esquinas. De camino hacia la puerta, todavía alcanzó a darle una patada en la cabeza al Cacomixtle.

–¡Y ésta es por hacerme perder el tiempo en el teatro Fiesta! ¡Aquí tampoco hay niñas!

San Pascual Bailón y san Martín Caballero se salieron de la

colcha a media huida y Esperanza tuvo que regresarse para recogerlos. En el vestíbulo se encontró a Doroteo, que retocaba un mural.

—¡Jesús de Veracruz! ¿Qué te pasó?

Del susto, Doroteo empujó sin querer una lata de veinte litros de pintura que había sobre un banco. Su mural prácticamente ocupaba todas las paredes del vestíbulo.

—Tuve una discusión con tu amigo de Tijuana. —Esperanza buscó la llave del cuartito en su bolsa al tiempo que trataba de sostener la colcha llena de santos rotos. Una veladora de la Mano Poderosa, cuya especialidad es proteger a los inocentes, se salió por una abertura y se estrelló contra el suelo. Finalmente, encontró la llave y se la dio a Doroteo.

—Renuncio.

—¡No jodas!

Furioso, Doroteo arrojó la llave, que fue a atravesar el escaparate de la dulcería, y cayó entre pedazos de vidrio y los chocolates.

—¡Justo cuando ya te estabas haciendo famosa! —le gritó.

Esperanza no contestó. Salió corriendo del teatro, en dirección a la esquina. La textura de la banqueta la hizo caer en la cuenta de que había dejado los zapatos, pero no eran sus favoritos. Al mirar atrás, observó que el Cacomixtle y Doroteo la seguían. Estaban a punto de darle alcance cuando Esperanza se subió a un autobús.

—¡Perra desgraciada! —gritó el Cacomixtle sin aliento, desde la banqueta.

Doroteo lanzó una lata de pintura roja contra el autobús justo cuando éste arrancaba. Además de salpicar a un par de pasajeros que se asomaron por la ventana, manchó el cartel que en el costado del autobús anunciaba una película de terror sobre cucarachas mutantes.

—¡Tenía que ser mujer!

—¿Qué hiciste para encabronarla así?

—Ya traíamos un asunto pendiente desde Tijuana. Nunca se me ha ido una vieja, pero ésta ya me lo hizo dos veces.

—Te digo, uno nunca debe hablar con mujeres. Sólo mirarlas a distancia, a través del Sex-o-scopio.

—Puta de mierda. Que se vaya a la chingada.

—Yo diría que la que te mandó a la chingada fue ella. ¿Y ahora qué les voy a decir a mis clientes? Les encanta su estúpido altar.

—Pinta uno.

La imagen que Esperanza vio en el espejo la asustó. Su ojo derecho estaba casi cerrado debido a la inflamación de la mejilla, y tenía una pequeña cortada debajo de la ceja izquierda. Había actuado en defensa propia. El padre Salvador debería tomarlo en cuenta cuando se confesara.

Había llegado el momento de cuestionar su estrategia. No sólo había fallado en la Mansión Rosada, sino en el teatro Fiesta. Su santito estaba más mudo que nunca. Se veía atroz. No podía presentarse en la agencia de viajes en ese estado. Por otro lado, después del incidente durante el combate de lucha libre, seguramente Vicenta estaría lastimada igual o peor que ella. Sintió ganas de llorar en el hombro de Ángel mientras éste le acariciaba la espalda y el pelo.

Alguien llamó a la puerta. Quizá el Cacomixtle la había seguido hasta su departamento. Fue de puntillas a la cocina y sacó del cajón un cuchillo para pelar papas. Era un cuchillo ridículo, pequeño, pero era el único que tenía. No había mirilla en la puerta. Acercó el oído. Ni un ruido. De pronto, volvieron a llamar. Esperanza no contestó.

—¡Esperanza!

Era Ángel. Ella se cubrió el ojo hinchado de la cara con un mechón de pelo, pero al abrir la puerta, Ángel advirtió de inmediato que estaba herida.

—¿Qué te pasó? —Se quitó la máscara y la guardó en el bolsillo de la camisa.

Esperanza no contestó. Lo abrazó con fuerza y lloró en su hombro.

—No me digas si no quieres.

Las lágrimas de Esperanza cayeron en el bolsillo de la camisa de Ángel y mojaron la máscara. Él le acarició la espalda y el pelo.

Después de lloriquear un rato, Esperanza aceptó que Ángel le pusiera una pechuga de pollo cruda sobre el golpe. Un bistec hubiera sido más adecuado, según él, pero uno tenía que trabajar con las herramientas a su alcance. La carne roja era cara.

—Esto te va a servir, ya verás. Soy experto en moretones.

Ángel estudió a Esperanza al detalle, como si quisiera sanarla con la mirada. Ella se sintió incómoda.

—Se me hace que necesitas algo más que el pollo. Ahorita vengo —dijo Ángel—. No te me vayas a ningún lado.

En cuanto Ángel hubo salido del departamento, Esperanza tuvo un sentimiento terrorífico, y recordó haber experimentado lo mismo cuando había perdido a su padre en la inundación y a su marido en el accidente. Ambos la habían abandonado en circunstancias que no estaban bajo su control. Tuvo miedo de que algo le sucediera a Ángel. ¿La dejaría también, aunque no quisiera hacerlo?

Cuando Ángel regresó, encontró a Esperanza en el mismo lugar, todavía con la pechuga de pollo sobre el moretón. Ella, a su vez, se preguntaba cómo había acabado enamorándose mientras buscaba a su hija.

Ángel abrió un tubo que contenía un ungüento azul brillante.

—Siempre llevo esto en la camioneta. A veces la vida pega duro, y uno tiene que estar preparado. —Le aplicó el ungüento sobre el moretón y después le puso la pechuga de pollo encima.

—¿Cuánto hace que vives en Estados Unidos? —le preguntó Esperanza, por hablar de algo y distraerse del dolor.

—Catorce años.

—Con razón ya eres más gringo que la hamburguesa con queso y papas fritas.

–Sí, pero con bastantes chiles jalapeños. No puedo dejar de ser mexicano, así es que me volví anfibio. Me paso de mexicano a gringo y de gringo a mexicano, según la situación. –Ángel guardó el ungüento en el bolsillo y continuó–: El lugar más cercano donde puedes comprar este ungüento es en una farmacia veterinaria que está cerca del hipódromo de Tijuana. Es lo mejor que hay para el dolor muscular y los moretones. Pregúntale a cualquier caballo.

Esperanza trató de sonreír, pero le dolía la cara.

–¿Ya me quieres decir lo que pasó? –preguntó él, acomodándole la pechuga de pollo sobre el moretón.

La voz de Esperanza se quebró de cansancio y tristeza. Le habló de su búsqueda. De san Judas Tadeo. La Curva. El Atolladero Motel Garaje. La Mansión Rosada. El teatro Fiesta. Y su pelea con el Cacomixtle.

Ángel le secó las lágrimas con su máscara.

–No me tienes que creer si no quieres –le dijo Esperanza entre sollozos.

–Te creo.

Esperanza dejó de llorar.

–¿Todo?

–Todo.

–¿Hasta la parte de san Judas Tadeo?

–Hasta la parte de san Judas Tadeo.

–Qué raro.

–No veo qué tiene de raro. Al contrario. ¿Qué más te impulsaría a hacer lo que has hecho si no es una orden de arriba?

–Pero ya me estoy desesperando.

–Vas a encontrar a tu niña tarde o temprano.

–Nada más que ya perdí contacto con mi santito. Ahora no sé qué hacer.

–¿Cómo se te ha aparecido?

–Su cara se forma en la mugre de la ventana del horno.

–¿Aquí o en tu casa de Tlacotalpan?

–Allá.

–¿Y se lo has dicho a alguien?

—Al cura de mi parroquia, a mi comadre Soledad, y a mi amigo el gringo de San Diego.

—Y a mí.

—Ése es mi secreto. ¿No te asusté?

—¡Para nada! ¿Tú crees que hay algo que me asusta? Ni siquiera la Vaca Sagrada. Me quiere desenmascarar en el ring, pero no se va a salir con la suya. Yo tengo entrenamiento mexicano y él no.

—Pues entonces tendremos que encender una veladora.

—Que sean dos. Una para que no me desenmascaren y otra para que encuentres a tu niña.

—Para eso ya encendí muchas, pero una más no sobra. Tal vez san Judas Tadeo necesite más veladoras para aparecerse. Quisiera que viera mi altar. —Esperanza se sonó la nariz.

—Quedaría muy impresionado.

—Tengo su imagen de mil maneras: dentro de una pirámide de acrílico, en un llavero, en una cápsula de plástico para traer en la bolsa, en montones de estampitas con distintas oraciones para casos desesperados, para el trabajo, para el viajero… —A medida que hablaba, Esperanza contaba con los dedos para no olvidarse de ninguna representación de su santo—. También tengo estatuillas hechas de plástico, barro, yeso, todo tipo de materiales. Siempre trae su túnica verde, su medallón y su llama sobre la cabeza. Uno de mis san Juditas tiene un foquito que se enciende. Le tengo que cambiar la batería de vez en cuando. Tiene pestañas de verdad. Míralo ahí. —Señaló hacia la mesa donde había instalado su altar.

—¿Y estás en esto hace mucho?

—Yo he sido devota de mis santitos desde que era niña, pero casi todo esto lo he coleccionado en el transcurso de mi viaje.

—¿Lo consigues en los puestos que hay fuera de las iglesias?

—Casi todo lo compré en Tijuana. Ése es un mercado enorme para san Judas Tadeo. Ahí hay mucha gente desesperada. Pero ahora necesito encontrar nuevos que reemplacen los que no voy a poder reparar. Se me rompieron bastantes en la golpiza con el cliente del teatro.

El cliente del teatro. Por un instante Esperanza pensó en el

Cacomixtle. En Scott. En César. En Doroteo. En el tipo alto de La Curva. En todos los hombres que había conocido durante su travesía para encontrar a Blanca. A veces, ya no se reconocía. Tal vez algún día Ángel la ayudara a entender esas experiencias. Por el momento, aquellos hechos eran demasiado recientes para analizarlos, para separarlos en fragmentos, estudiarlos y unirlos de nuevo a fin de aceptarlos como parte de su vida. Ahora, los veía fuera de foco por estar aún tan cerca, como cuando trataba de mirar una foto de Blanca a un centímetro de sus ojos. Si quería distinguir los detalles tenía que sostener la foto a la distancia que le permitiera su brazo.

—Conozco una iglesia que tiene un san Judas Tadeo muy bonito, tamaño natural. Hay gente que asegura que les ha hablado. Te digo por si lo quieres visitar —dijo Ángel.

Esperanza planeó ir al día siguiente y se acurrucó en el sillón al lado de Ángel. Él la abrazó. Se quedaron dormidos. Se despertaron a causa del frío, a las dos y media de la mañana. A él le dolía la espalda. Ella tenía el cuello torcido y sentía punzadas en el moretón. Tiró la pechuga de pollo al basurero. Se metieron en la cama. Hicieron el amor. Él le propuso matrimonio.

—Esperanza, eres mi Eveready, mi Energizer, mi Duracell, mi Águila Negra. Cásate conmigo. Quiero que tengamos un hijo. O una hija. O mejor aún, gemelos.

Ella respondió sugiriendo nombres para sus futuros hijos: Daniela. Natalia. Ximena. Fernanda. Andrea. Diego. Rodrigo. Santiago. Nicolás.

Y se volvieron a dormir.

✳ ✳ ✳

Esperanza, todavía con una curita en la ceja y el pómulo hinchado, entró en la agencia de viajes lentamente para no distraer a Vicenta que estaba al teléfono, pero el chirrido del timbre automático la denunció. Vicenta apagó un cigarro en un cenicero lleno de colillas.

—*OK*, pues, le reservo asiento a su mamá también, pero ¿seguro quiere que vaya en otra fila? —Con la mano barrió la ceniza que se había caído sobre el escritorio—. Ajá, ya sé, es un pedo. Yo también conozco a alguien que vomita. Bueno, como quiera. *Bye.*

—Perdón que no he venido a trabajar estos días.

—¿Qué diablos te pasó? —le preguntó Vicenta, tocando la herida de Esperanza con la punta del pulgar.

—Un baboso.

—Ya estaba yo preocupada por ti. Ándale, vete a tu casa. Así no puedes venir a trabajar. —Vicenta hizo una pausa y, como si hablara consigo misma, añadió—: A menos que seas una pinche empresaria, como yo. Así sí que te autoexplotas.

—Te traje algo que creo que te va a gustar. —Esperanza sacó de una bolsa la bota tricolor del Ángel Justiciero y la puso sobre el escritorio, como un trofeo.

—¿Cómo chingados conseguiste esta belleza?

—He visto al Ángel casi a diario, y anoche me preguntó por ti y cómo fue que te pegaron, y me dijo que te diera la bota. Mira, está autografiada en la suela.

Vicenta leyó en voz alta:

—«Para Vicenta con profundo agradecimiento. El Ángel Justiciero.» —Abrazó la bota y le dijo a Esperanza—: Te vas a ir al Cielo, chulita.

Esperanza fue sola a la iglesia del centro de la ciudad que tenía un san Judas Tadeo muy bonito, tamaño natural. A diferencia de Scott, Ángel se mantuvo instintivamente al margen de la búsqueda de Blanca. Sólo le dio instrucciones de cómo llegar al templo.

La imagen principal del altar era la Virgen de Guadalupe. Estaba formada por cientos de fotografías de la pintura original, la de la basílica de la ciudad de México. Las fotos estaban pegadas formando una imagen fragmentada pero íntegra, como un rompecabezas. Algunas fotos no coincidían exactamente, tal vez a propósito. Era una interpretación moderna, diferente de todo cuanto conocía, pero le gustó. En la base del altar había nueve ramos de flores dejados como ofrenda por las novias que se habían casado el fin de semana anterior. Esperanza recordó cuando ella y Luis habían ido a la ciudad de México para ofrecerle su ramo a la Virgen, después de contraer matrimonio. Era una sola hortensia de un morado pálido, dos veces más grande que una lechuga. En el último minuto, antes de ir a la iglesia, Soledad le ató un listón blanco alrededor del tallo. En la mañana de su boda, había cortado la flor del arbusto que su abuelo había plantado en el patio cuando ella era niña.

Aquel día en la basílica, entre cientos de fieles que visitaban a la Virgen de Guadalupe, Esperanza le ofreció el ramo y le imploró que la ayudara a tener un matrimonio largo y lleno de amor. Y porque había sido hija única y había perdido a sus padres desde muy joven, le pidió también una familia grande. Por lo menos tres hijos. Era el mínimo para llenar su casa de risa, además de algunas peleas y berrinches, como era natural entre hermanos. Pero ahora, frente a esa nueva imagen de su virgen adorada, se le ocurrió que tal vez sus plegarias se habían ido por un camino equivocado y se habían perdido entre las nubes camino al Cielo.

Ahora estaba en una iglesia lejana, rezando a lágrima suelta por el regreso de su única hija. Su única familia. ¿Y si se pasaba la vida buscando a Blanca? La idea la aterró. Deseó tener a la niña otra vez a su lado aunque sólo fuera durante un día antes de morir. Con unas pocas horas tendría suficiente.

Encontró a su santito sobre un pedestal dentro de un nicho demasiado pequeño para el tamaño de la figura. Ese san Judas Tadeo era nuevecito, no como el de Tlacotalpan. El bordado de hilo de oro a lo largo del contorno de su túnica verde resplandecía. Exvotos de hojalata en forma de manitas, piernitas, corazones, coches y casas estaban prendidos a la tela junto con docenas de fotos de niños y viejos. Los ojos del santo brillaban como si fueran reales, no de mármol. Su pelo era sintético, como el de las muñecas. Sus sandalias le quedaban un poco grandes. Esperanza encendió una veladora y se arrodilló. Tal vez ahora sí se dignara a hablar.

—Tú sabes que he tratado de contactar contigo en todos los hornos que he encontrado. Te he buscado en los más sucios. En burdeles. En restaurantes. En departamentos rentados. Y nada. Dejé mi casa, mi pueblo. He tenido que soportar los deseos sexuales de hombres desconocidos para obtener la información que tú habrías podido darme en una aparición simple y sencilla. He tratado de descifrar tu adivinanza. Sí, Blanca no está muerta. Eso ya lo entendí. Pero si es así, ¿dónde está? ¿Acaso sólo te me vas a aparecer en el horno de mi casa?

En el preciso instante en que estas últimas palabras salían de la boca de Esperanza y se regaban por el aire, una luz cegadora se filtró por un vitral morado y se derramó sobre su cara. Miró hacia la ventana y tuvo que cerrar los ojos. Sabía que el día estaba nublado, y aunque los demás vitrales estaban oscuros, esa luz era tan brillante como el sol de agosto. Oyó que a lo lejos, en alguna parte del techo de la iglesia, un coro entonaba una melodía. «Aleluya. Aleluya.» Imaginó a los miembros del coro colgados de las gárgolas, suspendidos en el aire, sostenidos por las canaletas del agua, todos cantando. Barítonos. Sopranos. Tenores unidos en un himno de alegría que sólo Esperanza podía oír. Una ventisca que se coló por la puerta de la sacristía hizo ondear la túnica de san Judas Tadeo. La llama sobre su cabeza se iluminó, y Esperanza vio que el pie del santo crecía en proporción al tamaño de la sandalia. En ese momento cayó en la cuenta de que había recibido un mensaje de san Judas Tadeo.

—En el horno de mi casa —repitió.

Esperanza se levantó rápidamente, besó el dedo del pie de su santito, hizo la señal de la cruz, salió a paso veloz de la iglesia y dejó el eco de sus pisadas rebotando entre las paredes.

★ ★ ★

Esperanza no se despidió de Ángel. Ni siquiera tuvo tiempo de renunciar a su trabajo en la agencia de viajes. Tomó un autobús a San Diego y cruzó a pie la frontera de México, abrazando la figura del santo patrón de los ilegales, Juan Soldado. Le sorprendió lo fácil que era cruzar de regreso. Nadie la molestó. Los oficiales de inmigración estadounidenses parecían estar felices de ver a todos esos mexicanos regresar por voluntad propia a su país. Avanzó entre la multitud por el puente que une los dos países, seguida de dos muchachos que por un par de dólares la ayudaron a llevar su caja de santos, que ahora era el doble de grande que la anterior. También traía el maletín que le había dado el Cacomixtle con una muda de ropa, incluyendo sus zapatos favoritos, los que le había regalado Scott en la Mansión Rosada, envueltos en papel periódico. Dejó el resto de sus cosas en una bolsa de basura en el suelo del departamento con una nota en la que se leía: «Para el refugio de Pico y Normandie.»

En el autobús de regreso a Tlacotalpan imaginó a Vicenta preguntándose cómo era posible que una empleada tan responsable se hubiera ido sin dar una explicación lógica. Casi la podía oír decir: «¡Ni siquiera vino a cobrar su quincena!»

También imaginó a Ángel. Iría a su departamento como lo había hecho durante las últimas tres semanas, sin saber que Esperanza se había ido. Encontraría el sobre con el dinero de la renta y la llave del departamento. Buscaría una nota dirigida a él. Voltearía el lugar de cabeza buscando la maldita nota que dijera: «Adorado Ángel, no me tardo.» Pero no había tal cosa. No porque Esperanza no quisiera darle una explicación de su partida tan imprevista, sino por la prisa misma. Le escribiría una carta detallada en cuanto llegara a su casa. Tenía todo su amor para darle, pero por el momento no podía prometerle nada. Esperaba órdenes de su santo. Y en silencio, instalada en un asiento del autobús, rezó.

«Venerado san Judas Tadeo, ¿por qué no me dijiste antes que sólo te me ibas a aparecer en el horno de mi cocina? Me he pasado meses buscando a Blanca en todos los lugares equivocados.» Sacó un Kleenex de un paquete tamaño familiar que llevaba sobre las piernas y se limpió una lágrima más de las que había llorado durante las últimas horas. «¿Era este viaje parte del plan? ¿Era necesario que me fuera para regresar por las instrucciones verdaderas? Espero que ahora sí me des las órdenes definitivas. No basta con decirme que no está muerta. Necesito saber quién se la llevó, dónde buscarla, y cómo traerla de regreso.» Tiraba los Kleenex por la ventana, a razón de uno por minuto. Desde fuera parecían palomas sin control, rodando en el remolino que producía el escape de gases tóxicos del autobús. «El mundo es enorme. ¿Ya se te olvidó? Debes tener recuerdos de cuando estabas en la tierra en cuerpo y alma. Lo recorriste a pie, llevaste la palabra de Dios por Mesopotamia, y convertiste a los persas al catolicismo. De seguro que entonces pensaste que este mundo era enorme. Ahora imagínate tratar de encontrar a una niña. Imagínate tratar de encontrarla en los burdeles.»

Al lado de Esperanza viajaba un hombre de Chiapas. Era un guía de cacería. Le dijo que conocía la selva como la palma de su mano. De su única mano, la derecha. Había perdido la izquierda hacía unos años. Se la había tenido que cortar él mismo con un machete cuando una anahuyaca le salió del fango y lo había mordido entre el pulgar y el índice. El veneno era tan fulminante que sólo de esa manera había logrado sobrevivir.

—A mí también me mordió una víbora. La víbora del mal —dijo Esperanza.

Por el momento no sentía remordimiento, pero algún día tendría que arrepentirse de haberles mentido a todos esos hombres y hacerles creer que era prostituta sólo para sacarles información. Ella había escuchado claramente a su santo decir: «Búscala, no importa lo que tengas que hacer.» Pero ¿y si san Judas Tadeo la había puesto a propósito en esas situaciones comprometedoras? ¿Y si su intención había sido la de separarla de Blanca temporalmente, hacerla dejar su pueblo y acabar en lugares sórdidos, sólo para que pudiera poner en perspectiva la cantidad de dolor que supone planchar un montón de ropa? A veces los santos hacen que la gente pase por el infierno para que aprendan a apreciar el Cielo, pensó.

El manco del autobús lloró por su mano perdida. Esperanza lloró por su hija perdida. Compartieron la caja de Kleenex hasta el último pañuelo. Se hicieron amigos mientras viajaban el uno al lado del otro. Él se bajó en Veracruz. Ella siguió hasta Tlacotalpan.

El pueblo flotaba a la orilla del río. Un pasajero le dijo a Esperanza que una tormenta tropical había azotado la región dos días antes. El camino estaba cerrado. Había vehículos abandonados a los lados de la carretera agrietada. Los cañaverales estaban destrozados. Pero para Esperanza, la devastación que vio por la ventana del autobús era bella. Había regresado a su pueblo.

Se bajó del autobús al atardecer y esperó al lado del puente alguna barca que la llevara hasta el pueblo. A lo lejos vio algunas luces que se reflejaban en el agua que cubría las calles. Eso significaba que la inundación no había sido tan desastrosa como otras veces. La electricidad había sido restablecida en menos de cuarenta y ocho horas. O se trataba de un gran logro de la compañía de luz, lo cual era dudoso, o significaba, lo cual era más probable, que el aguacero no había sido tan catastrófico. Según los cálculos de Esperanza, Tlacotalpan podía recuperar sus calles en un par de días, cuando el río regresara a su cauce.

–¡Nada más puedo llevar a una persona! –gritó un lanchero, remando para acercar su embarcación a la orilla.

Esperanza miró alrededor. Estaba sola. Esto facilitó la decisión. Se subió a la lancha y le dio las gracias al hombre.

Esperanza sostuvo con fuerza su caja de santos para que no cayera al fondo del río. Las luces del pueblo se veían más cerca. Sabía que una de ellas provenía de su casa. La televisión, de seguro. Imaginó a Soledad viendo la telenovela, o quizá para esas horas ya se hubiera quedado dormida en el sofá.

Esperanza desembarcó en el muelle y se acomodó con gran esfuerzo su caja de santos sobre la cabeza. El agua le llegaba a los tobillos. Caminó despacio, dejando una pequeña estela detrás de sus pisadas. Las calles parecían más angostas que antes, muy distintas de las calles anchas de Los Ángeles. Los colores de las casas se veían más brillantes, aun en el atardecer, a diferencia de los colores pálidos con que a los estadounidenses les gustaba pintar sus paredes.

Se le desprendió la correa del zapato izquierdo. La suela empapada de su zapato derecho se le despegó del cuero. Otro par que tendría que reemplazar. La caja le pesaba cada vez más, probablemente porque sus santos se cargaban de significado a medida que se acercaba a su casa. Esperanza pasó por enfrente de la ferretería donde había trabajado tantos años. Estaba cerrada. Pasó por la casa de Celestino, el muchacho de la camisa amarilla. Las luces estaban apagadas. El cementerio quedaba al otro lado del pueblo. Para llegar a la iglesia había que desviarse. Iría al día siguiente, a primera hora.

Después de andar por algunas calles y callejones, esquinas y vueltas a la derecha y a la izquierda, al llegar a su casa a punto estuvo de pasar de largo. Ya no estaba pintada amarillo yema de huevo con cenefas color buganvilla que rodeaban las puertas y ventanas, abrazaban el viejo zaguán y teñían la mitad inferior de la fachada. Ahora estaba pintada de morado lila acuática con motivos color naranja ave del paraíso en torno a las puertas y las ventanas. Se sintió muy molesta al saber que no era ella quien había escogido esos colores. No había hojeado ningún catálogo. No había hecho ninguna combinación de pigmentos. No había llenado botecitos de papillas para bebé marca Gerber con distintas muestras de pinturas. No había pintado pequeñas áreas del muro lateral de su casa con los distintos colores para ver cómo los afectaba la luz del sol a diferentes horas del día. No se había asegurado de que ningún vecino hubiera pintado su casa con algún color similar. Examinó nuevamente su casa. Era la misma casa, pero parecía de otra persona.

Las cortinas estaban corridas. No podía ver dentro. Se sintió culpable por tratar de asomarse. Subió un par de escalones hacia el pórtico y puso su caja de santos en el suelo seco. Llamó a la puerta. No tenía llave. Al cabo de un minuto, alguien vino a abrir.

–¡Dios santísimo! –Soledad parecía haber envejecido cinco años. Tenía más canas, más arrugas alrededor de los ojos. Con tono de preocupación, como siempre, exclamó–: ¡Mírate! ¡Pero mírate nada más!

Se abrazaron. Se rieron y lloraron al mismo tiempo, justo como habían hecho antes de la boda de Esperanza, cuando Soledad le había atado el listón al ramo de novia.

Al entrar, pasaron junto a la hortensia que había plantado el abuelo de Esperanza y las macetas con orquídeas. Estaban descuidadas. Era urgente podar la magnolia. La jamaica tenía telarañas. Esperanza sabía que sus plantas sufrirían durante su ausencia, y no se lo recriminaba a Soledad, que nunca se había interesado por ellas. Al contrario, se alegraba tanto de verla que ni se lo mencionó. Se sentaron en la sala, cada quien con su matamoscas en mano, y mientras acababan con los mosquitos como profesionales, llenaron ese espacio oscuro entre ellas causado por los largos meses de separación.

—¿Qué tanto hacías en todos esos burdeles? —Soledad estaba indignada.

—Buscando a Blanca. Ya te lo he dicho.

—¿Y para eso tuviste que trabajar de prostituta?

—Era la única manera que tenía de acercarme a ella.

—¿Por qué no preguntaste por ahí, como cualquier persona decente?

—También hice eso.

Esperanza sabía que Soledad jamás encontraría justificación a su comportamiento, de modo que ni siquiera trataría de convencerla. Los escarabajos chocaban contra los mosquiteros de las ventanas, tentados por la luz de la lámpara encendida en la sala. Los mosquitos volaban atrevidamente a escasos centímetros de los oídos de ambas mujeres, como en una misión suicida. El canto de los grillos era esa noche más escandaloso que nunca. Un locutor anunció en el radio de algún vecino las últimas noticias sobre la tormenta tropical. Como siempre, se dirigía hacia la Florida. Esperanza sintió una gran paz al oír todos esos sonidos otra vez. Era esa ausencia de silencio, ese murmullo eterno lo que la hacía hallarse en su casa.

—Esperanza, ¿cómo se siente? —Soledad habló casi entre dientes, avergonzada, quizá deseando que Esperanza no entendiera lo que acababa de preguntar—. O sea, ¿qué se siente al hacerlo con un hombre que no es Luis?

Esperanza dejó de matar mosquitos.

—Cuando un ángel cae del Cielo y aterriza a tus pies, te das cuenta de que tienes otra oportunidad de amar.

—¿Un ángel? ¿Me estás hablando literalmente o en sentido figurado?

—Es un hombre. Es un ángel. Y se llama Ángel.

—¿Es otra de tus apariciones?

—No. Es real. Te puedo describir cada centímetro de este ser.

—Yo ya ni me acuerdo de qué color eran los ojos de Alfredo —dijo Soledad, todavía con nostalgia en el alma, pero con resignación en la voz.

Esperanza le apretó la mano anticipando un par de lágrimas que nunca se materializaron.

—¿Te acuerdas de don Remigio Montaño, el maestro de guitarra de Blanca? —La voz de Soledad cambió, revelando de pronto un dejo de alegría, absolutamente distinto de su tono de preocupación habitual—. Me trae un clavel rojo todos los días. Me compuso una canción y la canta cada noche en el restaurante donde trabaja. Se titula *Bienvenida a mi corazón, Soledad*. Me propuso matrimonio.

—¿Y te vas a casar?

—Te he estado esperando desde hace tanto para darte esta noticia. Me propuso matrimonio cuando te fuiste. Yo no quise dejarte. No estabas tolerando la muerte de Blanquita nada bien. Pensé que me necesitarías, pero al ver que no regresabas, acepté su propuesta. ¿Puedes creer que le dije que sí a un mariachi retirado?

—¡Ésta es la mejor noticia que he oído en años!

—¿No estás preocupada?

—¿Por qué?

—Tal vez soy yo la que está preocupada. Ahora que regresaste, ya no sé si debo casarme o quedarme contigo.

—No puedes pasarte la vida cuidándome, Soledad. Estoy bien. No estoy enferma de la cabeza. Me porto tal y como se portaría cualquier persona en la misma situación.

—Pero me preocupas de todos modos.

Esperanza estaba cansada del viaje, sorprendida por la noticia que acababa de darle Soledad, y ansiosa por visitar su horno en la cocina, de modo que inventó una excusa.

–Tenemos que hablar de esto. Voy a traer unos vasos de agua. Espérame aquí.

Esperanza fue directa al horno y lo encontró impecable. Ni una manchita de mugre. Ni una gota de grasa. Corrió a la despensa y tiró cuanto encontró hasta que dio con una lata de Easy-Off. Con ella en la mano, regresó a la sala, donde Soledad empezaba a abrir la caja de santos.

–¿Qué le hiciste al horno? –Esperanza estaba furiosa.

–¿Qué quieres decir?

–¡No te hagas la idiota! ¡Con esto! –Le mostró la lata de Easy-Off, sosteniéndola en la mano como una pistola.

–Lo limpié, comadre. ¿Pues qué le iba a hacer? Estaba tan grasiento que un día casi se me incendia.

Esperanza no pudo contener su ira y lanzó la lata de Easy-Off contra la ventana, estrellando el vidrio.

–¡Ya me jodí!

★ ★ ★

—¡Esperanza! ¡Abre la puerta!

—¡No!

—No puedes quedarte en el baño para siempre.

—Sí puedo.

—Por favor, déjame entrar.

—No.

—Perdóname. No debí limpiar el horno, pero estaba que daba asco.

—Lo hiciste a propósito. No quieres que hable con san Judas Tadeo. No quieres que encuentre a Blanca. No crees en mí. Nunca me has creído. Crees que estoy inventando todo. ¡Déjame en paz!

—Esperanza, creo que crees. Y espero que con eso te baste porque hasta ahí llega mi fe. Ya te entiendo. Lo he pensado mucho. Por favor, perdóname. Yo no tengo la misma fuerza que tú. No todos los hijos del Señor tienen tu capacidad para la fe. En este sentido estoy en desventaja. Tú sí que tienes suerte. La fe es el escudo más poderoso contra lo peor, y tú la tienes. Pero no puedes obligar a nadie a creer. No me exijas tanto. Y te prometo que ya no te voy a hacer la vida difícil.

—¿De veras?

—En serio.

—¿Vas a dejar de juzgarme?

—Te lo juro. Ahora abre la puerta.

★ ★ ★

★ ★ ★

El sol había salido y los charcos se evaporaban por todos lados, produciendo nubes miniatura que se atoraban en los techos, aferrándose a las tejas de barro como si tuvieran miedo de pasar por la experiencia traumática de convertirse nuevamente en tormenta. Esperanza llevaba casi una semana en Tlacotalpan. Caminó rápidamente por la banqueta. Tenía zapatos nuevos. Eran de color amarillo amapola, de tacón. Don Arlindo, su antiguo patrón, pasó por la calle en dirección contraria sin reconocerla, pero al pasarla volvió la cabeza para mirarle el trasero. Esperanza sabía que haría eso y giró rápidamente sobre sus talones. Al ser sorprendido, don Arlindo aceleró el paso, avergonzado, y desapareció en una esquina. Esperanza sonrió. El hombre parecía haber empequeñecido. ¿Cómo era posible que alguna vez lo hubiera temido?

Entró en la iglesia. Todos sus santos todavía seguían ahí. San Pascual Bailón había sido atacado por las termitas y le faltaban dos dedos. La túnica negra de san Martín de Porres estaba desteñida. La Virgen de la Candelaria había perdido un ojo de mármol y sólo quedaba la cuenca. Ninguno de ellos dio señales de vida.

Fidencio, el sacristán, estaba en el coro limpiando el órgano cuando se asomó hacia abajo y vio a Esperanza caminar por el pasillo lateral. Estaba a punto de llamarla cuando se acordó de que era mudo. No le daría tiempo de ir a avisar al padre Salvador. Esperanza iba directo hacia la sacristía. Fidencio bajó a saltos por las escaleras, la siguió y se detuvo detrás de la puerta. No podía perderse aquella confesión.

Esperanza encontró al padre Salvador concentrado en arreglar la silla del Santo Niño de Atocha. Muchos otros santos esperaban su turno para ser reparados en esa habitación atestada de imágenes religiosas. En la televisión que había sobre la mesa en un rincón, se veía un episodio de una telenovela. El padre no le prestaba atención.

—¡Bendito sea el Señor! —exclamó. A diferencia de don Arlindo, que no podía ver más allá de la apariencia física, el padre Salvador reconoció a Esperanza de inmediato—. ¡Cómo te he extrañado, mi niña! —La abrazó respetuosamente. Fue un abrazo muy largo. Necesitaba compensar todos esos abrazos que no había podido darle por teléfono—. ¿Dónde has andado?

—Desde la última vez que hablamos, en Los Ángeles. Pero ya estoy de regreso. Muy feliz de estar aquí.

—¡Gracias a Dios!

Tenía que aceptar su asombro ante el nuevo estilo de Esperanza. El maquillaje, perfecto, pasaba casi inadvertido. El corte de pelo, tan peinado, tan parejo, tan citadino. Tenía que aceptar también que aún no había llegado al límite de su amor por ella.

—¿Te quieres confesar?

Necesitaba saberlo todo. ¿En qué clase de líos se habría metido Esperanza allá en el Norte? Le hizo una seña a Fidencio de que los dejara solos.

—A estas alturas me siento todavía más confusa acerca de qué es pecado y qué no lo es. Estoy segura de que tengo mucho qué confesar, pero no vine a eso. —Esperanza apagó la televisión, acercó una silla y se sentó frente al padre—. Vine a decirle que encontré a Blanca.

—Dios creador. —Al padre Salvador le hizo falta su ventilador, el del confesionario. Se sintió mareado. ¿Cómo podía Esperanza darle esa noticia tan de golpe? Un día de estos le provocaría un infarto.

—La encontré hace unos días. Regresé sólo para hincarme frente a mi horno sucio y esperar las órdenes de san Judas Tadeo, y todo lo que encontré fue un horno tan limpio que mi mamá se habría sentido orgullosa de mí. Estaba tan reluciente que nada más podía ver el reflejo de mi cara. Soledad lo dejó más limpio que el alma de un recién bautizado. ¿Cómo pudo atreverse? ¡Es mi horno! ¡Es mi mugre!

—Estoy seguro de que su intención no era impedir que te comunicaras con san Judas Tadeo.

—Pero lo hizo, padre. Nunca le había gritado tanto. Estaba tan furiosa que me encerré en el baño.

—¿Te pidió una disculpa?

—No sólo eso. Me prometió que nunca más va a cuestionar mis creencias.

—Ése es un gran esfuerzo por su parte, Esperanza.

—Ya lo sé. Por eso le abrí la puerta del baño. Nos abrazamos y nos perdonamos. Yo estaba cansada después de un viaje tan largo y la pelea con ella me acabó de agotar, así que decidí darme un baño de tina mientras ella preparaba la cena. Mi baño es grande, como los de las demás casonas viejas de aquí, seguro las ha visitado, con un gran muro alto cubierto con azulejos de la mitad para abajo. Justo me había desvestido cuando un apagón me dejó en la oscuridad. Tal vez san Judas Tadeo estaba manipulando la electricidad. Encendí unas veladoras. Estuve remojándome un rato largo. Las yemas de los dedos se me arrugaron como pasitas de tanto tenerlas en el agua. Soledad entró y me pasó la esponja por la espalda. De seguro se sentía culpable por lo que había hecho. Ninguna de las dos habló. Puso un par de toallas en la silla junto a la tina y dijo: «Voy a poner la mesa. No te enfríes», y en cuanto se fue, sucedió el milagro. Un aroma de rebanadas de papaya salpicadas de jugo de limón flotó por todo el baño. Empezó a picarme la nariz y de pronto estornudé fuerte y vigorosamente, al grado que se me estremeció todo el cuerpo. Entonces oí una voz. Era la voz de Blanca. La oí tan claramente que pensé que estaba parada ahí, a mi lado. Miré para todos lados. «Mami», oí de nuevo, pero no podía ver nada, hasta que sentí que algo se movía en la pared, junto al lavabo. Hay una gran mancha de óxido que viene de una tubería rota, se escurre por la pared justo al lado del espejo del botiquín y termina en el azulejo. En la mancha, vi el rostro de Blanca. Tenía puesto un ajuar de jarocha hermosísimo. Me dijo: «Mami, tú y yo siempre vamos a estar juntas.» Ay, padre, gracias a Dios que nunca llamé al plomero. A veces, la desidia es una bendición. Blanca me dijo: «Siempre te voy a ayudar cuando me necesites.»

—¡Santo Dios!

—Padre, ¿me entiende? Por fin sé lo que me quiso decir san Judas Tadeo. Blanca no está muerta. Blanca no está viva. Está en ese espacio pequeñito entre lo uno y lo otro. Ahí es donde debí buscarla. Si no hubiera interrumpido a mi santo cada vez antes de que terminara de decir su mensaje: «Blanca no está muerta…», habría oído: «Blanca no está viva.» Ahora ya sé dónde está.

El padre Salvador nunca había imaginado que la búsqueda de Blanca terminaría en santificación.

—¿Y qué piensas hacer ahora? —le preguntó, tratando de ser pragmático—. ¿Quieres notificar al Vaticano?

—Las apariciones de Blanca no son importantes para el resto del mundo. ¿Por qué cree que se me aparece en la pared de mi baño y no en el musgo del muro del puente y ante todo el pueblo, como hizo san Juan Nepomuceno hace seis años? Esto es algo entre ella y yo. Es mi santita. De nadie más. Así es que padre, no empiece ningún papeleo con el Vaticano.

—¡Claro que no! Jamás podríamos pagarlo. ¿Tienes idea de los costos que implica una beatificación? Además, tu relación con tu hija será tan privada como quieras. Tienes mi palabra.

—Gracias, padre. Yo tampoco le voy a decir a nadie. Sólo a usted y a Soledad. Le he prohibido que mande arreglar la gotera del baño, y me prometió que no la va a tocar.

—Ahora te sugiero que vayas al cementerio.

—Ya fui, padre. Pero primero pasé por la ferretería y compré dos latas de pintura rosa fucsia, la más brillante que tenían. Llegué a la tumba de Blanca cuando el sol todavía se colgaba debajo de una nube gris. Su tumba no se parecía en nada a la que vi la última vez. Al principio ni la reconocí. Ya no está floja la tierra. Ahora está cubierta de hierba y alrededor de las lápidas han salido miles de flores silvestres. ¿Ha ido al cementerio últimamente, padre? Se pone tan lindo en esta época. Debería organizarse un picnic este fin de semana.

—Pero ¿con quién quieres que vaya yo? —preguntó el padre, con un deseo profundo que le dijera que podía ir con ella, pero consciente de que no lo haría.

—Dígale a doña Carmelita. Ella le puede cocinar algo rico, algo que le provoque mucho antojo. El otro día que fui, había cinco niños vestidos de angelitos. Fueron con su mamá a visitar a sus abuelos e hicieron un picnic. Yo los vi cuando arrancaba unas hierbas largas que habían crecido alrededor de la tumba de Blanca. Pusieron un mantel rojo sobre la lápida color morado orquídea de los abuelos y acomodaron toda la comida. Jugaron a las escondidillas. A una de las niñas se le atoraron las alitas en una cruz de hierro. La mamá se las tuvo que quitar. Yo la hubiera ayudado, pero estaba muy ocupada limpiando el crucifijo de la tumba de Blanca. Tiene la leyenda: «A la memoria de Blanca Díaz.» Las palabras «Por si acaso» están tachadas, así es que se lee: «Está aquí.» Soledad le mandó hacer una plancha de cemento de dos metros por uno que va sobre la tumba. Tiene una vitrinita encima con la foto de Blanca y un broche sofisticado que yo le había comprado cuando la operaron. Toqué el cristal de la vitrina con la punta de los dedos y me persigné. Cuando ya casi terminaba de pintar la plancha de cemento, descubrí a Soledad espiándome detrás de una tumba.

—¿Te siguió hasta el cementerio? Yo pensé que ya no se iba a meter con tus creencias.

—No lo hizo por esa razón. Lo que pasa es que no quiere que salga de la casa sola. Dice que alguien me puede hacer daño si me ven caminar por la calle sin compañía. Dice que estoy afectada de la mente.

—Sí. Ya he escuchado ese chisme. Dicen que has perdido la cabeza. Que no toleraste una muerte más en tu familia. Esta habladuría viaja rápido por el pueblo.

—Me molesta. Sé que hay gente que habla de mí, balanceándose en las mecedoras de sus pórticos, en la cafetería. Pero ¿qué puedo hacer? Aquí vivo. Voy a tener que soportar esta situación. En cuanto a Soledad, no sé qué decirle. Quiere que deje de hablarles a mis santitos. Oye mis conversaciones con Blanca en el baño. Me sigue a donde vaya. De seguro está por aquí cerca, escondida, esperando a que salga de la iglesia para escoltarme hasta la casa. Cuando la descubrí en el cementerio, la llamé. Al darse cuenta de que sabía que estaba ahí, se sonrojó. Vino y me abrazó. Yo le dije: «Me gusta mucho la tumba que le diseñaste a Blanca. Me encanta la vitrina.» Ella contestó: «A Blanca le hubiera encantado ese rosa fucsia.» Y yo le dije: «Le encanta. Ella misma escogió el color.»

–¿Qué dices? –Aquélla era una verdadera prueba de fe para el padre Salvador.

–Cuando hablé con ella en el baño, le pregunté de qué color quería su tumba, y me respondió: «Fucsia.» Estoy segura de que Soledad piensa que me volví loca. Luego terminamos de arreglar la tumba juntas. Y eso es lo que vine a contarle.

El padre Salvador le pidió que rezara un rosario. No como penitencia, sino como una manera de agradecer al Señor por permitirle tan milagroso encuentro con su hija. Esperanza entró de nuevo a la nave de la iglesia y buscó una banca para rezar. El padre Salvador se quedó en la sacristía.

–Dios mío, querido Señor –dijo en voz alta, pero luego siguió en silencio–. Te doy las gracias por traerme a Esperanza de regreso sana y salva. No te voy a defraudar. Me voy a mantener alejado de ella. Lo juro. Lo juro por Ti. Nunca sabrá lo que siento por ella. Nunca le diré que la he imaginado en mi cama, desnuda, su cuerpo sobre el mío. Y vendrá a confesarse y la escucharé como escucho a cualquier feligrés. En misa, no la voy a buscar entre la concurrencia. Me voy a topar con ella en el mercado. La saludaré cordialmente. Me enteraré de su vida. Contestaré desinteresadamente. Viviré en este pueblo y respiraré el mismo aire que ella respira, me bañaré en el mismo río, comeré fruta de los mismos árboles, admiraré el mismo paisaje, me picaré con las mismas telenovelas, y finalmente seré enterrado bajo la misma tierra que ella. Y ésa será mi cruz. Y la cargaré sobre los hombros y seré voluntariamente clavado a ella hasta la muerte, porque Tú has elegido esta prueba para mí. Pero lo que nunca podré hacer es cambiar mis sentimientos. Mi amor por ella es un acto tan involuntario como la digestión de mi estómago. Pero me mantendré alejado. Amén.

El padre Salvador terminó su oración y continuó su trabajo para demostrarle a Dios que la vida seguía tal cual y que todo era como Él esperaba. Reemplazó el asiento de la silla del Santo Niño de Atocha, hinchado por la humedad. El bejuco se había partido. La vida en el trópico traía consecuencias devastadoras para algunos santos, sobre todo los hechos de madera, para quienes la podredumbre era destino.

Había un silencio tranquilo en la iglesia, excepto por el griterío ocasional de una pareja de pericos que habían entrado en busca de sombra y se habían instalado en el candil. Esperanza estaba sola, arrodillada en una de las bancas. Rezaba el rosario, y entre avemaría y avemaría, le daba las gracias a Dios. También se las daba a san Judas Tadeo y a todos sus santos, uno por uno, hasta que sus oraciones fueron interrumpidas por una voz que susurró al oído:

–Vámonos para fuera. No puedo estar así vestido en la iglesia.

Esperanza se volvió rápidamente para encontrarse con la máscara del Ángel Justiciero a dos centímetros de su cara. No lo había oído acercarse. Tal vez había flotado hacia ella. O quizá el ruido de los pericos había ahogado el de sus pasos. Pero ¿cómo no había olido su suave aroma? Era culpa de las camelias. Estaban en flor y su olor se había apoderado del pueblo entero. Pero ahí estaba él en persona. El Ángel Justiciero. Se arrodilló junto a Esperanza, vestido con su traje de gala.

Ambos se persignaron rápidamente y salieron de la iglesia. En la puerta, Ángel envolvió a Esperanza con su capa de plumas y la besó durante dos minutos.

El padre Salvador los vio desde el altar. Recogió un ramo de flores marchitas y regresó a la sacristía. Se sentía como un cuerpo al que le han arrancado el alma con furia. Se tuvo que sentar. ¿Por qué había un ángel besando a Esperanza en la puerta de la iglesia? ¿Por qué se la llevaba? ¿Estaría haciéndole Dios una broma pesada como lección por sus flaquezas? ¿Por qué de pronto sentía un dolor agudo detrás de las costillas? No encontraría respuesta a esas preguntas. Como había prometido, vería a Esperanza irse en los brazos de ese magnífico ángel, tal cual vería hacer lo mismo a cualquier otra feligresa.

—¿Cómo me encontraste?
—No se necesita ser detective. Sólo hay un Tlacotalpan, Veracruz.

Esperanza y el Ángel Justiciero se sentaron en una banca del parque, al lado del kiosco.
—Pero ¿por qué viniste hasta acá?
—¿Por qué te fuiste sin avisarme? Si me hubieras dicho que querías regresar a tu pueblo, te habría traído yo en mi camioneta. Es mucho más rápida que un autobús. ¿No has entendido que estoy contigo, no importa si es para bien o para mal?

Se besaron, ahora durante tres minutos.
—Vámonos a Los Ángeles —dijo él—. Nos casamos en Tijuana para que puedas entrar legalmente en el país.
—No puedo, Ángel. Me quedo en Tlacotalpan.
—Esperanza, ¿qué te detiene? ¿Tu comadre Soledad?
—No, Ángel. Es Blanca. La encontré. Se me aparece en la mancha de una gotera que escurre por la pared de mi baño.
—¡Es una santita!
—¿Lo puedes creer?
—Sí.

Un niño reconoció al Ángel Justiciero, sin duda de alguna revista de lucha libre. Trajo una servilleta de papel de la nevería y le pidió un autógrafo. Sus amiguitos lo esperaban detrás del kiosco. Ángel firmó la servilleta y le dio un abrazo al niño, que se fue a mostrar la firma a los demás. Se rieron y se empujaron unos a otros, y corrieron con el trofeo hasta el muelle.
—Así es que ahora que encontraste a tu hija, ¿no quieres venir a Los Ángeles y casarte conmigo?
—No, Ángel. No puedo.

★ ★ ★

Ángel iba de regreso al Norte en su camioneta. Oía música norteña para distraerse. Recordó que se había preguntado qué haría si no encontraba a Esperanza. ¿Suicidarse? Sería lo último que haría en la vida. Porque entonces sí que jamás la volvería a ver. Además, esa solución drástica no iba con su personalidad. Él era un luchador. La buscaría sin cansarse, así como ella había buscado a su hija. Pero ¿qué pasaría si la encontraba y no regresaba con él a Los Ángeles? La posibilidad le asustaba como ningún oponente jamás lo había hecho en el cuadrilátero. La vida sin Esperanza no sería vida. Se regresaría a Los Ángeles y se convertiría en un vegetal. Se cambiaría el nombre; en lugar del Ángel Justiciero, se haría llamar el Apio Insípido. Su traje sería verde pálido.

En mitad de la jungla pasó por una gasolinera que tenía un helado sobre un cono gigantesco a manera de publicidad para atraer a los viajeros a la cafetería. Recordó que justo ahí, camino de Tlacotalpan, se había imaginado a Esperanza dormida en su cama, inmóvil y tranquila. Una niña sin culpas.

—«Tanto te he buscado y no te he encontrado, yo lo que más quiero es estar a tu lado… —cantó a todo pulmón hacia la ventana abierta, al ritmo de su estéreo—. Moveré montañas, océanos y valles… no descansaré hasta que te halle…»

Cuando pasó por el lugar donde había ocurrido un accidente marcado, con veintiséis cruces blancas de madera, pensó en el destino. Le sorprendía el modo en que Dios alteraba los hechos para que los caminos de la gente se enredaran más y más y uno terminara con gente que aparentemente no tenía nada que ver.

—«No importa lo que el destino nos depare… te amaré hasta que la muerte nos separe… Sé aguantar todos los golpes de la vida… pero si te pierdo será una gran herida…»

Pasó por delante de un burdel que había al lado del camino. Sabía que Esperanza había trabajado como prostituta, pero sabía también que no lo era. No se necesitaba ser detective para darse cuenta. En una de sus conversaciones, ella le había dicho que aún tenía que analizar exactamente qué había aprendido durante su viaje. De lo único que estaba segura era de que nunca se habría acercado al Ángel Justiciero aquella noche en el Coliseo si antes no hubiera conocido a todos esos hombres.

De modo que cantó:

–«Qué me importa lo que haya en tu pasado... para mí tu alma nunca se ha manchado... Te perdonaré relampaguee o llueva... porque conmigo es borrón y cuenta nueva... Me vale perder todo lo que he logrado... si a cambio yo puedo estar a tu lado... Haré lo imposible, lo que no se puede... porque la esperanza es lo último que muere... Haré lo imposible, lo que no se puede... porque la esperanza es lo último que muere.»

Cantó tan alto que despertó a Esperanza. Ella se restregó los ojos y le puso una mano en la pierna. Había cruzado dormida dos estados y se había perdido la impresionante transformación del paisaje, de selva a desierto.

–Antes de venir a buscarte, pinté la casa de azul colonial con puertas y ventanas rojo indio –dijo Ángel.

–Qué curioso. Justo soñaba con la casa.

–No me digas que quieres cambiar el color.

–No. Azul está perfecta por fuera. Soñé que pintábamos el cuarto de los niños de color naranja amapola.

Ángel estiró su cinturón de seguridad para darle un beso en el cuello.

–Todavía no puedo creer que te hayas aparecido en la iglesia con tu disfraz de Ángel Justiciero.

–Ajuar, por favor –la corrigió él con cariño–. Me imaginé que así sería más fácil convencerte de que te regresaras a Los Ángeles conmigo.

Dejaron atrás un letrero en el que se leía: «Frontera Estados Unidos 200 kilómetros.» La caja de santos de Esperanza iba en la parte de atrás de la camioneta junto con un par de maletas. En el centro, amarrada firmemente con cuerdas, iba la pared entera del baño de Esperanza, con todo y azulejos, lavabo, botiquín , arbotante, excusado, tuberías, y la mancha de óxido.

–Debimos haberle construido otro baño a Soledad antes de irnos –dijo Esperanza–. No debimos dejarla a la intemperie.

–No te preocupes. Puede usar una bacinica mientras tanto.

–Espero que su adorado mariachi sepa de albañilería y plomería.

–Él no se puede estropear las manos, y menos permitir que le salgan ampollas en los dedos.

–Si no puede él, alguien más la ayudará a reconstruir el baño. ¿Te fijaste en las dos viejitas con velo que había enfrente de la iglesia? Nos vieron salir del pueblo. Son mejores que el periódico local. Van a hacer lo posible para que todos se enteren de que nos llevamos la pared del baño. Ya me imagino a la gente en sus pórticos dentro de veinticinco años, balanceándose en sus mecedoras, todavía hablando del cargamento que nos llevamos.

Esperanza sonrió. Jamás lo entenderían. Miró por la ventana. Las plantas rodaderas de ramas enmarañadas rayaban a su paso la arena suave del desierto, dejando jeroglíficos incomprensibles, para ser borrados por el viento seco del desierto de Sonora. Esperanza se acurrucó en el hombro de Ángel y volvió a su sueño.

★ ★ ★

Santitos, de María Amparo Escandón
Esta obra se terminó de imprimir en junio del 2006 en
Litográfica Ingramex, S.A. de C.V.
Centeno 162-1, Col. Granjas Esmeralda,
México, D.F.